花顏策
卷二
西子情 著

目錄

第十六章　死賴著不走

七公主對東宮並不陌生，從雲遲搬來東宮後，這十年來，每個月都要跑來幾次，有時候天色晚了還會住下，所以，她出了書房後，一路輕車熟路地跑到了鳳凰西苑。

方嬤嬤等人見了七公主，連忙見禮。

七公主問：「太子妃嫂子呢？」

方嬤嬤看了眼主殿房門，小聲說：「如今想必是在午睡，您要見太子妃，奴婢去稟告一聲？」

七公主想了想，揮手：「不必了，我這便進去找她。」便逕行進了內院，來到主房門口，推開了房門。

秋月正要從房中出來，與七公主碰了個正著。

七公主瞅了眼秋月，認出是花顏的貼身婢女，伸手推開她，就走了進去。

秋月連忙快追一步，擋住七公主：「公主，您要找我家小姐？」

七公主進了畫堂，透過珠簾看著裡面，似乎帷幔垂著，花顏在睡覺，她點頭：「我要見太子妃四嫂。」

秋月見她似乎來者不善，但如今人都進了屋，又是公主，總不能攆出去。

於是，秋月便朝著裡面輕聲道：「小姐，七公主來了，想見您。」

花顏上了床後便有了睏意，應了一聲「嗯」，人卻沒動彈，再沒別的表示。

秋月撓撓頭，知道小姐這是要入睡，正昏昏欲睡著呢。

七公主推開秋月的手，挑開珠簾進了裡屋，一看屋中的擺設，就嘟起了嘴：「我從小到大求了好久的物件，四哥說什麼也不給，現在全在這兒擺著，真是偏心，妹妹果然不如媳婦兒。」說完，走到了床前，伸手挑開帷幔。

花顏這會兒正要去會周公，聽到她走進來說的這一番話，腦子頓時如被潑了一瓢涼水，清醒了大半，卻未睜開雙眼。

七公主看到花顏，果然如雲遲所說的正在午睡，眉目沉靜，容色絕美，她因為她的話心情難受的哭了好幾日，她卻無半分愧疚，如今睡得這般安然，著實讓人氣悶。

她不客氣地開口：「太子妃四嫂，你怎麼這樣？」

花顏想說她哪樣了？喜歡陸之凌讓她哭了？她此時只想睡，不想逗弄小美人，便繼續裝睡。

七公主將帷幔掛起，伸手搖她：「你醒來，快告訴我，不要睡了，你明明不喜歡陸之凌，為什麼要騙我？還要騙那麼多人？」

花顏愕然，這小姑娘是怎麼知道的？難道她聰明的看出來了？隨即她搖頭，她應該聽說了她敬國公夫人的那杯酒，不可能想透其中深意，她若是真的聰明，今日在趙府就不會跑出來衝動地抓著她問，給她機會。

她心思打轉，難道是受了誰的指點？雲遲？

她來東宮，應該會先見過雲遲，希望他想辦法幫幫她，所以，雲遲便將人打發來找她？

她心下氣悶，裝著繼續睡。

七公主大力地晃動她的身子，想起雲遲的囑咐，眼淚劈里啪啦往下掉，砸在花顏的臉上、被子上。

天！這是在床上躺著也要遭受打雷下雨嗎？

花顏受不住了，睜開了眼睛，入眼處，便是哭成了淚人兒的七公主，倔強又委屈地看著她，那模樣，著實可憐，似乎不給她一個答案，她絕對不會善罷甘休。

花顏心下哀歎，因果迴旋，雲遲那混蛋是用她自己種下的因，來對付她，讓她嘗受苦果嗎？他知道不知道她最喜歡女人嬌滴滴，哭啼啼，花枝招展，可嬌可媚的模樣了？

她推開被子，坐起身子，欣賞著可憐委屈的淚美人，想著皇室的基因就是好，七公主這般哭，也是讓人十分心動的。

又可憐，又倔強，不甘心，沒辦法，還不服輸。多種情態集於一張臉上，著實是一道風景。

花顏默默地欣賞著，沒說話。

七公主見她醒來，眼淚流得更凶了，口中不停地追問。

一盞茶，兩盞茶，三盞茶……

一個時辰後，花顏終於受不了了，這七公主也未免太執著了，她到底有多少眼淚能這般不要銀子地往外倒？就算她喜歡美人哭啼啼可嬌可媚的模樣，但也不是如被大水淹了似的喜歡法。

看來，她是真的喜歡陸之凌，既然如此，她就別造孽了！

終於，她拿過帕子，遞給她，心軟地歎氣開口：「別哭了，你再哭下去，一雙眼睛會瞎的，以後可就看不到陸之凌了。」

七公主見她終於開口，哽咽地追問：「那你告訴我。」

花顏暗罵雲遲不是人，竟然用這招對付她，他是怎麼看出她對女人的眼淚會心軟的？她沒好氣地說：「我喜歡的是蘇子斬，不是陸之凌，他只不過是我覺得的一個不錯選擇罷了。」

七公主停止了哭泣，瞬間睜大了紅腫的雙眼，不敢置信地看著花顏。

她聽到了什麼？

她喜歡的人是蘇子斬？這……

她大驚後，脫口問：「你怎麼能夠喜歡蘇子斬？」

花顏被氣笑的揚眉看著她：「怎麼？我喜歡陸之凌不行，喜歡蘇子斬也不行？難道你喜歡陸之凌外還喜歡蘇子斬？」

「不是！」七公主立即否認，猛地搖頭，「我不喜歡蘇子斬，可是……你也不能喜歡他啊！」

花顏覺得新鮮了，看著她，笑問：「為何？」

七公主張了張嘴，又閉上，然後又張開，又閉上，幾次之後，她狠下心說：「蘇子斬有寒症，沒人治得好，會要命的。而且，因為寒症的原因，據說他連人道都不行，等同於廢人，所以，當年柳芙香才不嫁給他，嫁給了他爹武威侯。這京中也沒有哪個女子敢喜歡他。」

「哦？」花顏倒沒料到還有這麼一事，她看著七公主，「當真？」

「當然，我騙你做什麼？你出去問問，這京城裡，誰人不知？誰人不曉？是當年柳芙香嫁給武威侯那日，蘇子斬大鬧花堂，柳芙香被逼無奈，親口說出的。」

花顏皺眉：「她怎麼知道？」

七公主氣惱，紅著臉說：「柳芙香與蘇子斬青梅竹馬，她知道有什麼奇怪？」

花顏還真被這消息砸得有點懵，好半晌，才琢磨著：「這可真是個讓人措手不及的消息。」

七公主見她信了，立即說：「我太子皇兄有什麼不好？你喜歡這個，喜歡那個，為何就不能喜歡我太子皇兄？我從來沒見他對誰這般好過？你做出這些事情，何其讓他為難？他卻對你依舊維護，說什麼都不取消婚約，做到如此地步，你怎麼就沒有半分心動？總想著別人？」

打一處來。

「我就是想要他取消婚約。他不取消，還值得稱讚了不成？」花顏聽她提到雲遲，頓時氣不

七公主聽她口氣不善，立即不解：「為什麼？多少人想要嫁我太子皇兄，不單單是因為他的

身分。」

花顏實在懶得與她討論雲遲，哼了一聲：「我早就告訴過你了，不是他不好，正是因為他太

好了，留給別人喜歡吧，我可不敢喜歡。」

「不敢喜歡？」七公主盯著她。

花顏累了，索性又躺回床上，疲憊地說：「是啊，我敢喜歡太子，未來的皇帝，瘋了不成？

只要我腦子沒有病，就不會喜歡他。」

七公主不解地看著她，實在不懂，又不恥下問地又問：「為什麼？」

花顏忍不住伸手捏捏七公主柔嫩的臉頰：「我不想和全天下搶一個男人，太累。」

七公主似懂非懂，還要再問，花顏撤回手，轉過身，趕人：「你已經知道了你想要的，快走吧，

我睏死了，要睡覺，別再打擾我了。」

七公主見她俐落地翻身，給了她一個背影，當真是不想理她了。

她吸了吸鼻子，幾日的難受不見了，但想起陸之凌今日連看都沒看她，心情依舊沒好起來，

悶悶地說：「我餓了，午膳沒吃。」

花顏睏意濃濃地擺手：「公主出去跟方嬤嬤說一聲，她不會讓你餓著的。」

七公主聞言走了出去。

秋月一直待在屋中，自然將七公主和花顏的對話聽了個清楚，早先想著七公主這哭功可真是厲害，普天之下，怕是找不出一個人大顆眼淚珠子流一個時辰一點兒也不累的，再之後聽她提到蘇子斬寒症和不能人道，驚駭得險些站不住。

比起寒症，子斬公子不能人道才更是嚇人。

她一時也跟著懵了。

七公主出了房間，對方嬤嬤說：「嬤嬤，我餓了。」

方嬤嬤向裡屋看了一眼，沒什麼動靜，她連忙點頭：「公主稍等，老奴這便去廚房給您弄吃的。」

七公主點點頭，早先哭得太累，如今又覺得肚子餓，便在畫堂的案桌前坐了下來，等著方嬤嬤給她弄吃的。

秋月看看花顏，見她轉眼便已睏倦地捲著薄被睡了過去，她輕手輕腳地出了裡屋，來到畫堂，對七公主小聲問：「公主，您剛剛說子斬公子……是真的？」

七公主瞅了她一眼，點頭：「千真萬確，這事情在京城不是秘密，五年前被柳芙香宣揚開，貴裔圈子裡便都知道了。那時候很多喜歡蘇子斬的閨閣小姐，一聽說此事，一下子就都斷絕了心思。」

秋月頓時覺得小姐可真是倒楣，不想嫁太子殿下，看上了蘇子斬，偏偏他有寒症不說，還不能人道。

這樣的人……哪裡還能再喜歡下去？

她暗暗想著，一定要勸說小姐，可別再犯起倔來毀了自個兒。

不多時，方嬤嬤端來飯菜，七公主顯然餓急了，一陣猛吃。

秋月在一旁看著，原來公主餓急了，這粗魯的吃法與她家小姐也沒什麼二樣。

吃飽喝足，七公主放下筷子，用茶漱了口，也犯起了睏，這幾日，因為花顏的話，她每日吃不好睡不好，如今心結解了一半，頓覺又睏又累。於是，她站起身，又進了裡屋。

秋月一怔，不明白七公主還要做什麼，立即追問：「公主，我家小姐睡了，您若是還有什麼話，等她睡醒了再與她說吧，今日小姐落了一回水，實在是累了。」

七公主來到床前，脫了自己的鞋子，爬上了床，躺在了花顏一側，打著哈欠說：「我也好睏啊，不想動了，你放心，我不打擾四嫂，就占她的床睡一覺，不會吵醒她的。」

秋月一呆，沒料到七公主這般不客氣，竟這樣爬上了小姐的床。

七公主舒服地閉上了眼睛，睏意濃濃地呢喃：「唔，這床好香……」說完，便不見外地睡了過去。

秋月無語地看著七公主……

她無言地看了半晌，從櫃子裡又拿出一床薄被，輕輕地給七公主蓋在了身上。

方嬤嬤帶著人收拾走了剩菜殘羹，秋月也困乏了，既然主子都睡了，看這模樣，不到天黑估計醒不來，她便也去睡了。

雲遲處理完堆積的奏摺，見天色已經不早了，他想起七公主自從去了西苑便沒了動靜，便喊來小忠子詢問。

小忠子連忙回話：「回殿下，七公主去找太子妃後便沒走，在西苑吃了午膳，又在太子妃房裡睡下了，如今還在睡著，沒醒呢。」

雲遲一怔，失笑：「這樣？」

小忠子頷首：「正是，公主的性情本就任性不拘禮，遇到太子妃會做出此舉，也不奇怪。」

雲遲點點頭，站起身，緩步出了書房。

小忠子立即跟在身後，關好書房的門，見雲遲向西苑走去，便也連忙跟上。

西苑靜悄悄的，沒有一絲動靜，見雲遲前來，當差侍候的僕從們連忙見禮。

雲遲擺手，進了畫堂。

秋月睡了一覺，剛醒來不久正神清氣爽，一見到雲遲，連忙規矩地見禮：「太子殿下。」

雲遲「嗯」了一聲，瞅著她：「蘇子斬的披風，是你為她藏起來的？」

秋月心下一緊，想著太子殿下看來是盯著這事兒不放了，太子殿下不可能不在意小姐私留男子的披風。

可是她要承認嗎？

前幾日因為小姐行蹤之事，已然在太子殿下龍頭上拔了鬚，如今若是再承認，她估計以後別想有好日子過。

可是不承認？小姐都已對太子將事情挑明瞭，那披風之事，自然也就沒什麼秘密了。

她覺得，承認不承認，她都沒好果子吃，索性閉緊嘴巴，垂著頭，不吭聲。

雲遲看著秋月，忽然笑了：「你看來不止忠心，還極其聰明。難怪她來京城只帶了你一人。看來有你一人就夠了。」

秋月琢磨著這話的弦外之音，小聲說：「小姐從小就不喜歡身邊圍著太多人，在臨安，她住的院子，也只有奴婢一人。此次，進京當然也不例外，並非因為奴婢有什麼本事。」

雲遲笑意不達眼底：「我看不見得，你小小年紀，醫術比太醫院的御醫還要厲害幾分，且還會心算，同時，做事手腳俐落，連我的人今日都沒能察覺你在趙府是如何行事的。」

秋月將頭垂得更低，一低再低，這話她又沒辦法回答了。

這時，花顏從裡屋挑開珠簾，走了出來，看著雲遲，臉色不好看地說：「堂堂太子，欺負我的婢女，殿下覺得很有面子嗎？」

秋月頭頂上的壓力頓時一鬆，幾乎快跑過去抱花顏大腿聲淚俱下地控訴，小姐醒來得真及時，再晚，她今兒又要被扒一層皮了。

雲遲看著花顏，只她一人出來，裡屋再沒什麼動靜，顯然七公主還在睡。

他面容平和清淡：「我只不過是問她幾句話而已，你的婢女若是好欺負，她也不會跟在你身邊多年了。」

花顏哼了一聲：「反正你是不安好心。」

雲遲揚眉一笑：「我如何不安好心，也無非是為了娶你。」

花顏不想再跟他討論你非要娶我卻不想嫁你的問題，已來來回回說了無數次了，到如今，說得再多，也是沒用，於是，她乾脆地閉了嘴，來到桌前，去拿茶壺。

雲遲先一步拿過，倒了一盞茶，遞給她。

花顏也不客氣，伸手接過，仰脖一飲而盡，之後，她吸了一口氣，不滿地瞪人：「你想燙死我啊！」

雲遲眸光染上一絲無奈：「是你喝的太急了。」

花顏放下茶盞，沒好氣地說：「你又過來找我做什麼？」

雲遲看了一眼天色：「我們的協定還在，我自然是要來與你一起用晚膳！若是你不喜歡我來你這，也可以換成你去我那兒。左右，交換了的條件，就要作數。否則你以為今日你做出的事情，我會輕易地饒過你？」

說完，目光落在她的唇上。

花顏猛地轉過頭，羞憤地怒道：「雲遲，你腦子裡到底裝了什麼？這般齷齪。」

雲遲低笑：「你想要我裝什麼，我就裝了什麼。」

花顏心血上湧，抬手拿起一個茶盞就朝他擲去。

雲遲輕鬆地隨手接過，放在案桌上，對她說：「你這鳳凰西苑的物事兒，都是我母后生前逐一安排的。你雖不願意嫁我，但她給兒媳婦兒安排的心意，你卻不能糟蹋，以後要多注意些，以後這等舉動，切莫再做了，否則，她在九泉之下，定會十分傷心。我母后是個溫婉的女子，你連七公主的哭都受不住，想必更受不住她那般的女子在你面前哭的。」

花顏一怔，接著，又怒起來：「雲遲，你是不是人，拿你故去的母后來壓我？」

雲遲輕輕一歎：「我沒說謊，東宮鳳凰東苑和西苑這兩處院落裡的一磚一瓦，一草一木，每一件擺設，都得她良苦用心，親手為之。父皇待我母后極誠，從得知母后懷得是男孩後，便早早定下了我太子之位，只不過可惜，她太早就薨了，沒能等到見她兒媳婦兒的這一日。」

花顏是知道已故皇后是一位極其溫婉端莊賢淑的賢良女子，她已經薨了多年，提到她，天下依舊人人稱頌，但是皇帝待她極誠嗎？

她可看不出來一個後宮三千粉黛子女一大堆的男人的誠心，哼道：「你說皇后，我不反駁，但是皇上待皇后心意，未必極誠吧？他後宮可是三千粉黛，誠的無非是給她生的兒子一個太子位而已。你有十四個兄弟，十一個姊妹，這些皇子公主，可不是石頭縫蹦出來的，這也叫待皇后心意極誠？若是極誠的話，能裝得下這麼多人？」

雲遲淺淺一笑：「南楚皇室在父皇那一代，子嗣薄弱，皇祖父選皇儲時，竟然選不出一個體魄硬朗的，好在父皇聰穎有才華，是個可造之材。所以，思量再三，選了他。但父皇身子骨天生便弱，江山基業壓在他的身上，以他的身子來說，算是不能承受之重。畢竟帝王要處理的事情太多，夜晚到子時方能入睡，五更不到便要起來。他還是太子時，皇祖父便讓他廣納後宮，充盈皇室子嗣，以免步他後塵。如今宮裡的那些女子，大多都是那時候到他身邊的。」

花顏對南楚皇室雖然不甚瞭解，但也知道一些明面兒上的事。

雲遲又道：「他待我母后之心誠，不能以後宮妃嬪與我那些兄弟姊妹的出生而論。而是該以我母后自身來論。我母后，天生體弱，從出生起，便是用好藥吊著命的，根本就不宜皇后之位。父皇待她情深，以誠心娶她，她入宮時，父皇已有三子四女了，他們之間，以永世相伴才是最好的追求，所以，父皇有多少女人和有多少子嗣，便與誠心無關了。」

花顏聞言看著他：「皇上在身為太子時，便廣納後宮了，可是你搬入這東宮都十年了，為何讓這東宮內宅空虛至此？就算你不近女色，也不該連宮女都少得可憐，一隻母蒼蠅都難見的地步吧？你這又是為了哪般？」

雲遲凝視著她：「父皇已經讓皇室子嗣充盈了，我如今有十四個兄弟，十一個姊妹，皇室子嗣再不寡薄，我自然不必再走他走過的路。況且，我身體好得很，能活得比父皇久，用不到子嗣綿延其生命。所以，寧缺毋濫。」

花顏心下一動，撇開眼睛，哼了一聲：「廣納美人，廣受美人恩有何不可？這東宮空蕩蕩的，連個人氣都沒有，你也不怕悶死。」

雲遲聞言揚眉，似笑非笑地看著她：「我從來不知，有女子喜歡起美人來，比男子還要更勝一籌。昨日，你抓著趙小姐的手不放，今日七公主在你面前哭，你又受不住。若我這東宮廣納美人，是不是你要每日鑽進脂粉堆裡不出來了？」

花顏猛地咳嗽起來。

雲遲見她一副被說中了的模樣，溫和地笑：「我大概生來便是剋你的，你不想嫁我，我偏覺得非你不可，你喜歡美人，我這東宮卻找不出來一個。你心中所思所想所願，我都不會任由你達成，你這一輩子，便認了吧！」

花顏猛地止住咳，騰地暴怒，伸手就去掐雲遲的脖子，惡狠狠地說：「我掐死你算了，哪怕背上殺太子，被天下人喊打喊殺的罪名和罵名，也比被你氣死強。」

雲遲伸手扣住她的手，將她順勢拽進了自己的懷裡，笑著說：「總之我這一生，對你不放手，我早已經說過，蘇子斬也不行。」

花顏掙扎，「那就你就去死好了。」說完，她手腕一抖，不知從那裡冒出一根細如牛毛的針，衣袖揚起的一剎那，對著雲遲的咽喉就扎了去。

在距離一寸時，雲遲手腕猛地一動，衣袖拂過咽喉，輕輕一掃，接下了那根針。他低頭一看，那針穿透了他衣袖，釘在了上面，針的一端，隱隱帶著黑色的光華。

好厲害的見血封喉的毒針！

還有好厲害的出針手法！

若是他武功低一些，如今定然死於非命了。

他隨手斬斷了自己的衣袖甩到了地上，然後抬眼看花顏，見她眉眼裡盡是冷芒，他收了笑意，扣住她手腕：「明明沒有半絲武功，但這出手的手法，怕是當世絕殺閣的頂尖高手也不過如此。原來我的太子妃才是真人不露相。」

花顏看著他，眉眼間的冷芒瞬間消散，晴朗一片，嫣然一笑：「自小學會的保命法子，所以，殿下應該知道，枕邊人有這等手段，不是什麼好事兒，指不定哪一日你閉上眼睛就再也睜不開了。你的位置和你的命，都是無價之寶，何必與我過不去呢？」

雲遲按著她手腕，輕輕地揉了揉，然後將她擁進懷裡，低低一歎，溫和低沉的聲音在她耳邊說：「我不是與你過不去，是與我自己過不去，這一生，怕是唯此一事，我要一輩子過不去了。你讓我放手不娶，我卻甘之如飴被你折騰。花顏，你當真不明白我的心嗎？」

花顏瞬間通體僵硬，血液似乎都停了。

雲遲便就這樣擁著她僵硬的身子，靜靜地抱著，待她將他的話消化。

花顏大腦嗡嗡了許久，才提起氣，一把推開他，薄怒道：「我上輩子欠了你多少銀子？你說個數，哪怕一個國庫，我也給你弄來。」

雲遲覺得她這般怒目而視也好過於無動於衷，證明對他的話不是沒有反應，且反應很大，這是好事兒，他溫潤一笑：「南楚國庫充足，我不需要銀兩充盈國庫。」

花顏改口：「那別的，比如說，你看誰不順眼，想弄死他，卻下不了手，有什麼難題，解決不了，或者不好解決，我幫你做了。」

雲遲聞言眉心動了動，忽然一笑：「這個可以考慮。」

花顏一聽有戲，看著雲遲，立即問：「什麼？只管說出來。」

雲遲深深地看了她一眼，道：「我看不順眼的人，這天下，非蘇子斬莫屬，但是不止下不了手，還要想盡辦法幫他保命。所以，這的確是想起來就犯難之事。但這還不算是最難的，最難的是我選了太子妃，她卻不願意嫁我，日日與我作對，十分棘手。」

花顏心下又轟隆一聲，覺得天上有塊大石落下，正好砸中了她腦門：「說來說去，你還是不撞南牆心不死。」

雲遲搖頭：「是撞了南牆也不死心。」

花顏氣結，罵道：「雲遲，有沒人說你其實是個徹頭徹尾的混蛋！」

雲遲認真地想了想，微笑：「五年前，蘇子斬說過。」

花顏聽聞心下舒服了些：「果然我與他心思相投，可見，便是緣分。」

雲遲眸光沉了沉：「若是真有天大的緣分，在我沒選妃之前，你們便該早早相識，情分深厚，若是那樣，我定然不會選你為妃，也就沒有如今這些事兒了。既然是我先選中了你，那麼，你對他無論有什麼不該有的想法，都要悉數地碾碎了，散了個乾淨。」

花顏嗤笑，將一句他慣常說的話如數還給他：「你做夢！」

雲遲又氣又笑：「你這現學現賣的功夫，著實本事得很。」

花顏冷冷地哼了一聲，伸手拍桌子：「我餓了，快吃晚膳，吃完你趕緊滾。」

雲遲對一旁的秋月吩咐：「進去看看七公主醒了沒有?的確是時辰不早了。」

秋月被雲遲和花顏的對決給驚得呆住了，連避諱都忘了，如今聞言驚醒，連忙進了裡屋。

七公主躺在床上，睜大了眼睛，一臉的不敢置信，像是天塌了一樣。

秋月見她醒了，立即走到床前，低聲問：「公主，您聽到了?殿下問您醒了沒有?」

七公主驚醒，連忙扯過被子，一下子蒙住了腦袋，嗡聲嗡氣地小聲說：「告訴四哥，就說我沒醒，還要繼續睡。」

秋月見她將自己裹得像個蠶蛹，有些好笑，低聲說：「如今天色已晚，到了該用晚膳的時辰了。而且，公主，您還要繼續睡的話，那要睡到何時？難道就住在這裡不回宮了嗎？」

七公主搖頭：「不回去了，宮裡沒趣，我就住在這裡了，反正四嫂的床大得很，給我一小塊地方，我就能睡得著，不會礙著她的。」

秋月無語：「您這是……打定主意不走了？我家小姐不喜身邊有人。」

七公主小聲說：「我睡的時候，四嫂已經睡了，她醒了，我還沒醒，但是她也沒搖醒我將我趕下床，可見也不是太反感我。」

「那好吧，奴婢出去說一聲。」秋月見她這般，無奈地向外面走去。

七公主連忙一把拽住她，小聲說：「別說我醒了，就說我還在睡著。」

秋月點頭。

七公主放心地鬆開了手。

秋月出了裡屋，來到畫堂，對雲遲說：「回太子殿下，七公主說她還沒醒，還在睡著，今日也不走了，要賴在這裡。」

七公主在裡屋聽得清楚，一把掀開被子，險些氣懵，這……四嫂這婢女是不是缺心眼？哪裡有這樣說話的？這話不是明擺著告訴外面的人她是醒著的嗎？

雲遲聞言，似乎笑了一下，倒是沒意見，頷首：「既然她還想繼續睡，那就罷了，讓她繼續睡吧。」說完，對外面吩咐，「方嬤嬤，將晚膳端上來。」

方嬤嬤連忙應是，立即去了。

花顏看了秋月一眼，心下也是有些好笑，這屋裡屋外就一牆之隔，秋月和七公主的嘀咕，靜靜聽的話還是能聽得清楚的。這七公主倒也是真可愛，怪不得雲遲對她特別對待。

她倒也沒多大的意見，床的確是大，她睡覺似乎很乖巧，不踢被子，也不踢人，礙不著她什麼，留一日就留一日吧！就當是她壞心眼讓人食不下咽寢食難安的補償吧！

不多時，方嬤嬤端來晚膳，其中有一碗薑糖水，端到了花顏面前。

花顏想起幾日前，那道靜庵的老尼姑給她與蘇子斬一人一碗水，她的是紅糖水，蘇子斬的是薑糖水。他那嫌惡的樣子，至今記憶猶新。

她慢慢地端起來，一口一口地喝著。

雲遲瞅了她一眼，沒說話，拿起了筷子。

飯香味一陣陣地飄進房中，七公主怎麼也睡不著了，乾脆推開被子起身，穿上鞋子，跑了出來。

她先規規矩矩地給雲遲和花顏見禮：「四哥，四嫂。」然後，不好意思地笑了笑，「我也餓了，不睡了。」

雲遲「嗯」了一聲：「既然餓了，坐下來用膳吧。」

七公主點頭，偷偷瞅了花顏一眼，見她沒意見，便趕緊去淨了手，乖覺地坐在了桌前。

方嬤嬤為她添了一副碗筷。

七公主午膳吃得晚，如今剛睡醒，雖然被飯菜香味吸引，但也不算餓，所以，每一樣都嘗了一口後，便不再專心吃飯，而是不停地偷瞄花顏。

花顏一頓飯被她瞄了幾十次，面不改色。

雲遲始終當沒看見，安靜地用膳。

待放下筷子，方嬤嬤帶著人將殘羹收拾下去，送上茶來，七公主終於忍不住地開了口：「四嫂，我要在你這裡住些天。」

花顏以為只收留她一天就夠了，沒想到她這般開口，斷然說：「不行。」

「我保證，絕對不會打擾你睡覺，也絕對不會打擾你做事情，我就占小半張床，餐桌這一塊地方就好。」七公主見她拒絕得乾脆，連忙舉起手來保證。

花顏依舊不客氣地說：「不行。」

七公主立即問：「為什麼？」

「我不喜歡有人在我身邊轉悠。」花顏給出理由。

七公主瞅著她，又看看雲遲，見雲遲沒有表態，一副事不關己的模樣，以她從小到大對他的瞭解，這樣就是不反對了。她立即大顆大顆的眼淚珠子滾了下來。

花顏見她又哭了，頓時放下茶盞，皺眉：「你哭什麼？堂堂公主沒地方住嗎？」想了想又說，「你若是喜歡這裡，我將這裡讓給你也行，我搬去別處。」

雲遲瞇了瞇眼睛。

七公主立即搖頭：「我不是為了地方，我就是想與你住些天，住哪裡都行。」

這回輪到花顏問了：「為什麼？」

七公主哭著說：「我因為你，這些天，人都瘦了，不美了，要補回來。雖然陸之凌本來就不待見我，但以往每次見到，好歹會看我一眼，今日在趙府，眼睛都沒瞟我一下，一定是我太難看了，你要負責。」

花顏從沒聽過這麼奇葩的理由，一時噎了噎，又氣又笑：「你這是真賴上我了？」

七公主承認地點頭：「嗯。」

花顏無語。

七公主見花顏沒回應，便一個勁兒地哭。

她哭的十分有水準，不哇哇大哭，也不嚶嚶哭鬧，更不像尋常女子一邊哭一邊拿帕子擦眼淚，而是就這麼看著你，睜大了眼睛，從眼裡大滴大滴地落眼淚。

花顏終於算是見識到了原來哭也分很多種的，早先在東宮她跳高閣那日，她是傷心地嗚嗚哭，在趙府，雖然她去換衣物，但遠遠聽到她是壓抑的哽咽的哭，今日，她又見到這般無聲的大滴落淚。哭成這般本事水準的，普天之下，她也算是有生以來第一次見了。

她轉向雲遲：「你怎麼說？」

雲遲淡淡地說：「這是你的事兒。」

花顏惱怒，他這是作壁上觀了？是自己設了局讓她上套如今這是坐在一旁欣賞成果呢？

「哼！你很好！」

雲遲溫潤一笑：「你總算是知曉我的好了，雖然僅僅是一點點，但來日方長，總會積累的更多的。」

花顏氣結，覺得她若是少活二十年，一定是他氣的。

雲遲放下茶盞，慢悠悠地站起身，當真不管不理，姿態清貴緩緩地走了。

雲遲離開後，花顏氣悶地看著七公主。

七公主小心翼翼地瞧著花顏，乖覺地坐著，見她臉色十分難看，她大氣也不敢出。

她是從來沒見過花顏這樣的女子，明明看起來嬌順柔弱，可一旦與她對上，她彷彿手裡拿了一把鋒利的劍，只要出手，就能將人脖子割斷。

這是一種與生俱來的氣場，無影無形，但偏偏令人透骨的膽戰心驚。

她今日終於明白了福管家提到她時，一副噤若寒蟬的模樣了。

她敢威脅皇祖母跳幾十丈的高閣，她敢對天子不行拜見大禮且言辭恣意，她敢公然昭告自己心儀的男子不怕惹怒太子皇兄，更不怕天下人非議……

她覺得，這個天下，怕是沒有她不敢做的事情。

她早先在屋中聽到畫堂內她與太子皇兄鬧出的動靜，實在是震驚，她從來沒見過誰敢這麼對太子皇兄，也從來沒見過太子皇兄對誰如此忍讓。

她有些怕花顏，但卻又不想走，就想留下來。

花顏看了七公主片刻，見她沒有打退堂鼓的打算：「算了，你若是想多住些天，就住吧！」

七公主頓時露出喜色：「多謝四嫂。」

花顏站起身，哼道：「如今就喊我四嫂，未免太早了。」

七公主頓時噤聲，隨即又小聲說：「也不早，四嫂對東宮熟悉一陣子後，你與四哥的大婚事宜就會提上日程了。興許，今年就能將喜事兒辦了呢。」

花顏嗤笑：「有沒有大婚還要再看。」說完，她挑眉，「你覺得你的好四哥會贏了我讓我乖乖地嫁進東宮？」

七公主想點頭，但看著花顏的臉色，低聲說：「四哥真的很好，四嫂就不要喜歡蘇子斬了，他不好。」

花顏走出房門，斜靠在門框上，看著夕陽落山，日色的餘暉謝幕，她雲淡風輕地說：「我這個人天生反骨，就喜歡別人不喜歡的和別人覺得不好的。」

七公主頓時沒了聲。

秋月聞言心裡發苦，她真是後悔那一日不該順從小姐跟她去順方賭坊，否則也就不會見到蘇子斬，也就不會出這一系列的事兒了。

她竟覺得小姐喜歡陸之凌都比蘇子斬強，至少陸之凌身體健康活蹦亂跳，可是蘇子斬呢？寒症加不能人道，這是要自己命，也是要別人命的啊！

可是她更瞭解小姐，只要認準了一件事兒，死活都會沿著一條道走。

她說太子殿下撞了南牆也不死心，她其實也是的。

她是不管那許多的，只在意蘇子斬這個人。

秋月覺得頭頂一片暗無天日，眼前陰霾重重，這路，怎麼走下去啊？

第十七章 夜半出遊長見識

趙宰輔陪了皇帝一日，皇帝走後，他又與幾位朝中重臣私下吃了一番茶。這一日雖然極累，但也未立即歇下，而是等著趙夫人與趙清溪收拾妥當坐在一起敘話。

趙清溪這一日心情起起伏伏，莫名的她也說不清楚，只覺得十分不好受。

她從小就被父母教導，被趙家舉族公認是最有出息的女兒，以趙家的勢力，以他父親的官職，以她的才華品貌，除了嫁入天家，不作二想。

所以，她從很小，在見到雲遲時，就知道這個人是自己要嫁的人。

可是，除了她十一歲那年，雲遲為她畫了一幅美人圖外，卻再無其他了。這些年，他待她越發地淡了，甚至一年到頭，也見不到他幾面。

但她從沒想過他會不娶她，不止她沒想過，她的父母也沒想過，甚至，京城的人都沒想過，一直都覺得，她一定是那個太子妃人選。

太子移出皇宮入住東宮十年，她曾私下竊喜過，東宮內宅空虛無一女子，連父親都說，太子待她待趙家心意極誠，比當年皇上待皇后待梅家之心還要誠。

皇后嫁給皇上時，皇上已經姬妾無數，而太子殿下，空置東宮內宅，只待一人。

誰都以為那個人是她。

可是，太子選妃那一日，偏偏選了臨安花顏，棄她未選。

臨安花顏？

若非太子選妃，天下有幾個人知道她？京城有幾個人知道她？

不是京中的各大世家中的女子，而是千里之外的臨安花家。

父親不滿甚至惱怒，母親氣急近乎怨憤，而她，只是不解和好奇。太子殿下選的太子妃，到底是什麼樣的女子？她哪裡不如人了？

那一日，她前往東宮送書，正巧太子妃入府，她強壓制住想去看一眼的好奇，想著來日方長總會見到她。

今日，終於見到了，原來，她是這樣……

該怎麼形容，她說不出來，只是覺得，父母多年來的心願，她從小到大的等待，怕是一場竹籃打水罷了。

那她，該怎麼辦？還能選誰而嫁？

趙夫人心理雖然與趙清溪一樣的不好受，但多少有些不同。

她覺得臨安花顏憑什麼如此囂張？連武威侯繼夫人也敢推下水，對敬國公夫人敬酒如此面色坦然，頂著準太子妃的頭銜公然說喜歡別的男子也不羞不臊。

她也是從來沒見過這樣的女子，她不過是二八年華而已，憑何膽大妄為。

這裡是京城，各大世家雲集之地，是錦繡富貴繁華之地，但也是狼窩虎穴之地。她就不怕將自己摔得粉身碎骨？

只憑著太子殿下非要娶她的心，她就認定太子殿下會護著她不讓人動她？還是她不止是表面上這般手段厲害且背後還有更厲害的資本？

太子妃花落臨安後，她便派人去了臨安查探，她無非就是個沒有禮數又任性，被花家養的無法無天拘束不住的小女兒而已。她那時憤憤地想著太子真是瘋了，太子妃能是隨手一翻隨意擇選的嗎？他知不知道她選了個什麼樣的太子妃？

這樣的太子妃，將來能坐得穩位置嗎？能穩得住東宮內宅？能在將來陪著他執掌宮闈母儀天下嗎？

她覺得根本就不可能！

臨安花家，世代偏安一隅，子孫都喜歡避世，沒有出息。臨安花顏，更是那個被教養壞了的翹楚。

她本就等著看太子悔婚那一日，可是等了一年，婚約如今還在。

所以，她不解，這樣的一個女子，她憑什麼？依仗著什麼呢？

這是她這一日忙亂中想的最多的疑問。

趙宰輔見二人臉色都不大好，似各有心事，他終於開口：「今日辛苦你們了。」

趙夫人打住思緒，見趙宰輔雖然疲乏，但眉目間精神奕奕，她連忙說：「老爺的這個壽辰辦得十分熱鬧，門庭若市，雖然有些辛苦，但也值得。」

趙宰輔點點頭：「我沒想到皇上與我整整待了一日，真是皇恩浩蕩了。」

趙夫人頷首：「皇上待老爺一直都甚是厚重。」

趙宰輔感慨：「到底皇上是皇上，太子殿下是太子殿下，終是不同的。」

趙夫人想起太子殿下送那六十萬兩實打實的銀子來，一時緊張地問：「老爺，太子殿下對您，對咱們趙家，是不是別有打算？難道是不打算用您和我們趙家人了？」

趙宰輔老眼深邃：「難說。」

趙夫人的心不由得提起來：「這可怎麼辦呢。」

趙宰輔道：「六十萬兩銀子作為賀禮，怕不是太子殿下的主意，估計應是那臨安花顏。」

趙夫人一驚：「老爺，會是這樣嗎？」

趙宰輔不答，問向趙清溪：「溪兒，你怎麼看這賀禮？」

趙清溪思索了片刻，點頭：「爹也許猜得對，應該是太子妃的主意，太子殿下從不會做這樣的事兒。」

「既然是臨安花顏的主意，那她這是什麼意思？」趙夫人不解。

「六十萬兩，說多，倒也不是極多的，說少，也不少了。我與太子殿下，咱們趙家與殿下，這麼多年的交情，也就是這個價了。這是明碼標價。」趙宰輔道，「臨安花顏，太子為自己選的這個太子妃，不可小看啊！」

趙夫人和趙青溪看著趙宰輔，齊齊想著，臨安花顏，的確是不可小看。

今日她與武威侯繼夫人針鋒相對，含笑將她推下水，又笑吟吟地親自將她救上來看，從今往後，所有人都不會再小看她。

趙宰輔又道：「從今日之後，溪兒的婚事兒與我們趙家的將來，怕是要重新打算了。」

趙夫人面色一緊：「老爺，已沒有轉圜的餘地了嗎？那臨安花顏不喜歡太子殿下，公然表明她喜歡陸之凌，其所作所為，實在不容世俗，我們家溪兒未必沒有機會。」

趙宰輔鬱悶道：「六十萬兩白銀，這等價碼，雖是臨安花顏的主意，但太子殿下既然聽從了，那麼，也就是告訴我們，於我和我們趙家來說，情分就是這麼重，不能再更深重了。他要是想娶溪兒，就不會選臨安花顏，這一切只不過是我們的不甘心罷了。所以，即便有機會，太子妃的位置也不會是溪兒的。」

趙清溪的臉色白了白。

趙夫人心疼極了：「太子殿下這是為什麼呀？溪兒哪裡不好了？那臨安花顏雖也是個不差的，但行事這般張狂無顧忌，膽大妄為，不計後果，她能做好他的身邊人嗎？」

「做好做不好，那都是太子殿下要自行承擔的。都一年了，我們要認清這個事實，從今日之後，不能再自欺欺人了。」

趙夫人頹然地洩氣：「那我們溪兒，該嫁誰啊？」

趙宰輔看向趙清溪，終是歎了口氣：「溪兒今年已經十八了，不能再耽擱了，明日，我便將這京中未婚的青年才俊都篩選一番，看看誰最是合適。」

趙夫人無奈，點頭：「只能如此了。」

趙宰輔道：「除了太子殿下，這京城也還是有好男兒的，否則這天下，焉能有四大公子？」

趙夫人聞言心裡總算是好受了些，轉向趙清溪：「溪兒，以後別想著太子殿下了，他那人心性涼薄，重在社稷，誰知道他娶臨安花顏是為著什麼？你，你父親，我，咱們趙家，待殿下之重，換來的卻是這般，著實……」

「娘。」趙清溪打斷趙夫人接下的不敬之語，平靜地說：「爹說得對，女兒未必一定要嫁給太子殿下。就聽爹的，明日便開始幫我擇人議親吧！」

趙夫人拍拍她的手，幾乎落淚：「我的好孩子，苦了你了。」

趙清溪微笑：「女兒不苦，女兒從小就受爹娘教導，我們趙家的女兒和趙家的人，不能被人看低了去。」

趙宰輔目露讚賞：「不錯，不愧是我的女兒，太子殿下不娶你，是他的損失。」

夜幕漸深，星月隱入了雲層，南楚京城大多數府邸都進入了睡眠，幾家燈火卻通明未歇。

武威侯繼夫人醒來後，對著武威侯大聲哭訴。

武威侯因與趙宰輔素來不睦，今日並未去趙府賀壽，只由著他的繼夫人柳芙香去了。所以，他自然未見到花顏，也沒想到她繼夫人走著去卻是躺著回來。

他與敬國公一樣，帶過兵，打過仗，即使如今太平盛世，南楚也未重文輕武，所以，武威侯和敬國公在朝中依舊極其有地位。但他與敬國公那等純武人又不同，他通文官之道，權柄之術，算是皇帝那一代極其少有的文武全才之人。

當年，梅家有二嬌，一個入了東宮，一個嫁入了武威侯府。雖然最後都早殤，也不能抹殺當年多少青年才俊爭相求娶的事實。

能娶到其中一嬌，可見，武威侯當年是個極其出類拔萃的。

面對柳芙香又恐懼又憤恨的哭訴，他冷靜地說：「我知道此事了，你好生歇著吧！」

柳芙香哭聲驟停，腫著一雙眼睛：「侯爺？您不為妾身做主？」

武威侯道：「既然子斬當時在場也處理了此事，他的決定便是代表武威侯府的態度，此事就此揭過。」

柳芙香不敢置信：「侯爺，那妾身就這麼受她欺負了？她還不是太子妃呢？況且她還不知羞恥的公然說喜歡陸之凌，妾身不過是看不過，說了幾句，她便下如此狠手，著實欺人，欺妾身，更是欺侯爺您啊！」

武威侯沉下臉：「此事，本侯已知你便無需再多言，好生歇著就是了。那臨安花顏的確張狂，但你今日逞婦人口舌，也有不對，她親自下水救你上來，你身體既然無礙，也無甚可說。」

柳芙香不甘心，哭道：「侯爺，妾身當時以為自己要死了，妾身害怕得緊，妾身怕再也不能侍候您了，怎麼能如此輕易放過她？」

武威侯看著她，安撫道：「太子要娶的女子，豈會是個好相與的？你今日在她手下吃虧，也不算冤，吃一塹長一智吧！」

柳芙香還要再說：「侯爺……」

武威侯的臉色立刻拉了下來：「你待如何？」

柳芙香可憐兮兮，委曲地道：「妾身……聽侯爺的。」

武威侯面色稍霽，點點頭：「好生歇著吧。」說完，又囑咐了兩句，去了書房。

柳芙香在武威侯走後，一張臉又是陰狠又是憤怒，手緊攥著被褥，幾乎扭爛了錦被，她已經聽說，當時她落水後昏迷，蘇子斬恰巧趕到，卻沒有管她而是解了自己的披風給了臨安花顏。

他怎可……竟對那臨安花顏如此相護，不止給披風，還大事化小小事化無的處理了此事，完全不顧她。他怎麼可以這樣？

他怎麼可以？

臨安花顏剛一入京，便砸了他經營了十年的順方賭坊的招牌，拿走了他十年賭坊盈利，他就不恨她，不想殺了她嗎？為何偏偏如此相護？

蘇子斬這五年來，護過誰？

鑽心的疼，她的心疼得幾乎在被人千刀萬剮……

他是恨她嗎？恨她在當年嫁給侯爺？

她閉上眼睛，恨不得想殺了那臨安花顏。

武威侯到了書房後，詢問管家：「子斬回來沒有？」

管家連忙恭敬地回話：「回侯爺，公子還沒回來，聽說從趙府出來後，與陸世子又出城賽馬去了。」

武威侯看了一眼天色：「已經這個時辰還沒回來，看來今日定然是不會回來了？」

管家點頭：「十有八九不會回來了。」

武威侯臉色沉沉：「他眼裡心裡還有沒有這個家？想不回來就不回來，連我找他也見不到人。他到底想要幹什麼？我這爵位，他當真鐵了心不繼承嗎？」

管家不敢接話。

武威侯似乎怒了，對外面喊：「來人。」

「侯爺。」有人應聲現身。

武威侯怒問：「他與臨安花顏，到底是怎麼回事兒？可查明了？」

那人立即回話，詳細從花顏踏入賭坊說起，這些事情，侯府暗衛一直關注，清清楚楚。

武威侯聽罷，豎起眉頭：「這五年來，他何時關心過誰？除了與他交情不淺的陸之凌，但也沒深到能讓他與雲遲翻臉作對，這臨安花顏……真對他來說是特別的存在嗎？」

暗衛垂下頭：「公子待準太子妃，確實有些不同。」

武威侯臉色沉暗，半晌道：「怪不得……」

管家聽聞這三個字，後背驟然冒出冷汗。

武威侯卻不再多說多問，擺擺手：「你們都下去吧！他若回來，告訴他來見我。」

暗衛瞬間退了下去，管家連忙應聲，倒退著出了書房。

敬國公因前幾日謠傳太子妃喜歡他家兒子的消息，覺得鬧心，也不想遇見雲遲，便沒去參加趙宰輔壽宴，由他夫人去了，他自然也就沒見到花顏。

陸夫人去了這趟壽宴，回來後卻後悔的要死，如今她比敬國公更鬧心得慌。

陸夫人一回來便複述了在趙府發生的事兒，敬國公聽罷，也驚得跳了跳腳：「這……那臨安花顏，怎麼如此膽大妄為？這等事情，她怎麼也敢說？這要置我們於何地？我以後還如何面見太子殿下？」

陸夫人歎氣：「她說，她喜歡凌兒，與凌兒無關，與敬國公府無關，是她自己的事兒，讓我們不必有負擔。」

敬國公反駁：「這怎麼可能？」

陸夫人頷首：「是啊，怎麼可能？」

敬國公怒道：「那個逆子呢？」

陸夫人睞了他一眼，忍不住為自己兒子說好話：「這事兒我親眼所見，確實也怪不得咱們凌兒，是那太子妃，著實……哎，我從沒見過那樣的女子。」

敬國公罵道：「若他不夜闖東宮去見她，怎麼會惹出這禍事兒來？」話落，指著陸夫人道，「你呀，慈母多敗兒！」

陸夫人見他又要犯脾氣，不滿地說：「你就會說我心慈，這些年，你們父子鬧騰，我也沒攔著你管教他，你管不了他，卻又怪我。」

敬國公一噎，瞪眼，沒了話。

陸夫人想到了什麼，忽然又無奈地說：「我今日鬧心，可是安陽王妃卻私下跟我說，若是有這般女子喜歡的是她家的兒子，她就豁出去臉面不要了，也要跟東宮搶人，奪到自己家裡去給她當兒媳婦兒。」

「什麼？」敬國公愣住。

陸夫人誠然地說：「就是這麼說的，她竟然還羨慕我，又很後悔，說去歲，她若是知道那私情之事是臨安花顏為了不想嫁入東宮而自行放出的消息，她說什麼也要親自去花家一趟。可是如今，悔之晚矣。」

敬國公一拍桌子：「安陽王妃真是胡鬧！太子定下的人，怎麼能搶？」

陸夫人無奈：「就算要搶，也得能搶得過來啊？我尋人打聽了，臨安花顏未進京時，太子便下令，東宮上下，尊她為太子妃，不得有一絲半毫的怠慢，連福管家和小忠子都不敢在她面前放肆。可見，真是上心著緊了的。」

敬國公聞言更是鬧心，又問：「那孽子呢？」

陸夫人搖頭：「還沒回來，據說當時蘇子斬處理了落水事件後，他們二人連宴席都沒吃，便從趙府離開，出城賽馬去了，這麼晚了，估計不回來了。」

敬國公又氣又恨：「他竟然還有閒心賽馬，看他回來，我不打斷他的腿。」

陸夫人無言片刻，不客氣地說：「從小到大，這話你說了無數次了，也做了無數次了，哪次做到了？你不止打不到他的腿，他若是要跑，你還奈何不得他。」
敬國公翻子差點兒被氣上天，瞪眼，怒道：「你……到底向著誰？」
陸夫人哼了一聲，煩悶地說：「誰也不向，你還是好好想想這事兒到底怎麼辦吧！」
敬國公氣道：「如今所有人都知道了，過幾日就會傳遍天下了。等那逆子回來，我問問他吧！哎，我上輩子造了什麼孽？怎麼生了這麼個東西！」
陸夫人想著這話也頗有道理，也就不反駁了。
幾家燈火在深夜熄燈了後，東宮鳳凰西苑的燈火卻又亮了起來。
七公主死乞白賴地留在了東宮，又搶了花顏一半的床榻，睡的那叫一個香甜。
花顏半夜睡醒，卻怎麼也睡不著了，她素來睡眠很好，很多時候幾乎雷打不動，可是今夜，她發現自己竟然失眠了。
她失眠，有一個人卻在身邊睡得很是酣然，這實在不是件讓人愉快的事兒。
於是，她擁著被子坐了半晌後，起床掌燈，壞心眼地推七公主：「醒醒。」
七公主睡得正香，唔噥一聲，迷糊地睜開眼睛：「四嫂，你喊我？」
花顏瞅著她，燈下看美人春睡未醒，著實養眼，她多看了兩眼，點點頭：「是我在喊你。」
七公主瞧著她站在床前，揉揉眼睛，坐起身，糊裡糊塗地問：「四嫂喊我幹嘛？」
花顏道：「天快亮了，我睡不著了，你陪我去房頂上看月亮吧！」
七公主愕然，向窗外看了一眼，外面黑漆一團，她撓頭：「外面有月亮嗎？」
花顏肯定地說：「有。」
七公主看了眼更漏，又揉揉眼睛，說：「四嫂，子時剛過，正是夜最深的時候……」

「廢什麼話?去不去?」說完,威脅道,「你若是不去,明日我便把你送回宮裡去,不讓你在我這裡待著了。」

七公主心神一醒,掙扎著打退睏意,打著哈欠連忙點頭:「我去,去。」

花顏滿意了:「快穿衣服,我出去搬梯子。」說完,轉身出了裡屋。

七公主哀歎不解,這大半夜的,是怎麼回事兒啊?四嫂夢遊?

七公主連忙穿好了衣服,追出了房門。

花顏已搬來梯子,放在了房檐處,見七公主出來,她壓低聲音說:「別吵到別人,我先上去,你再跟著我爬上來。」

七公主看了一眼天,伸手不見五指,唯花顏身上的衣服,因是上好的料子,透著微微的華光,她試探地小聲問:「四嫂,你是不是夢遊了?這天黑沉得很,沒有月亮可看。」

花顏幾乎噴笑,如實相告:「不是,我睡不著,拉著你陪著我,沒有月亮就陪我上來說話。」

七公主總算明白了,她住在這裡的第一夜,就是那個被擾了好夢的倒楣蛋,但偏偏是她自己哭著賴在這裡的,無法,只能在花顏爬上去之後,小心翼翼地順著梯子往房頂上爬。

她雖然素來被人寵慣著,是個任性囂張的,但也從來沒上過房頂。費了好一番力氣,才戰戰兢兢地爬了上去,見花顏已經悠哉地翹著腿坐在了房上,她小心翼翼地挨著她坐下,生怕一個不小心踩滑瓦片掉下去摔死。

花顏瞧著她的模樣,笑問:「從來沒爬過房頂?」

七公主點點頭:「沒有。」

花顏笑著說:「皇室中人,規矩都很大嗎?我看你似乎也沒太遵循規矩過活。而我見過的五皇子和十一皇子，他們踏足賭坊，似乎也沒有太遵守規矩。」

七公主搖頭：「皇室中的規矩對比京中各大世家子嗣來說，也不算是最大的。規矩最大的是趙家，其次是梅家，然後才算是皇家。我因為自小由母后教養在身邊，母后薨了之後，太子皇兄愛護我，我又天生頑劣，才沒規矩些，其她的姐妹們與我不同的。而皇子裡，十一弟愛玩，與五哥一母所生，所以，時常拉著五哥出入賭坊。他們多數時候不是為了去賭，其實是為了去看別人的熱鬧。別的人也不跟他們一樣的。」

花顏頷首，笑著道：「你都做過什麼事兒，便說自己頑劣？」

七公主掰著手指頭說：「頂撞皇祖母、父皇，與其她姐妹們鬧脾氣爭搶東西，時常跑出宮來玩，喜歡陸之凌，追著他想告訴他我喜歡他。」

花顏翻白眼：「這樣就算頑劣嗎？」

七公主一怔，脫口說：「皇祖母和父皇都罵我頑劣，難道這還不算嗎？」

花顏嗤笑：「你這若要算頑劣，那我算什麼？」

七公主好奇地問：「你都做過什麼啊？」

「我呀。」花顏笑吟吟地說，「我從小就混跡於市井，不是待在賭坊裡，就是跑去青樓歌坊裡，不是三天兩頭不回家那種，是有時候一個月都不回。八歲之前，還都在臨安鬧著玩，八歲之後，我便出了臨安四處玩，鬥雞走狗，無所不為。」

七公主不敢置信：「你是女子，怎麼能做這樣的事兒？」

花顏伸手點她額頭：「瞧，你放在我面前，那麼點兒小出格都不夠看的。」

七公主點頭，誠然地覺得真不夠看，她可做不出來：「外面人心險惡，你一個人，怎麼敢呢？

不怕被擄賣了嗎?我五哥就説我，若是再胡亂跑出宮不讓人跟著，小心哪天被人給賣了。」

花顏輕笑：「我不怕被人擄賣，有時候，求之不得呢。」

「……。」七公主徹底驚呆了。

花顏看著七公主，她在皇室裡算是頑劣不化的那一個，但在她看來，這般純純如小羔羊的姑娘，就是個包裹在金鑲玉墜裡的金絲雀，漂亮歸漂亮，道行比老鷹差遠了。

怪不得內心這麼脆弱，動不動就哭得稀裡嘩啦。

花顏忽然一問：「你為什麼喜歡陸之凌?」

七公主聞言臉一紅，小聲説：「四年前，我偷偷一個人跑出宮，去街上玩，遇到了一個無賴，是他揍了那無賴，救了我，問明我身分，將我送來了東宮。」

花顏無語：「所以，英雄救美?你就看上了他?自此心儀他?非他不嫁了?這戲摺子都不新鮮演這戲碼了。」

七公主臉蛋紅紅的：「反正，我就是喜歡了他。」

花顏哼哼：「陸之凌估計就是正巧趕上，好心隨手一救。對他來説，不值一提，卻沒想到救出一樁情債來。我想，後來他見到你就跑，估計是後悔多管閒事，悔得腸子都青了。」

七公主臉色一變，委屈地又要落淚。

「打住，打住，別哭。」花顏抬手，捂住她眼睛，「雖然你現在哭，烏漆墨黑的，我也看不見，但是呢，還是別破壞這好好夜色的好。」

七公主被她這麼一説，小聲説：「伸手不見五指，哪裡有什麼好好夜色?」

花顏眼珠一轉，忽然頗有興致地説：「這東宮沒有，在其他地方，你要不要去看看?」

七公主吞下眼淚，問：「哪裡？」

花顏笑著說：「你想不想去見識見識，若是想，我就帶你去。」

七公主聽出了她話裡的意思，犯難地說：「四嫂說的是宮外嗎？夜這麼深了，黑沉沉的，怕是要下雨，若是現在出宮，可是危險得很。」

花顏「喊」了一聲：「膽子這麼小！」話落，她站起身，「罷了，你不去我自己去，你回房去睡覺吧！」

說著，她便痲溜地順著梯子下了房頂。

七公主見她轉眼就下了房頂，驚呼：「四嫂，你別走，我下不去，害怕。」

花顏站在下面看著她：「怎麼上去的，就怎麼下來，怕什麼？」

七公主不想被花顏笑話，但還是真有點兒怕，咬緊牙關，死死地抓住梯子，打顫地一點點兒的爬下了房頂。

腳落到地面的那一刻，她已經出了一身的冷汗。

花顏好笑地看著她：「凡事兒都有第一次嘛，以後你就不怕了。」

七公主搖頭，想說我再也不上去了，但終究沒開口。

花顏轉身回了屋，從抽屜裡拿出一疊銀票，揣進了懷裡：「跟不跟我去？」

七公主掙扎：「四嫂，外面太黑了，不安全……」

花顏不再理她，抬腳就又出了屋。

七公主又是害怕又是好奇，還是追出了屋，拽住她：「四嫂，我跟你去。」

花顏「嗯」了一聲，對她說：「我自己倒是用不著梯子，但你跟著嘛，定然是要用的。來，你與我一起抬上梯子，跟我走。」

七公主乖覺地抬起梯子的另一頭，與花顏一起，抬著梯子出了鳳凰西苑。

花顏住進東宮也有數日了，一直都是依照她的規矩，不准人守夜，就連秋月也不必住在外間，所以，方嬤嬤以及西苑侍候的人都沒被驚動，二人順利地出了鳳凰西苑。

避開了巡邏的護衛，沿著青石磚的小道走了一陣，來到了一處牆根。

花顏將梯子立好，當先爬了上去，然後坐在牆頭上對七公主說：「爬上來，我們出去。」

七公主已經不知是什麼心情了，她從沒爬過房頂爬過牆，尤其是東宮的房頂東宮的牆，今日可都算是體驗了一回。她有些戰戰兢兢：「四嫂，若是被四哥知道，我們就都死定了。」

她話音剛落，身後現出一個人影，冷木的聲音開口：「太子妃，七公主，您二人這是要做什麼？」

七公主一嚇，頓時睜大了眼睛，整個身子都僵住了。

花顏坐在牆頭上往下一瞧，見是一抹影子，立在七公主身後，她眸光一動，認出了他就是那日在高閣下接住她的雲影，她麻溜地下了梯子，扒拉開七公主，站在他面前，瞅著他，笑問：「雲影？」

雲影一怔，垂首：「正是卑職。」

花顏在他面前晃了晃手：「你是影子還是人？露個面，讓我瞧瞧，那日就沒瞧清楚。」

雲影似猶豫了一下，遵從地化影為形現身。

花顏瞧著他，依舊是一身黑衣蒙面，只能看到一雙眼睛，她撇嘴：「你這叫露面？」

雲影剛要說話，忽然覺得不對，身子一晃，「咚」地一聲，直挺挺地倒在了地上。

花顏見此，笑容蔓開，蹲下身，扯開了他蒙面的黑巾，打量了他一眼，「唔」了一聲：「長得還不錯，就是常年不見光，皮膚過於白皙了些。」說完，又將他面巾拉上，幫他遮住了臉，回身拍拍傻愣著的七公主肩膀，「還傻站著幹什麼？快點兒，走了。」

七公主驚愣地吶吶：「四嫂，他……這……我們……」

花顏戳戳她額頭：「再不走，今晚就沒得玩了，他死不了，暫時暈了過去。」說完，俐落地又爬上了梯子，催促七公主，「還去不去？去就痛快點兒，不去我就自己走了。」

七公主顧不得再想，手腳比大腦快地爬上了梯子，坐在了牆頭上。

花顏見她上來，招呼她抓住梯子一頭一起用力，將梯子也弄上了牆，又費了一番力氣，將梯子翻過內牆，立在外牆外。

擺好梯子，她用袖子抹了一把額頭的汗，對七公主說：「若是沒你，我不必費這麼大的力氣，自己爬牆輕而易舉，你可真是個拖累。」說完，便順著梯子，下了外牆。

七公主氣喘了片刻，也學著花顏用袖子抹了一把額頭的汗，順著梯子，也爬下了外牆。

腳一落地，花顏便一把拽住她：「快走，雲遲的第一暗衛抵抗藥效的時間不會太長，我們必須立馬地擺脫他，讓他找不到蹤跡。」

七公主驚駭地說：「那人是四哥的第一暗衛嗎？嫂子，我們被他抓住會完蛋的！」

花顏點頭，拽著她就跑：「所以，不被他抓住不就好了？」

七公主點頭，跟著花顏跑了起來，很快二人便消失在了夜色裡。

誠如花顏所說，雲影自小經過最嚴苛的訓練，尋常的迷藥對他來說不管用，世上極強的迷藥，最多也只能迷倒他一盞茶的時間。花顏要的就是這一盞茶。

一盞茶後，雲影不出意外地醒了，他騰地站起身，見眼前已經沒了花顏和七公主，他瞬間足尖輕點，跳上了牆頭，見外牆上立著梯子，顯然，那二人是用梯子出了東宮。

他用內息凝神探查片刻，天氣陰沉沉地要下雨，四周只有夜裡的涼風刮過，他能探查的方圓一里，都沒有人跡，他面色一變，當即轉身，前往鳳凰東苑而去。

不多時，他便立在了東苑內殿的門口，輕喚：「殿下！」

雲遲剛剛睡下不久，聞言「嗯」了一聲，問：「出了何事兒？」

雲影僵硬地說：「太子妃和七公主剛剛不久前爬牆出了東宮。」

雲遲立即睜開了眼睛，揮手挑開帷幔，看向窗外，夜色深深，不見星月之光，他皺眉：「東宮府衛沒攔著？」

雲影慚愧地說：「她們避開了巡邏的府衛，等我發現時，已經到了西宮牆，她們搬了梯子，卑職剛說了兩句話詢問，便被迷暈了，醒來後發現她們已經走了。」

雲遲聞言披衣下了床榻，來到門口，打開房門，看著雲影，揚眉：「你被迷暈了？」

雲影垂下頭：「是卑職無能。」

雲遲自是知道雲影的本事，問：「什麼迷藥？」

雲影低聲說：「似是鮮少見世的無色香。」

雲遲聞言看了一眼天色，暗夜沉沉，黑雲罩頂，涼風忽刮，這是要下大雨的徵兆，他道：「怪不得你被迷倒，若是無色香，的確是難以抵抗，你可是醒來便立即來報我了？」

雲影頷首：「卑職先用內息探查了一番，方圓一里沒有人跡動靜，恐怕她們已經走遠了。」

雲遲忽然一笑：「她既然用無色香迷暈你，自然會快速地離開。一炷香給別人不夠，給她卻是夠了。」話落，他揉揉眉心，「傍晚對我用毒針，夜裡對你用無色香，在這深宮巍巍裡，想要帶一個人出去，對別人難如登天，對她看來真是容易得很。」

雲影單膝跪在地上：「殿下恕罪，卑職萬死。」

雲遲擺手：「你起來吧，不怪你，憑你的本事，冷不防對上她用無色香，也是沒法子。」說完，他吩咐，「今夜密切注意城中的動靜，她帶著七公主出去玩，必不會只是玩，定有目的。」

雲影應是。

花顏拽著七公主，跑在無人行跡的街道上，七彎八拐，繞了好幾條街，最終又回到了距離東宮最近的榮華街。

七公主跑得滿身是汗，氣喘吁吁，在花顏停下腳步時，一屁股地坐在了地上：「四嫂，我跑不動了。」

「嗯，已經到了，我們不必再跑了。」花顏也同樣一屁股坐在地上，氣喘吁吁，想著這副身子自從被……哎，真是弱不禁風了。

二人歇了半晌，似乎才活過來。

七公主抬眼打量了一下四周，驚奇地說：「四嫂，這是榮華街。」

花顏點頭，站起身，拍拍屁股：「對啊，就是榮華街，我們來的就是這裡。」

七公主也站起身，拍拍屁股，納悶：「這裡在半夜裡有什麼好玩的？」

花顏神秘地一笑：「當然有，跟我走。」

七公主越發好奇，點點頭。

花顏帶著七公主又走出幾十步，來到了一處燈火通明的宅院前，門前的牌匾上寫著「春紅倌」三個大字，她瞧了一眼，徑直走了進去。

七公主驚駭地一把拉住她：「四嫂，這裡不能進。」

花顏停住腳步，笑問：「為何？」

七公主臉色發白：「這裡……這裡是那種地方，不能進的。」

花顏似笑非笑：「哪種地方？」

七公主後知後覺，驚悚地說：「四嫂，你說帶我來的地方，不會就是這裡吧？」

花顏誠然地點頭：「對啊，就是這裡。」

七公主頓時有了想死的心，幾乎要哭出來，「這裡都是男人……好人家的女兒是不會來這裡的……我們不能進去……」

花顏看著她，好笑：「你的意思是，你死活也不進去了？」

七公主肯定地點頭，重重地點頭。

花顏頷首，也不強迫她：「那好，你不進去也行，那我進去了啊！」說完，她走了進去。

七公主睜大眼睛，上前一步，死命地拉住她：「四嫂……」

花顏無奈地停住腳步，見她一副天要塌下來的模樣，笑著說：「知道你為什麼喜歡陸之凌喜歡到沒有自我的地步嗎？」

七公主一怔，搖搖頭。

花顏點點她額頭的說：「那是因為你見過的男人太少了。這世上，有千千萬萬的男人，未必那一個就是你的菜，應該多見些世面，你就會知道，以前自己的眼界有多麼狹小。」

七公主驚異：「是這樣嗎？」

花顏肯定地頷首：「自然是這樣的。」

七公主依舊躊躇為難：「可是……五哥告訴我，這裡是汙穢的地方，不能來，來了我就完蛋了，即便不死在這兒，父皇若是知道，絕對也會賜死我。」

花顏「嘁」了一聲，「五皇子什麼時候告訴了你這個？」

七公主立即說：「幾年前，我讓他帶著我逛街，曾走到這裡，他告訴我的。」

花顏想著五皇子還真是個好哥哥，她輕輕地拍了拍七公主的臉蛋，笑咪咪地說：「他說的不對，這裡是個好地方，你隨我進去，就知道了。你父皇嘛，不讓他知道不就得了？」

七公主依舊掙扎：「四嫂，就算不被父皇知道，但若是被四哥知道了，我們也死定了。」

花顏翻白眼：「他呀，若是他知道，你就推在我身上，是我帶你來的，與你無關。」

七公主依舊不敢進去。

花顏對她挑眉：「你就不好奇嗎？」

七公主心下打鼓：「好奇是好奇，但是……我怕……」

花顏溫柔地拍拍她：「乖，不怕，只要你跟著我，我就不會讓你出事兒，我們女子，來這世上走一遭，也該多長些見識，被那些條條框框的束縛過一輩子，多沒意思。」

七公主不知是因為花顏的語氣神色太溫柔，還是被她的話說得動了心，終於點了點頭。

花顏笑著拉著她走了進去。

第十八章　派人報信為毀婚

二人剛踏入門口，便有人從裡面迎了出來，這人是個女子，約莫三十來歲，沒有脂粉氣，面容姣好，穿著寶藍色的裙子，一身清爽，她上下打量了二人一眼，笑臉迎客，聲音也是清清爽爽：「兩位姑娘，是來找人？還是來玩樂？」

花顏笑容可掬地看著她：「好姐姐，我與妹妹是來玩樂。」

那女子又仔仔細細地打量了她們一眼，笑問：「可是與哪位公子有約？」

花顏搖頭，隨手將懷中的一疊銀票都掏了出來遞給她：「沒有與哪位公子有約，姐姐幫我看看，這些銀兩，夠我請哪位公子相約一夜？」

那女子看著銀票，先是一愣，然後伸手接過，麻利地清點了一番，須臾，有些古怪地笑起來：「姑娘所帶的銀票，足足有五萬兩，將我們這春紅館所有公子都包一夜，也是可行的。」

花顏輕笑，隨意地說：「那就煩勞姐姐給我們找一間足夠大的上好的房間，將得空且願意相陪的公子都請來，我與妹妹難得來見識一番。」

那女子笑著點頭：「好，還真有這樣的地方。翠紅，請兩位姑娘上天雲閣。」

有一個小丫鬟匆匆地跑了出來，模樣伶俐機靈：「兩位姑娘，請隨婢子來。」

花顏含笑點頭，拽了七公主一把，隨著翠紅上了樓。

那女子見二人上樓，又喊來一人：「去問問各位公子，今夜咱們春紅倌來了貴客，願意相陪的，都前往天雲閣，告訴各位公子，這兩位姑娘可不一般。」

有人連忙應是，立即去了。

那女子低頭又瞧著手中厚厚一疊銀票，看著銀票上順方錢莊的印號，又古怪地笑了半晌，再度招來一人，將銀票悉數交給那人，低聲吩咐：「將這些給公子送去，就說咱們春紅倌來的客人給的，今夜包場，問問公子，咱們這裡的公子，該怎麼伺候？」

那人收了銀票，鄭重地應是，立即出了春紅倌。

那女子交代完事情，施施然地上了樓。

春紅倌環境雅緻，布置擺設精緻不俗，牆上有詩文畫作，空氣也十分乾淨無雜味，顯然是個十分高雅的場所。若不是知曉這裡是做什麼營生的，乍然入內，還以為這是文人墨客相聚品茶議論詩文之地。

天雲閣更是春紅倌最上好的房間，十分寬敞，猶如一處小小的殿堂。

桌椅擺設，香爐燈璧，無一不是物中上品。

花顏走進來後，四下看了一圈，十分之滿意，笑著鬆開七公主的手，走到靠窗的一處長長的矮榻上半歪著躺下，隨手一指案桌對面，對七公主說：「坐著歪著躺著，這裡沒有規矩，你隨意。」

七公主有些緊張，發現自己學不來花顏的輕鬆模樣，有些拘謹地坐在她對面的案桌另一處矮榻上。

翠紅端來瓜果茶點，爽利地詢問：「兩位姑娘可喜熏香？若是喜歡，婢子去找來燃上。」

花顏笑著搖頭：「有美人香就夠了，還要什麼熏香？不必了。」

翠紅笑著點頭，為二人沏了盞茶：「兩位姑娘稍等，公子們總要梳洗收拾一番才能出來見客。」

花顏頷首，端起茶盞來輕抿了一口，道：「長夜漫漫，不急。」

翠紅笑著退了下去。

七公主有些坐立難安，小聲說：「四嫂，我好緊張，總覺得我們這樣不對。」

花顏取笑她：「膽子這麼小？你追著陸之凌跑的時候，怎麼就膽子大得很呢？」

七公主臉色又紅又白：「那不一樣。」

花顏放下茶盞，笑著說：「沒什麼不一樣的，都是面對男人而已。我們花了銀子，來找樂子，總不能花銀子變成找罪受，來也來了，你坦然些。否則，就你這樣的，別說追不到陸之凌，小心一輩子嫁不出去。」

七公主面皮動了動，還想再說什麼，見花顏神態安然，十分愜意，便將緊張死死地按捺了下去。

不多時，門口傳來響動，有一個清越的男聲詢問：「兩位姑娘，在下可否能進來？」

「能的。」花顏笑著開口。

房門從外面被推開，一個身穿翠湖色衣袍的男子走了進來，男子身子筆挺，瘦削挺拔，看面相已然不年輕了，容色不算極俊，但卻生了一雙好眼睛，看人時，如春水拂過楊柳枝，讓人心窩子都蕩漾起來。

七公主睜大眼睛，緊張地心跳得都快停了，她是第一次來這種地方，既招待男人，也招待女人的地方。

花顏不客氣地將來人上上下下打量了一遭，然後微挑了眉目，笑顏如花：「據聞春紅倌收藏著的公子們，都如世間頂級的佳釀，如今雖只見公子一人，卻猶如窺得冰山一角，果然誠不欺我啊！」

進來的這位公子聞言一愣，腳步一頓，隨即也笑了。

他的笑容，如春風般的醉人，又如美酒典藏了些年頭，十分之醇香沁人心脾。

他對花顏拱了拱手：「在下春止。」

花顏溫柔地淺笑，對他招手：「春止公子，有禮了，你是選擇坐我身邊呢，還是選擇坐我妹妹身邊？」

春止看了一眼七公主，見她面色緊繃著，似乎十分緊張，與花顏的愜意形成鮮明的對比，如臨大敵一般，他微笑：「姑娘是個妙人，您身邊的位置就留給後面的兄弟們相爭吧，我不年輕了，爭不動了，就陪令妹坐坐好了。」

七公主一聽，脫口說：「我不要。」

春止輕輕地笑了，優雅地緩步走過來，坐在了七公主身邊，笑著說：「姑娘看不上我？」

七公主連大氣都不敢出了，求救地看著花顏。

花顏當沒看見，悠然地喝著茶。

七公主沒得到她一言半語甚至一個眼神，有些無力，覺得自己好沒用，強壓下心慌，勉強地對春止笑笑，有些結巴地說：「不……不是……」

春止溫柔地笑著，伸手將茶端給七公主：「姑娘請喝茶。」

七公主抖著手將茶接過來，又結巴地說：「謝……謝謝……」

春止看著她的模樣，顯然是個未經世事的小姑娘，笑容更深了些，對花顏說：「姑娘可真是捨得將令妹往這種地方帶，不怕汙水渾濁了令妹這麼剔透的人兒嗎？」

花顏笑容淡淡，無情地說：「怕什麼呢？不是親的。」

春止失笑：「姑娘可真是個有意思的人。」

花顏與他打機鋒：「自然，若是個沒意思的人，我今夜就不會來這裡找樂子了。」

二人說著話，外面又有一連串的腳步聲傳來，因春止進來時，未曾關門，所以，腳步聲甚是清晰。

須臾，當先一個十四五歲的少年身影衝了進來，他腳步走得極快，似乎意在比身後人都要快的模樣，他一腳踏進門檻後，一眼便看到了春止，愣了一下，隨即大踏步地來到了花顏身邊，如搶占位置一般，一屁股挨著她坐了下來。

花顏笑著扭頭瞅他，這少年穿著一身大紅的衣衫，面容俊秀，眉目如柳葉，臉龐白皙，身子清瘦修長，如竹子一般挺拔，渾身上下透著一股年輕的張揚。

他剛坐下，身後便陸續地進來了人，不多時，便將屋子擠滿了，約有二三十人。每個人進來後，見到春止和那少年，都愣了一下，然後默不作聲地各找各的位置坐下。

待人都坐滿後，外面再無人進來，花顏打量著這些人，感慨不愧是名滿天下的春紅倌，這裡的男人如上好的美酒，千姿百態，無一不養人眼目。

七公主都驚呆了，她從來沒見過這麼多各色各樣的陌生男人。

她生長於宮廷，卻也不是困居於宮廷，時常瞅著機會就往宮外跑，到得最多的地方便是東宮和這榮華街。除了她那些皇室宗親的兄弟們，她也見過些外男，但也不如今夜，一下子滿屋子的年輕男人，且各個姿態萬千，給她來的衝擊大。

花顏歪躺著的身子不動，笑得溫婉：「各位公子們，報報名姓吧。」

眾人一聽，互看一眼，依次報出了自己的姓名。

每個人的聲音都很好聽，每個人都有著自己的獨特特色，不止養眼，聲音也是養耳。

花顏覺得這五萬兩銀子可真是花得值了。

待眾人都報過名字後，花顏點點頭：「各位公子們有什麼拿手的本事，可否一一地讓我們姐妹二人見識一番？」

她話音剛落，身旁一隻手臂伸出來，一把摟住了她的腰，腦袋湊過來，貼在她肩膀上，不滿地蹭了蹭，少年的聲音輕揚悅耳：「好姐姐，我還沒報名字呢，坐在你身邊這麼久了，你就不與我這麼個大活人說句話嗎？」

七公主見此，倒吸了一口涼氣，終於不緊張不結巴了，伸手指著這少年，怒喝：「你放肆！你……快放手！」

坐在她身旁的春止伸手，拍拍七公主的頭，笑著道：「小妹妹，你乖乖的，來這裡的人兒，莫不是為了找樂子，你第一次來不懂其中妙趣，以後就懂了。」

七公主不曾被陌生男子這般碰觸過，霎時渾身僵硬了，沒了聲。

花顏卻笑開了，扭過頭，看了少年一眼，索性身子一軟，倒在了他的懷裡，溫柔地伸手拍拍他俊秀的臉，聲音軟綿綿地說：「你叫什麼名字？」

七公主睜大了眼睛，覺得心跳都快停了。

少年本不滿，見此便笑了開來，雙手不客氣地將她嬌軟的身子摟在懷裡鉗制住，好聽的聲音說：「好姐姐，我叫冬知。」

「冬知嗎？真是好名字。」花顏點點頭，不吝誇讚。

冬知笑問：「好姐姐，你叫什麼名字？」

花顏笑著說：「我叫花顏。」

冬知一怔，脫口問：「臨安花顏？」

花顏笑著頷首，笑吟吟地說：「應該就是這個名字，天下間，似乎除了我，沒人叫這個名字。」

冬知的身子僵了僵，手也僵了僵。

在這裡的眾人都是聽過臨安花顏的，她的名字，從一年前，南楚天下甚至四海之內外，老弱婦孺皆知。尤其是最近，她的名字更是響徹大江南北，街頭巷尾。

七公主更是驚駭了，沒想到花顏竟然如實相告，她這不是故意讓人知道她帶著她來這裡嫖男人嗎？她一時間欲哭無淚。

冬知身子不過僵了一瞬，隨即又鬆軟下來，笑得不懷好意地說：「好姐姐，你的身子可真軟真香，沒想到我今夜還有這福氣。那位你帶來的小妹妹叫什麼名字？」

花顏也不知道七公主叫什麼名字，至今還沒問過她，便笑著說：「她是我未婚夫的七妹妹。你若是想知道她的名字，自己問她好了。」

七公主的臉一下子就白了，跟紙一般。

冬知笑著揚起眉，看著七公主：「小妹妹，你叫什麼名字？」

七公主咬著牙不吭聲。

春止笑著又拍拍七公主的頭，溫柔地說：「小妹妹，你叫什麼名字？你放心，在這裡，我們都會為客人的一切保密的，你即便說了你的名字，走出這裡，我們也不會說出去。」

七公主看向花顏。

花顏不瞧她，安靜享受地躺在少年的懷抱裡，甚是舒坦愜意。

七公主狠了狠心，小聲說：「我叫雲棲。」

「真是好名字呢。」冬知誇了一句，然後抱著花顏說，「好姐姐，只喝茶哪裡有趣味？要不要來一壺酒？」

花顏幽幽地說：「若是喝酒，我從今以後只喝醉紅顏，你這裡可有？」

冬知一怔，盯著她，臉色霎時有些古怪：「好姐姐，你可知道醉紅顏是輕易喝不到的好酒？萬金或者千萬金都難求一壺。」

「自然知道，可是自從喝過之後，便不想再沾別的酒了。若是沒有，寧可喝茶。」

冬知笑起來：「既然如此，姐姐今夜算是有口福了，我那裡恰巧收著一壇醉紅顏，今夜便給姐姐開封了吧。」說完，對外面喊，「來人，去告訴鳳娘，將我收著的那一壇醉紅顏拿來。」

外面翠紅驚訝地應了一聲是，然後快步去了。

花顏笑得溫柔：「多謝了。」

冬知低頭，輕揚的眉眼掃過她如畫的眉眼，垂落的一縷青絲劃過她眼梢，眸中有細碎的光跳躍：「好姐姐，我收藏了五年，別人可捨不得給拿出來喝的，你今日喝了我這一壇醉紅顏，可要答應我，明日走出這春紅倌不准忘了我。」

花顏低低地笑起來：「好。」

七公主看著花顏，覺得她要瘋了，一屋子的男人她此時都顧不得緊張了，只覺得她怎麼能？怎麼能夠在與太子皇兄有婚約時，這般不顧忌地躺在別的男人的懷裡？

真如她說，她看不上太子皇兄，拿定主意，說什麼都要毀了婚事兒？

還是因為今日聽聞了蘇子斬不能人道之事，所以，這是拉著她來破罐子破摔了？

她後悔死了，覺得對不起她的四哥，真該在她踏出鳳凰西苑時，死命地攔住她，不該跟著她來這裡。

不多時，有腳步聲傳來，須臾，早先迎接花顏和七公主的那名女子走了進來，懷裡抱了一壇酒，聞著酒香，正是醉紅顏。

花顏眉眼溢出笑意，這醉紅顏的酒香，才幾日不聞，真是好懷念呢。

鳳娘將酒罈放在案桌上，笑著對冬知說：「今日奴家收了這位姑娘五萬兩銀票，小公子卻拿出了一壇醉紅顏，這樣算起來，奴家還賠了。」

冬知笑著揚起眉：「人遇知己，三生有幸，好酒遇知己，酒魂也甚幸。鳳娘何必替我心疼？我留它這麼多年，興許等的就是今日與姐姐共品呢。」

鳳娘看了冬知與他懷中的花顏一眼，失笑，「小公子說得是，是我這個俗人著相了，眼裡只有銀子了。」說完，笑著走了下去。

房門關上，花顏笑著呶呶嘴：「滿上一大碗。」

冬知又是一怔，指使翠紅：「去拿大碗來。」

翠紅立即去了。

不多時，拿來大碗，冬知一手抱著花顏，一手輕巧地打開壇口，手腕一轉，拎起酒罈，便滿了一大碗。

酒滿上之後，花顏又呶呶嘴，冬知意會，端起大碗，輕輕地送到了她嘴邊。

花顏小口小口地喝著，唇齒留香，令人心醉。

七公主已經不知道該用什麼心情和什麼表情來面對花顏了，她覺得她真是不像話，可偏偏她自己也不像話，因為她竟然沒站起身立即走，而是仍舊在這裡坐看著她。

春止笑看著七公主，柔聲問：「小妹妹，你可否也喝些酒？」
七公主猛地搖頭：「我不喝酒，我喝茶就行。」
春止點點頭，為她那個杯盞裡添了些熱茶，端起來，放在她唇邊。
七公主僵硬地伸手奪過：「我自己來。」
春止含笑，也不強求，對屋中的其他公子們說：「剛剛姑娘說讓大家把拿手的本事展示一番，讓兩位姑娘見識見識，兄弟們這便開始吧！免得乾坐著也無趣。」
眾位公子對看一眼，都點了點頭。
於是，有人彈琴一首，有人作畫一幅，有人賦詩一首，有人吹簫弄笛……
一時間，天雲閣絲竹管弦聲聲。
花顏就著冬知的手，喝下了一大碗酒，然後在喝第二碗的時候，透過樂器之音，聽到了外面下起的嘩嘩雨聲。
雨聲極大，似有磅礴之勢，須臾，電閃雷鳴，將黑夜似乎生生地劈開一道光。
花顏扭頭向窗外瞅了瞅，便又懶洋洋地轉過頭，繼續喝酒。
兩大碗酒下肚，她目光依舊清澈。
冬知貼在她耳邊低聲說：「好姐姐，你的酒量真好，不知若是將這一罈都喝下去，你可會醉？」
花顏腦袋枕在他臂彎處，笑著模棱兩可地說：「我也不知，從未喝過一罈，每次遇到醉紅顏，也只有半罈的口福。不知今日是否能全部喝完它。」
冬知眸光動了動，又拎起酒罈為她將酒滿上，再端起大碗，笑得張揚：「今夜雷雨交加，應該是沒人會打擾姐姐喝完這一壇酒的，你慢慢喝。」

花顏點點頭，一邊欣賞著屋中各色美景，一邊又就著他的手繼續喝著酒。時間一點點地過去，七公主也不如初來時那麼緊張了，花顏喝酒，她喝茶，她打定主意，自己一定要清醒著，看著她，不能讓她酒後亂性。

春止看著七公主的神色，似笑非笑地幫她一盞一盞地斟茶。

花顏半壇醉紅顏下肚，還沒怎地，七公主喝茶多了卻受不住想如廁，她坐立難安地忍了一會兒，終於忍不住，站起身，就去拉花顏。

冬知伸手一擋：「小妹妹，你這是要做什麼？」

花顏也看著七公主。

七公主咬著唇，紅著臉，憋了一會兒，終於開口：「四嫂，我要如廁，你陪我去。」

花顏笑著看了她一眼，想著真是一個面皮子薄的小姑娘，她擺手：「春止公子，煩勞你帶我妹妹去一趟。」

春止笑著站起身：「姑娘，請隨我來。」

七公主睜大眼睛，斷然說：「不行，我是女子，怎麼能由你帶去？」話落，她瞪著花顏，指控，「四嫂，你喝多了酒糊塗了嗎？」

花顏好笑地看著她：「你放心去吧！春止公子是這春紅倌老鴇鳳娘的人，在這春紅館，他是不接客的。今日你我面子大，他才出來作陪一番，你這樣的小姑娘，未經世事，他是瞧不上的。」

春止一怔，眼底精光大盛，春風拂面地笑起來：「姑娘果然是個妙人。」

七公主呆了呆，有些似懂非懂。

花顏對她揮手：「快去吧！」

七公主見她窩在冬知的懷裡，死活不動的模樣，她憋得急，有些惱地一跺腳，走了出去。

春止隨後跟上，在他走到門口時，聽花顏說：「妹妹困乏了，有勞春止公子給她找一間上好的房間，無人打擾地讓睡一覺好了。」

春止回頭瞅了花顏一眼，見她沒看他，如貓兒一般，懶洋洋地喝著酒，他轉回頭，邁出門檻，隨手關上了門。

花顏動了動身子，挪開冬知又給他滿上的一大碗酒說：「你剛剛不是說陪我一起喝酒嗎？如今只我自己喝，多沒意思？你也來一碗？」

冬知低頭瞅著她：「好姐姐，我天生不慣飲酒，若是喝下一碗，恐怕會酒後亂性。你不怕嗎？」

花顏笑起來，花枝招展，拍拍他的臉：「不怕，你只管喝。」

冬知點點頭，將大碗端到了自己的唇邊，咕咚咚一口氣，便將一大碗酒都喝下了肚。很快，他便眸光迷離，放下酒碗，低頭去吻花顏。

就在這時，房門忽然從外面被人大力地推開，一個身穿官袍鬚髮皆白的老者渾身濕透地衝了進來，他一眼便看到了冬知和花顏，頓時爆喝：「臨安花顏，你好大的膽子！」

冬知動作頓住，抬起頭，看向門口。

花顏也扭頭看向門口，見到來人，心裡頓時一樂。

那老者大約六十多歲的年紀，鬚髮皆白，他爆喝了一聲後，怒氣沖沖地衝到了花顏面前，伸手指著她，渾身滴著水，臉色鐵青地說：「若沒有人密報，我還不相信，堂堂太子妃，竟然是如此淫亂的無恥之徒。你焉能配得上太子殿下？」

花顏眸光動了動，蹙眉，懶洋洋醉醺醺地說：「你是誰？來管我的閒事兒？」

那老者暴跳如雷，怒喝地伸手入懷，掏出一塊令牌，「啪」地往她面前的桌子上一放，怒喝道：「我是誰？你給我看清楚了！」

冬知見了令牌，倒吸了一口涼氣，抱著花顏身子的手僵住了。

花顏瞇著眼睛微微探身，仔細地瞅了那令牌一眼，雕刻著梅花虎紋，她動了動嘴角，迷惑地說：「我見識淺薄，不認識，求這位老人家告知。」

她說完，只聽屋中眾位公子們齊齊地唏噓了一聲。

那老者怒不可止，氣得頭髮鬍子一起抖，指著他，大怒道：「你這種無知無德無恥淫邪的愚昧婦人，不識得也不奇怪。」話落，他一指冬知，「你，認不認識？告訴她。」

冬知低低地咳嗽一聲，對花顏說：「好姐姐，這是梅家族長的令牌。」

花顏聞言，長長地「哦」了一聲，笑起來，「原來是皇上和武威侯爺的岳父，太子殿下和子斬公子的外祖父，失敬失敬！」

老者聞言險些氣破肚皮，滿眼殺氣：「臨安花顏，你竟然做出這種事情，被我捉住，你還有何話可辯解？」

花顏漫不經心毫無懼怕地聳聳肩：「既被您老人家抓個正著，我也無甚辯解。您自己琢磨琢磨，是連夜冒雨進宮請旨讓聖上對我治罪，還是連夜聯合御史台的眾位大人過來瞧瞧，明日一同上摺子彈劾我，都是成的。」

那老者一怔。

花顏又說：「懿旨賜婚我本就不喜歡，早說過多少遍了，他是明月，我是塵埃，我高攀不上太子殿下，可是偏偏無人為我做主毀了婚約，如今您老人家親眼所見，正巧能幫我做這個主。這等事情，不瞞您，我從小到大常做。別說今夜出來喝花酒，就是殺人放火，與三教九流鬥雞走狗，也做得多了。」

那老者又是一怔。

花顏說完，不再理會老者，伸手推推僵著身子的冬知說：「好弟弟，再給我滿一碗酒。你親手端的酒，真的很香很醇，我喜歡得很。」

冬知愣了愣，乖覺地為花顏又滿上了一大碗酒。

花顏示意他端起來喂她，他在老者如虎的目光下，僵硬地抬手，端起酒碗，放到了花顏的唇邊。

花顏一小口一小口品著，似是十分享受這種侍候。

老者回過神來，又是一陣暴跳如雷：「臨安花顏，你眼裡還有沒有王法？」

花顏噴笑，看著他：「老人家，王法就是不經得女方同意強行下懿旨賜婚？王法也沒說女子不能逛花樓喝花酒啊？」

老者一噎。

花顏對他擺手：「老人家，您覺得我荒唐，大可以鬧騰開來，想怎麼鬧騰，便怎麼鬧騰，我左右就是這個德行。大不了，就讓太子趕緊地取消婚約另選她人。我不是太子妃了之後，誰還能管得著我喝花酒？」

老者氣得直哆嗦，怒喝：「這世上怎麼會有你這種女人？臨安花家怎麼教養出你這種女兒？」

花顏輕笑：「真對不住，汙了您的眼睛了，這世上還真就有我這種女人，臨安花家世世代代沒出息，從沒想過自家的女兒有朝一日會飛上枝頭來這京城做鳳凰，所以，教養這等事兒，是隨便為之的。」

老者又是一噎。

花顏誠然地對他說：「說這些都沒用，您快些動作吧！」

老者見她一副死豬不怕開水燙無所謂的模樣，大為光火，對外爆喝一聲：「來人！去將太子殿下請來這裡。」

他話一出口，外面的人還沒立即應答，花顏便立刻說：「老人家，您請太子殿下是沒用的。他知道我是什麼德行，他是不會懲治我的，也是不會悔婚的。依我看，您要請，不如就請趙宰輔和御史台的一眾大人以及朝堂上說話有分量的重臣來，才能解決此事。」

老者震怒，盯緊花顏：「你什麼意思？」

花顏歎了口氣：「我的意思是，您先請來太子殿下，他會包庇我。您先請來別人，他想包庇我，也就不那麼容易了。」

老者終於覺得不對勁了，找回理智，惱怒地看著花顏：「是你自己派人給我報的信？目的就是為了悔婚？」

花顏搖頭，誠然地認真地說：「怎麼會是我呢？我將自己的名聲弄爛，若太子殿下毀了婚，於我再嫁沒有絲毫好處。我雖然想與太子殿下悔婚，但這種下下策，我是不會選的。」

老者死死地盯著她，判斷她話中真假。

花顏又道：「應該是我來了這裡後，沒避諱名姓，所以走露了消息，有人恨我，明知太子殿下不會悔婚，才密報於您。您若是知道此事，是絕對不會讓您的好太子外孫娶我這樣的女子的不是嗎？」

老者覺得有理，點了點頭。

花顏笑著說：「我不想嫁太子殿下，所以不怕還沒過門就給他戴綠帽子。您既接到密報趕來，親眼所見，我就是這個德行，以梅家的規矩，定誓死不允許我這樣的女人玷汙太子。背後之人怕是與我仇怨極大，讓我猜猜，興許是武威侯繼夫人所為，畢竟這春紅倌是子斬公子的，那麼，她在這裡有一二探子，也不奇怪。」

話落，她反而催促老者：「您就按照我說的辦，除了太子，該請誰就請誰。這一樁事了，我們三個人一舉三得，都得到了自己想要的，何樂而不為？」

老者看著花顏，不得不承認，她分析得極對，極有道理。

從懿旨賜婚之後，這一年多的事兒，他也知曉不少。尤其是京中最近的事兒，他知道得門清。他也不明白雲遲哪根筋不對，非要選這麼個張揚放肆沒有禮數教養的女子，未來焉能擔得起母儀天下的典範？

皇上管不了他，太后勸不住他，如今被他這個外祖父碰上，他自然不能當沒發生。少不了，他拼死也要做他一回主了。

他見花顏依舊窩在冬知的懷裡，氣得咬牙做決定：「來人，不必去東宮知會太子殿下了，就去趙宰輔府知會趙宰輔，再去請御史台的孫大人、孟大人、常大人、朱大人，再將安陽王、敬國公、武威侯請來。就說這裡出了大事兒，我在這裡等著他們。」

「是。」有人應聲，立即去了。

花顏聽著蹬蹬下樓的腳步聲，且不止一人，想必不多時，這裡就會人滿為患了。

她微微地坐起身子，從冬知的懷裡出來，接過他手裡的酒碗，自己又將酒滿上，笑吟吟地想著，她早就對雲遲說了，她所有辦法都用盡，也不能讓他打消決定的話，那麼，她就要攪亂朝野。就從今夜這一樁事兒開始。

他能忍受他的太子妃如此賭嫖，五毒俱全，別人可沒那麼寬大的心。

梅族長沒有走，他只覺得這屋子裡悶得慌，想揮手讓這一屋子的人都退下去，但又想到這些人都是證人證物，便氣悶地忍住了，找了把椅子，坐了下來。

花顏不理這老頭，只慢悠悠地喝著酒。

冬知見花顏離開他的懷抱，便不再伸手去抱她，靜靜地挨著她坐著。

他從來沒見過這樣的女子，只覺得她明明待人溫柔綿軟，淺笑嫣然，卻偏偏就如心裡藏了一把極其鋒利的刀子，一旦刀刃出鞘，那麼，有人必死。

整整一壇醉紅顏，除了冬知喝了一碗後，全部都進了花顏的肚子。

將最後一滴酒倒淨，外面還不見人來，她嘟囔一聲：「動作真慢！」

梅族長一直看著花顏，越看她越不順眼，聞言冷哼了一聲：「你倒是迫不及待。」

花顏喝完最後一滴酒，抿了抿嘴角，身子柔弱無骨地趴在桌子上，對他嫣然一笑：「老人家，我自然迫不及待了。」話落，她扭頭瞅了一眼身旁的冬知，眼神迷離地說，「長夜漫漫，溫柔鄉裡最是快活，偏偏您來打擾我，您請的那些人再不來，天就要亮了。」

梅族長鬍子氣得快飛天了，怒道：「不知廉恥。」

花顏歎了口氣，打了個酒嗝，不屑地說：「廉恥是個什麼東西？能當飯吃？能當酒喝？」她哼哼一聲，「人生一世，活，就要活的快活。我本來挺快活的，自從懿旨賜婚後，便不快活了，如今快要解脫了，自然恨不得立馬快活起來。」

梅族長懶得再看她，氣怒道：「別以為毀了婚事兒你就得意了？想要快活，得有命在。天家太子的尊嚴臉面，豈能是你這般說打就打說踩就踩的？你這等亂七八糟的人，沒了太子庇護，各大世家誰也饒不了你。」

花顏聞言嘖嘖一聲：「京中的各大世家可真都了不起吶，我臨安花家與之相比，的確提鞋都不配。」話落，她感慨，「哎，不過哪怕沒了命，我也不喜歡這身分束縛，也是沒辦法的事兒。您老不如先換一件乾淨的衣服穿？免得生病了沒力氣彈劾我？」

梅族長又氣又怒：「用不著你操心，我老頭子即便生病了，也有力氣爬著去金殿上彈劾你。」

花顏微笑：「那就好，我就不擔心了。」

梅族長又冷冷地哼了一聲。

二人話落，外面有急促的腳步聲傳來，一人、兩人、三人……一群人。

花顏嘴角微微勾起，來了！

梅族長也頓時打起了精神。

須臾，一連串的腳步聲上了樓，來到了天雲閣門口，緊接著，身穿清一色護衛服飾的人一字排開，沒進來，齊齊地立在了門外。

花顏一眼便看清了這些護衛身穿東宮服飾，她心下一沉，嘴角的笑容隱了去。來的人不是趙宰輔，不是安陽王，不是武威侯，不是敬國公，不是御史台的幾位大人，而是東宮的府衛，說明了什麼？

梅族長也愣了，騰地站起身。

雲遲穿著天青色雲紋錦繡長袍，腰束玉帶，足履半絲水漬未沾，在東宮府衛依次排列在天雲閣門外後，他緩緩踱步，走了進來。

花顏心下暗罵，他既然先一步來了，今日這事兒便是折了一半的風箏，飛不高了。

梅族長看著雲遲，驚愕：「太子殿下，你怎麼來了？」

他和花顏要等的人可不是他。

雲遲邁進門檻後，掃了一眼屋中的人，溫涼的眸光含了一抹笑，微微拱手對梅族長行家禮：「外祖父。」

梅族長看著雲遲，盯著他神色，繃著臉繼續問：「你怎麼來了？」

雲遲溫和一笑：「顏兒與我鬧了脾氣，夜半跑出來找人撒氣，我不忍她禍害別人，便過來接她了。」

花顏冷哼一聲，直翻白眼。

梅族長聞言，頓時氣不打一處來，怒道：「是這樣嗎？太子殿下，你是一國儲君，心繫天下。可不要因為一個不像話的女人，你屢次袒護包庇，毀了自己，毀了南楚江山。」

雲遲微笑：「外祖父，南楚江山不會因為儲君身邊的女人像話，便興盛，也不會因為儲君身邊的女人不像話便會被毀。當年，我母后極像話，卻早早薨了，她故去後，父皇傷心欲絕，荒廢政績數載，可見，像話的女人，也沒多好。」

梅族長面色一變，怒道：「你為了包庇這個半夜來喝花酒倒在男人懷裡被人抱著傷風敗俗不知廉恥的女人，竟然連你已薨了多年的母后的是非都抬出來搬弄了嗎？」

雲遲眉目溫涼，神色溫涼，玉容帶著絲絲清冷：「事實如此，即便我不說這是非，千秋萬載的史記也會記上一筆。」話落，他看著梅族長，道，「外祖父，您年歲大了，濕透的衣服不能久穿，我吩咐人帶了衣服來，您換上衣服，回去歇著吧。如此大雨，以後還是不要半夜往外面跑了。」
梅族長憤怒：「太子殿下，若不是今日被我撞到，我是無論如何不會管你這樁事兒的。你娶誰都可以，唯獨這臨安花顏，不能娶，立馬退了這樁婚事兒。」
雲遲清淡地搖頭：「我是不會退婚的，這一輩子，只要我是太子雲遲，臨安花顏就必須是我的太子妃。斷無更改。」
梅族長怒火沖天，伸手指著他：「你怎麼如此冥頑不化？你知不知道我剛剛看到了什麼？」話落，他手指轉向花顏和她身旁乖巧地坐著的冬知，「就是那個小子，我來時，他們抱在一起，正在做不知羞恥的事情。你的太子妃，怎麼能是這樣的女人？你就不怕被天下人恥笑？」
雲遲看了一眼花顏和冬知，面容平靜：「不怕。」
梅族長氣急：「你……」
雲遲溫淡地說：「外祖父，您等的人都不會來的，您回去吧！此事不需您理會。」
梅族長伸手捂住胸口，一臉的痛心疾首：「太子殿下，世間女子千千萬萬，你這是為何？」
雲遲笑了笑：「外祖父，世間女子的確千千萬萬，但我只選中了臨安花顏。她無論有多不好，都是我雲遲的選擇。沒有為何，我這一輩子，非她不娶。」
梅族長氣得渾身哆嗦，怒極：「你睜大眼睛看看，這裡是什麼地方？這一屋子的男人，都是她……你……這樣的女人，你非娶不可？」
雲遲頷首：「無論如何，都是非娶不可。」
「你……你好！」梅族長一口氣上不來，眼前一黑，眼皮一翻，直倒了下去。
雲遲衣袖輕輕抖開，接住了梅族長即將倒在地上的身子，看了一眼，對外喊：「小忠子，備車，將外祖父送回梅府。」

「是，殿下。」小忠子一擺手，立即有人走進來，將暈厥過去的梅族長從雲遲手中接過，扶了下去。

花顏沒想到梅老頭這般沒用，虧他兩個女兒一個是已故皇后，一個是已故武威侯夫人。竟然在雲遲的手裡沒過兩個回合便這般氣暈了過去，著實讓她白白期待了一番。

看來今天，這策略又泡湯了。

她心下有氣，臉色便難看了起來。

雲遲處理了梅族長，屋中靜了下來，他目光落在花顏身旁的冬知身上。

冬知只覺得如九天銀河傾盆而泄的瓢潑涼水，一瞬間只覺得通體被洗禮得透心涼，不由得打了個哆嗦，但少年倔強，硬著頭皮迎上雲遲的目光。

雲遲盯著他看了片刻，忽然抬手，不見他如何動作，一柄輕薄泛著點點寒芒的短劍飛向了冬知脖頸。

這劍極快，快得花顏只覺得眼前一道光影一閃，她心下駭極，猛地轉身，撲倒了冬知，衝力之下帶著他在地上打了個滾。

只聽耳邊「嗤」的一聲，她一縷青絲被削落，抬眼，那柄寶劍沒入了牆體。

冬知的臉色一下子唰白，看著趴在他上方的花顏，一時間大腦嗡嗡作響，只有他自己知道，剛剛一瞬間，他以為自己肯定會死在這柄劍下。

這一變故太快，快得屋中所有人都覺得不過是眨了一下眼睛那麼短的時間。

雲遲沒得手，揚了一下眉，再度衣袖一掃，又一柄同樣的短劍刺向冬知的眉心。

這劍，比剛才更快。

花顏惱恨，剛剛她能幫著冬知躲開那劍，如今卻是躲不開了。今日這少年是被她拖累，她總不能讓人沒命，於是，她一咬牙，狠心地將自己的胳膊擋在了冬知的眉心。

冬知猛地睜大了眼睛。

千鈞一髮之際，對面的牆體破開，一柄輕如嬋娟的寶劍破牆而入，恰恰對上了雲遲那柄寶劍，兩柄寶劍的劍體在屋中相碰，發出「叮」地一聲裂響，緊接著雙雙斷裂，掉在了地上。

花顏手臂完好，抬眼看去，不由驚異，這兩柄上好的短劍，就這樣毀了。

另一柄短劍的主人與雲遲有著不相上下的內力與身手。

雲遲瞇一下眼睛，眸光溫涼。

第十九章　與眾不同

屋中靜靜的，那二三十年輕男子，無一人驚呼出聲。

花顏怒火上湧，騰地站起身，衝向雲遲，對他怒道：「你瘋了！有本事殺了我，遷怒無辜的人算什麼？」

雲遲輕慢地看著她，緩緩吐口：「今夜，他無辜嗎？」

花顏一噎，怒道：「怎麼就不無辜？他是被我拖累，若我今夜不來這春紅倌，他自然不會險些被你殺。」

雲遲涼薄地道：「你既然知道會拖累別人，若是不想以後再出這等讓我出手殺人的事兒，你以後便不要再做此等事兒了。」

花顏氣急：「雲遲，你混蛋！」

雲遲頷首：「你罵的原也不錯，我從小就是個混蛋，對於自己看中的人或東西，都看顧得比較緊，誰要是來沾染，就要問問我手中的三尺青峰同不同意。」

花顏憤恨，抬腳就去踹他。

雲遲輕巧地避開，伸手扣住她的手，將她一把拽進了懷裡，讓她再動彈不得，目光盯向依舊躺在地上的冬知，眼神涼如劍鋒的寒峭：「你用哪隻手抱了她，自行斬斷吧！」

冬知臉色蒼白，抿著唇，沒吭聲。

「呵，從來只聽聞有女子上花樓找男人砸場子，卻不曾聽聞有男子上花樓找女人砸場子。太子殿下莫不是沒看清這是什麼地方？太子妃拿了五萬兩銀票，前來找樂子，這是尋歡作樂的地方，你因為管不好自己的未婚妻偷腥，便對無辜良民大開殺戒，傳揚出去，未免有失你的風度和威儀。」

一聲清涼清越清寒清冷的聲音響起。

花顏雖然對早先那柄穿牆而入的短劍有了七八分猜測，但如今聽到這熟悉的聲音，才真正的落下了一顆心，惱怒到了極致的心思奇跡地微微地平復了下來。

蘇子斬，如順方賭坊一樣，這春紅倌是他的地盤，她來前，早就知道。

因為，她謀策的事情太大，除了蘇子斬的地盤能兜得住這麼大的事兒外，別的地盤都承受不住太子雲遲的怒火。所以，今夜，她算得上是預謀而來。

花顏雖然謀策了開頭，拉開了弓箭，但沒想到她這開弓到一半便夭折了。

她本來算計的是，只等著梅族長上鉤後請了一眾朝野重臣來圍觀，接著她逛花樓喝花酒與男人摟摟抱抱的事情公然暴露，老一輩的重臣們自然不能允許如此不知廉恥有傷風化的太子妃嫁入東宮，所以，定然要一力勸諫雲遲悔婚。

皇上、太后尚且不說，朝堂和各大世家一力反對彈劾逼迫，雲遲定然再不能輕描淡寫地壓下此事，他不想朝野鬧翻天，重臣們紛紛罷朝，那便只能答應悔了這樁婚事兒。

本來，她的如意算盤打得響，卻沒想到梅族長這麼沒用，早知道，她便不該把寶押在梅家族長身上。

她原以為生了已故皇后和武威侯夫人的父親，總不會太不經事兒。

卻還真是不經事兒。

她掙開雲遲，要去看蘇子斬。

雲遲按住她身子，將她的頭埋在自己懷裡，自己則轉身看向門外走進來的蘇子斬，如畫的眉揚起：「我的風度素來不怎麼好，你是知道的。尤其是遇到這種事情，更不會好。」

蘇子斬似乎冒雨趕來，一身雨水風塵，緋紅的錦袍被雨水打透，邁進門檻，衣袂席捲一陣寒風，屋內的溫度霎時冷寒了些，但他神色從容，不見半分狼狽：「我春紅倌的人由我罩著，即便是太子殿下也殺不得。你的風度就算不怎麼好，在我的地盤上，也要收斂起來。否則，你身上帶了多少短劍，我便奉陪你多少。」

這語氣和氣勢，讓花顏心裡覺得真是舒服啊！

果然普天之下若是誰能在太子雲遲的面前動刀動劍，還真非武威侯府蘇子斬莫屬了。

雲遲眯了眯眼睛：「你這話的意思，是要保這個人，還是要蹚這場渾水？」

蘇子斬看了一眼被雲遲鉗制在懷裡不能動彈的花顏，眸光冷芒一閃而逝：「有什麼分別？」

雲遲淡聲道：「分別大了。你要保人，不蹚渾水，那麼，今日我就給你一個面子。你若是不止保人，還要蹚渾水。那麼，東宮有多少短劍，你武威侯府就接著吧。」

蘇子斬冷笑：「你這是在威脅我？」

雲遲涼涼一笑：「普天之下，誰能威脅得了你？但姨母總歸是入了武威侯府祖墳的。她素來愛你護我，臨終還希望你我和睦相親。你總不想讓她泉下見到我們拔劍相殺吧？」

蘇子斬徒然暴怒：「雲遲，你休要提我母親。」

雲遲溫涼一笑：「不提姨母，那就來提我母后。她雖早薨，但你我年幼時，他待你如親生，唯一的養命之藥，一分為二，我一份，你一份，不曾偏頗了誰。她臨終也是讓你我兄弟和睦相親。」

蘇子斬臉色十分難看，怒道：「你堂堂太子殿下，不惜搬出九泉之下的人來提，就是為了不擇手段地鉗制住不想嫁你的女人嗎？你何時這般沒出息了！」

雲遲扣著花顏的手臂緊了緊，眉目浸染上了涼色：「皇權太高，太孤寂，我擇一人陪我，雖然做法強盜不入流了些，但也沒什麼錯。誰讓母后和姨母雖然愛護我，但偏偏都不能陪我，早早就去了呢！你不必背負我要背負的，自然不能理解我的堅持。」

蘇子斬抿唇，死死地盯了雲遲片刻，忽然冷冷一笑：「那好，今日，我就再給你一個機會。出了這個門，來日再讓我遇到此事，你拿不下的人和心，便別怪我幫你拿了。」

雲遲霎時眼底如利劍，聲音沉如水：「你確定？你便比我好嗎？」

花顏氣怒地掙了掙，想說他比你好多了，卻被雲遲死死地勒住，說不出話來。

蘇子斬眼底漆黑：「我有一個不是太子殿下的身分，你有嗎？」

雲遲氣息霎時如黑雲壓山。

蘇子斬不懼，氣息如千里冰封。

二人眼眸對上，一片刀光劍影。

須臾，雲遲收回視線，打橫抱起花顏，不理會她的掙扎，出了天雲閣。

隨著他離開，東宮的護衛魚貫而出跟隨其後。

外面，瓢潑大雨依舊如傾盆而倒，街道的地面上堆積了厚厚的水河，東宮的馬車停在春紅倌門口，小忠子見雲遲抱著花顏出來，連忙撐著傘遮住雨。

有人掀開車簾，雲遲抱著花顏上了車。

車簾落下，雨水都被擋在了車廂外。

雲遲沉聲吩咐：「回宮。」

車夫一揮馬鞭，馬車離開了春紅倌，東宮的護衛隨扈，整齊地跟上馬車。

不多時，熱鬧的春紅倌門口只剩下了兩匹被大雨淋透皮毛的上好寶馬。一匹是蘇子斬的，另一匹是陸之凌的。

蘇子斬與陸之凌白日出城到了半壁山清水寺後，便沒回京，落宿在了清水寺。

沒想到夜半鳳娘傳信，說太子妃帶著七公主進了春紅倌，他得到消息，與驚掉了下巴的陸之凌一起縱馬回了京。

來到後，恰逢梅族長被氣暈厥抬了下去。

蘇子斬本想看看雲遲會如何處置花顏，便與陸之凌一起去了隔壁的房間。卻沒想到雲遲根本未理會花顏，未對她發怒，偏偏親自對冬知出了手。

花顏為了護冬知，竟然撲倒他躲過了那一劍，更沒想到後來雲遲又出了手，而這一次花顏竟用上了自己的胳膊去幫冬知擋劍。

她是沒有武功的，他為她把過腕脈。

他在隔壁的貓眼石裡看得清楚，出手攔下了第二次的劍。

雲遲離開後，蘇子斬寒著臉看著依舊僵硬著一動不動的冬知，沉怒道：「你從三歲學武，武功都被狗吃了嗎？連劍也躲不了一下？今日若沒人幫你，你就等死不成？」

冬知這才驚醒，慢慢地從地上坐起來，看著蘇子斬，呆呆地說：「公子，剛剛，太子妃在幫我擋劍？」

蘇子斬臉色涼寒，如十二月的北風霜雪：「你覺得呢？」

冬知驚怔地說：「當時我是要躲的，她突然撲過來，我便驚得什麼都忘了……」他吶吶地說，

「她好像是不會武功啊！怎麼能撲倒我帶著我躲過太子殿下的劍呢？太匪夷所思了……」

蘇子斬臉色泛出殺氣：「別人為你擋劍，你想到的便是這個？」

冬知感受到了殺氣，立即起身，跪在地上，白著臉請罪，「公子，我該死，我不該讓人為我擋劍。」

蘇子斬死死地盯著他：「你是該死！我若不出手，為你擋劍的人就會廢掉一隻胳膊。」

冬知身子抖了抖，臉色一下子又白了。

蘇子斬沉沉的目光像看死人：「你自裁吧！」

冬知當即拾起地上的短劍，毫不猶豫地抹向了自己的脖子。

外面一枚銀錠飛來，堪堪地打落了他手中的劍，緊接著，陸之凌從外面走進屋，看了一眼冬知，對蘇子斬翻白眼：「你若是殺了他，太子妃豈不是白救他了？」話落，他嘖嘖一聲，「險些傷了她胳膊呢，真沒想到，她臨危時，對自己這麼狠，真是個讓人看不透的女子。」

蘇子斬臉色寒沉：「我手下沒有這麼沒用的人，活著既然沒用，不如死了。」

陸之凌無語地看著他：「今日這事兒，換做是誰，估計也會傻了。你也別怪他，他比我們小了幾歲，初見這場面，也屬於少不經事嚇壞了。人嘛，總要成長的。你蘇子斬，我陸之凌，不都是從他這樣的年紀過來的？經此一事，這小兄弟啊，估計一夜之間就會長大了。你這時候殺了他，豈不是自家的損失？」

蘇子斬聞言消了殺氣，怒道：「下去領罰，鞭刑一百，思過一月。」

冬知垂首，甘心領罰，「謝公子。」

蘇子斬不再看冬知，對屋中擺手，「你們都下去吧。」

屋中二三十人聞言齊齊垂首，依次退了下去。

陸之凌掃了一眼天雲閣內環境擺設，目光落在案桌上的酒罈，眼睛一亮，疾步走過去拎起酒罈，頓時又垮下臉：「原來是一個空酒罈，這麼能喝，也不留一點兒給別人。」

蘇子斬掃了那酒罈一眼，滿屋飄著他最熟悉的醉紅顏，他輕喊：「鳳娘。」

鳳娘早就站在門外了，聞言緩步走近，清清爽爽地笑著說：「公子，您是問這醉紅顏嗎？是冬知小公子收藏的那一壇，據聞太子妃對他說，若要喝酒，此生從今往後只喝醉紅顏，別的酒再不想沾了，所以，他今日給太子妃開封了。」

蘇子斬聞言面容一凝，定了片刻，揉揉眉心，寒寒地笑：「她倒是不客氣！」

鳳娘也笑：「她拿來五萬兩順方錢莊的銀票，不止包了夜場，還喝走一壇醉紅顏，今日咱們春紅倌的買賣可虧了。」

蘇子斬冷聲道：「春紅倌今日虧了算什麼？她一番心思又付之流水，比春紅倌虧得多了。」

鳳娘聞言收了笑：「公子，真沒想到，今夜太子妃利用我們春紅倌與太子殿下破釜沉舟。」

蘇子斬狠狠地放下手，背負在身後，看著窗外大雨瓢潑，他寒寒地說：「春紅倌能讓她瞧得上，是春紅倌的福氣。」

鳳娘霎時心神一凜，直覺得周身比窗外的大雨還要涼。

蘇子斬盯著窗外大雨看了片刻，問：「七公主呢？安置在了哪裡？」

鳳娘立即回話：「尋了一間空房間，睡在那裡。」

蘇子斬寒聲吩咐：「雲遲帶著人走了，扔她在這裡是什麼道理？即刻將她送回東宮。」

鳳娘垂首：「是。」

蘇子斬不再多言，擺擺手，鳳娘轉身走了下去。

陸之凌拎著空酒罈哀歎半晌，放下，回頭對蘇子斬說：「太子妃說得沒錯，沾染了醉紅顏，便再不想喝別的酒了。沒想到這一點我倒與她頗有知己之嫌。」

蘇子斬冷哼一聲。

陸之凌走上前，拍拍他肩膀，感慨道：「今日我算見識了，天下有這樣的女子，別人逛花樓喝花酒嫖男人都是藏著掖著捂著，她卻想鬧得滿城皆知。看來，她是真的十分不喜歡做這個太子妃吶。」

蘇子斬不語。

陸之凌又感慨：「可惜了她一番謀策，真不該在你不在的時候出手，雖然地方選對了，可惜趕巧了，你不在京城。若是你在京城，一早就得了信，勢必能攔下東宮的護衛，定能讓梅老爺子的人順利地將請人的信送去各府邸。這事兒，沒準此時已經成了。」

蘇子斬不語。

陸之凌也看向窗外，有些憂心地說：「她如今被太子殿下帶回去了，你說，他會不會人前不治她，背後回去與她算帳？」

蘇子斬冷笑：「他今夜贏了，還想怎麼算帳？」

陸之凌眨眨眼睛，忽然笑嘻嘻地說：「那冬知抱了她，這帳，總要算吧？」

蘇子斬眉眼一冷，冰寒入骨：「誰找誰算帳還不一定呢？他雲遲便沒抱過別的女人？當年，一幅美人圖，讓趙清溪見了喜不自禁一時不察險些失足落水，他當時抱她免於落湖，否則，多年來，趙清溪能對他死心塌地一心期盼入主東宮？」

陸之凌愕然，唏噓地說：「這帳也算帳？那時年歲小，與太子妃如今不同。」

蘇子斬冷笑：「有何不同？冬知如今也年歲小。」

陸之凌呆了呆，啞口無言了。

花顏被雲遲抱上馬車後，便氣悶地對雲遲一陣拳打腳踢。

雲遲生生地受了。

花顏鬧騰了一陣，不見他躲避，也不見他還手，更不見他置一詞，她慢慢地住了手，恨恨地說：「皇權之高，憑什麼拉我登上去？帝王之路孤寂，憑什麼拉我陪著你？」

「我早已經說過，如今放下你，已經來不及了。」雲遲不帶一絲情感地說。

花顏更是惱恨：「如今尚且不說，我且問你，最初呢？你擇我是安的什麼心？」

雲遲目光平靜：「沒什麼心，隨手一翻，見是你，便是你了。」

花顏又拳打腳踢了兩下：「胡扯！你當糊弄三歲小孩子嗎？你這話說出去全天下人都信，偏偏我就是不信。雲遲，我告訴你，今日你就給我一個答案，否則姑奶奶不陪你玩了，我出家落髮為尼，你總不能再強求我嫁給你。」

雲遲不由得笑了：「自稱姑奶奶沒白地將自己稱老了幾十歲，這等便宜，我勸你還是不要占為好。」

花顏暴怒：「我問你正經話呢？你少給我扯遠。」

雲遲收了笑意，盯著她：「你當真要聽。」

花顏點頭：「你說。」

雲遲緩緩道：「皇祖母為我選妃，人是嫁給我做妻子的，我自然不能無動於衷，所以，御畫師是我的人。」

花顏一怔：「說明白點兒。」

雲遲坦然地道：「御畫師前往南楚各地高門世家，走了一遭，各家女兒聽聞選妃入花名冊，皆不勝心喜，唯你臨安花顏，以書遮面，不願入冊。他暗中稟告與我，我便想著，世間千千萬萬的女兒中，總算出了一個不同的。」

花顏惱怒：「所以就因為這個，你就選了我？」

雲遲頷首：「原也沒錯。你暗中放出與安書離私情之事，無非是為了阻撓選妃。我私下交代御畫師，花名冊要統一裝裱，任誰也不能破壞撕去一頁。所以，皇祖母即便聽聞了謠言，也不會毀了她費了無數心力促成的花名冊。那日選你，我雖是隨手一翻，但早就認定了你。」

花顏氣急：「雲遲，你是瘋子還是傻子？明明在選妃時早就知道我不喜歡做你的太子妃，你偏偏要選我來做，你是不是太子的位置坐太安穩了？非要給自己生出些閒事兒來才覺得日子有滋有味？」

雲遲失笑，抱緊她身子，如玉的手輕撫她氣得通紅的臉頰，輕聲道：「做我的太子妃有什麼不好？你入東宮以來，我一沒拘著你，二沒束縛你，將來也一樣。何必非要摘了這頭銜？」

花顏劈手打開他的手：「你說得輕巧，事實怎麼會與你說的一樣？雲遲，你少哄騙我，我告訴你，今日是沒戲了，但明日之後，我抓了機會，還是會不遺餘力的。」

雲遲低低一歎：「你這般不喜我太子的身分，半絲也不考慮我這個人嗎？即便蘇子斬身體寒症入骨，你也覺得沒關係，覺得他好？對比我來說，一個身分，便將你隔我如雲端？」

花顏冷哼一聲，恨恨地道：「你的身分不好，你的人也不怎麼樣，混蛋一個。我憑什麼跟自己的一輩子過不去？非要入你這狼窩虎穴火坑之地？」

雲遲氣笑：「在你眼裡，我就沒有半點兒好？」

花顏果斷點頭：「沒有。」

雲遲伸手捂住她的臉，很小，原來她的臉用他的一隻手就能蓋住，他看著，倒是訝異了一下，心底積攢的鬱氣便在這一個動作下，不自覺地散了些，嗓音也溫和了些：「無論如何，你如今就在我懷裡。無論是你掙扎著要出去，還是有人要將你拉出我這個火坑，都做不到了。」

花顏氣得心頭鼓鼓，覺得頭髮跟腳趾尖都是氣，眼前是一隻手，乾淨厚實，帶著絲絲溫熱，蓋在她臉上，手掌心傳到臉上的溫度，讓她燙了燙，惱怒地伸手去扯開他的手。

雲遲的聲音適時地響起：「你若是拿掉我的手，我就忍不住要吻你了，你知道的，今日我生氣得很。你若是不想打破我們的條件約定，就乖覺些。」

花顏手一頓，氣極而笑：「堂堂太子，你這都是打哪裡學來這些無賴威脅人的伎倆？」

雲遲低笑，看著她：「以前雖會但不算精通，自從去歲與你有了婚約，被你折騰調教了一年，便爐火純青了。說起來，也是因為你的緣故。」

花顏聞言又是一陣拳打腳踢，口中氣罵：「無恥！」

雲遲誠然地點頭：「無賴是我與你學會了的，無恥算是生來就會的，我父皇沒有這等能力，大約是遺傳了我外祖父，無論是蘇子斬，還是我，這等技能，都精通得很。」

花顏一怔：「梅家那被你氣暈又被你送回梅府的老頭？他大義凜然得很，真看不出來哪裡無恥了。」

雲遲好笑：「那是你被他騙了，他其實心裡無恥得很。」

花顏不解：「說明白點兒。」

雲遲道：「他身體強健得很，沒那麼容易被我三兩句話便氣暈了過去，他一旦有解決不了的事情時，便會裝暈。今夜，他的人被我的人擋住，他沒了施展之地，所以，暈厥便是他借坡下驢的伎倆。」

花顏是真真地愕然了，原來她也沒罵錯，那老頭是真真沒用，只會裝暈。

今夜的雨，就如天河開了閘口一般，天地一片雨聲落地打銀盆的聲響。

馬車回到東宮，進了宮門，一路行至垂花門，再無車行之路，車夫停下馬車。小忠子的聲音在外面響起：「殿下，您和太子妃稍等，奴才命人去抬轎子來。這雨實在是太大了。」

雲遲沉聲吩咐：「拿一把傘來就是了，不必轎子了。」

小忠子一怔：「這雨太大，傘是打不住的。」

雲遲想了想：「那就拿雨披來。」

小忠子應是，連忙吩咐人去拿雨披。

不多時，雨披拿來，遞進車廂，雲遲伸手接過，披裹在了花顏身上，然後，自己什麼也沒遮，便抱著她下了馬車。

小忠子見人下來，大驚，連忙撐著傘為雲遲擋雨：「殿下，有兩件雨披的……」

雲遲看了他一眼，抱著花顏大踏步進了垂花門，嗓音比雨夜還涼：「不必了。」

雲遲抱著花顏消失在了垂花門。

小忠子一怔，連忙小跑著追了去。

雲遲抱著花顏，冒著雨，幾乎是一陣風一般，便刮進了鳳凰東苑。

進了屋，雲遲抖了抖身上的水，放下了花顏。

花顏一直沒回過神來，腳沾地，心神才醒了醒，看向雲遲，只見這短短功夫，他本來連足履都不沾一點兒水漬的人，此時已經渾身濕透，頭上臉上都是水。而半絲水漬未沾的那個人變成了她。

花顏呆愣立在原地，一時沒反應過來這裡是鳳凰東苑，根本就不是她所住的鳳凰西苑。

她上身披了一件雨披，下身裹了一件雨披，兩件雨披將她遮擋得嚴嚴實實。

所以，有人自然就變成了落湯雞。

雲遲解了外袍，內衫依舊在滴水，他拿了一塊帕子擦了擦頭臉，見花顏呆愣地看著他，不由好笑，「我這副樣子，很好看嗎？竟然讓你錯不開眼睛了。」

花顏心神一凜，頓時撇開臉。

這時，小忠子隨後進了屋，同樣淋成了落湯雞，他扔了傘，連忙說：「殿下，奴才命人去抬水來，您淋了雨，仔細著涼染了風寒，還是用熱水泡一泡吧。」

雲遲「嗯」了一聲。

小忠子立即去了。

花顏這時才覺出不對味來，看了一眼四周擺設，與她早先住的地方處處有些女兒家的婉約雅緻不同，這裡擺設大氣莊嚴硬朗，沒有多餘的點綴。她立即又扭過頭問：「這是哪裡？」

雲遲看了她一眼，說：「我的住處。」

花顏立即瞪眼：「我怎麼來了你的住處？」

雲遲道：「我的住處距離我們下車的地方最近，若是去西苑，還要走上一段路。」

花顏皺眉，走到門口，往外探了探身子，便被一陣暴雨和冷風將身子又吹了回來。她有些不甘心地說：「你讓我今夜住在你這裡？」
雲遲挑眉，「這麼大的雨，難道你要回去？」
花顏臉色不好看，想著傻子才冒雨回去，可是住在這裡……
「我住哪個房間？」
雲遲抬步走進裡屋，珠簾隨著他走進輕輕作響：「我這裡沒有多餘的房間，你只能與我住一個屋子。」
花顏頓時拔高音：「我才不要。」
雲遲當沒聽見。
花顏站在畫堂，四下搜尋了片刻，只有桌椅，沒有軟榻，她又看向裡屋，不用想，裡屋定然只一張床，雲遲的習慣怕是與她一樣，不需要人守夜的，她不由氣悶地一屁股坐在了椅子上。
小忠子帶著人抬來一個大木桶，熱氣騰騰的，送進了裡屋屏風後。
花顏耳朵很敏感地聽到從裡屋傳來簌簌的脫衣服聲，不多時，輕微的入水聲，她向來很厚的臉皮燒了燒。
小忠子為花顏斟了一盞茶：「太子妃，奴才已經吩咐廚房熬了薑湯，稍後就端來。您雖未淋雨，但今夜寒氣重，也要喝一碗。」
花顏點頭，對他問：「這院落裡還有多餘的房間嗎？」
小忠子向屋內看了一眼，只聽到屋內有水聲，再無其餘動靜，他垂首說：「回太子妃，殿下這院落侍候的人不多，除了幾個奴才住外，其餘的房間倒是有，但都另做用途了，不能住人。算起來，沒多餘的房間。」

花顏挑眉看著他：「你確定？」

小忠子頭垂得更低了：「奴才確定。您是主子，這院落裡其它的房間，您都是住不得的。」

花顏沉了臉，盯著小忠子。

小忠子額頭冒汗，死死地搖頭：「奴才不敢誆騙您，是真的沒有。」

花顏深吸一口氣，站起身，拿過早先那雨披重新往身上披，抬步就往外走。

小忠子驚喊：「太子妃，雨太大了，天黑路滑，您這是……」

花顏不理他，徑直來到門口。

她還沒踏出房門，一抹黑色的影子便立在了門口，伸手一攔，冷木的聲音響起：「太子妃，請回去。」

花顏一怔，看著這攔住他的人，頓時笑了：「雲影，你還想再暈倒一次？」

雲影身子一顫，但依舊穩穩地攔在門口：「太子妃貴體萬金，萬望愛惜。」

花顏「嘁」了一聲，「淋點兒雨也死不了人，你這般攔著我做什麼？別忘了，我與你家殿下只有賜婚，沒有大婚。」

雲影站著不動，依舊是那句話：「太子妃請進去。」

花顏晃手。

雲影閉息，依舊一動不動。

花顏看著他，冷笑：「吃一塹，長一智，學乖了嘛。」

雲影不語，微微地垂下了頭。

花顏見他雷打不動，如柱子一般杵在那裡，也不在意被房檐落下的雨水打了個透濕，她無奈，哼了一聲，轉身又回了屋。

小忠子暗暗地鬆了一口氣。

雲影離開了門口，隱退了下去。

花顏解了雨披，想著也沒什麼大不了的，雲遲還能吃了她不成？他堂堂太子，雖然無賴無恥，但不至於下作到那等地步，否則真是無可救藥了。

這樣想著，她便坦然起來，端起熱茶喝了一口。

小忠子見花顏神色放鬆，不似發難的模樣，連忙出了房門，不多時，端來了兩碗薑湯，將一碗推到了花顏面前，另一碗送去了裡屋。

花顏捧著薑湯，一口一口地喝著。

她看了一眼天色，頂多不過一個時辰天就亮了，她將就一下得了。

於是，她打了個哈欠，趴在了桌子上。

雲遲沐浴後，穿了件軟袍，喝了碗薑湯，沒聽到畫堂傳來動靜，便緩步走出裡屋，見到趴在桌子上已經睡去的花顏。

他走到她身邊，不客氣地將她攔腰抱了起來。

花顏立即打跑了瞌睡蟲，眼皮睜開，怒道：「你放下我，你要做什麼？」

雲遲抱著她進了裡屋，隨手將她外衣扯掉，輕而易舉地脫了她的鞋，動作一氣呵成，十分乾脆俐落，然後將她放在了床裡側，扯了被子給她蓋上，嗓音溫涼地說：「你放心，我不動你，這裡有床給你睡，難道你不敢睡嗎？」

花顏一噎，瞪著他。

雲遲不再理他，也上了床，躺在外側，扯了另一床薄被搭在身上，揮手一陣風落下了帷幔，順帶著熄滅了燈。

屋中暗了下來，帷幔內更是一方狹小的天地。

花顏氣息不穩，一時間大腦回路短缺，不明白怎麼就變成了如今同床共枕了？

外面，雨聲極大，老天爺似乎要把整個春天沒下夠的雨都補到這一天。

這樣的大雨，若是只下在京城還好，若是下在別處，恐怕會引發水澇吧？

她想著，便脫口問：「每年的這個春夏時節，欽天監觀天象，能測出哪裡有大雨災情吧？」

雲遲「嗯」了一聲。

花顏皺眉：「這樣的大雨，怕是要下上一日夜，除了京城，還會下到哪裡？」

雲遲平靜地道：「川河口一帶。」

花顏閉上眼睛：「明日之後，你算是有的忙了，不會太清閒了。」

雲遲笑了笑，她的意思是她找麻煩他沒空應對了嗎？他溫聲道：「天災不可避免，我一直都不太清閒，但即便如此，我也能抽出手來理會你的，所以，你任何時候都不要報什麼希望。」

花顏忿忿地罵：「混蛋！」

花顏不知道自己是什麼時候睡著的，醒來時，身邊已經沒了人。

外面依舊下著雨，雨聲極大，打在房頂上、地面的青石磚上、窗櫺上，發出劈里啪啦的響聲。

她挑開帷幔，看向窗外，天地被雨簾遮掩，昏沉沉的，看不出時辰，她轉向房中的沙漏，見已經過了晌午。

她推開被子，見床頭放著疊得整齊的乾淨衣裙，她怔了一下，拿起穿戴妥當，下了床。

似乎是聽到了她的動靜，秋月的聲音在外面響起：「小姐，您醒了嗎？」

花顏「嗯」了一聲，掃了一眼房間，的確是雲遲的住處沒錯，她道：「進來吧。」

秋月挑開簾子，走進屋，上上下下仔仔細細地打量了一遍花顏，神色古怪地說：「小姐，奴婢記得您昨夜本來是在西苑與七公主一起入睡的，可是怎麼就變到了東苑？若不是今日早上小忠子傳話讓奴婢來這裡侍候您，奴婢還不曉得。您這可真是叫人糊塗了。」

花顏想起昨夜她拉著七公主出去做的事兒……她被雲遲帶回來，忘了七公主還留在春紅倌，她看著秋月問：「七公主可回來了？」

秋月不解：「小姐，七公主一直在房中睡著啊！」

七公主原來是回來了，那就行了。花顏見秋月一肚子疑惑，她一邊淨手淨面漱口，一邊將昨日做的事情大致簡略地說了一遍。

秋月聽完，張口結舌，半晌，才無語地說：「小姐，您可真是……」

真是怎麼她沒說，但花顏知道她的意思，真是太能折騰了。

她想著她便是這樣折騰，也沒能撬動雲遲一分決心，既有些洩氣，又有些愈挫愈勇的火氣。她也說不清楚道不明白這種情緒，只是覺得，她跟雲遲，估計不鬥死不甘休了。

秋月見她臉色難看，走上前，將帕子遞給她，低聲說：「您即便這樣折騰，太子殿下都不曾對您發怒治罪，小姐，依我看，您就遂了太子殿下的心得了。這天下，奴婢覺得怕是再也找不出一個如太子殿下這般能包容您的人了。」

花顏擦淨臉，將帕子扔到了秋月的臉上，惡狠狠地說：「你是我的人，少為他做說客。我若是嫁進東宮，你就得陪著我嫁進來，若是將來進宮，你更是要一輩子跟著我困在宮裡。你這一輩子，就別肖想我哥哥了。」

秋月臉一紅，扯下臉上的帕子跺腳：「小姐不知好歹！」

花顏哼了一聲，伸手拍拍秋月的腦門，笑得十分邪惡地看著她：「我可不是在跟你開玩笑，我告訴你，毀了這婚事兒，我就立馬放了你送給他，若是婚事兒毀不成，你就得與我綁著，我不好過，你也別想好過。」

秋月瞪眼：「我怎麼會跟了你這樣的主子？」話落，氣得跳腳，「你在太子殿下那裡沒掙破漁網破了局，受了氣，便拿奴婢撒氣，欺負奴婢，真真如公子所說，唯女子與小人難養也。」

花顏大樂，又伸手拍拍她的臉：「哥哥說這話的時候還是十年前，那年我六歲，他最喜歡的一隻鳥兒被我褪了毛扒了皮烤了。當時他尚不知，我拿了一隻鳥腿給他吃，他吃的尤其香。後來他吃完了，我才告訴他。便是那一日，他恨我恨得急了，吐出了這句話。」

秋月聞言，不由得也樂了：「小姐最壞了，自小便欺負公子。」

花顏點頭：「我的確是自小就欺負他。」話落，對他問，「你知道我為什麼非要烤了那隻鳥嗎？」

秋月想了想，還真不知道這事兒，搖搖頭。

花顏對她笑著說：「因為，那鳥雖然很漂亮，但終究是一隻整日裡被關在籠子裡的金絲雀。它日日陪著哥哥說話，解悶，逗趣，幾乎與哥哥成為了一體。我怕長此以往，哥哥的心境就會漸漸地被它感染，對外面的世界再沒有半分嚮往了。」

秋月忽然領會：「所以，小姐烤了那隻鳥，然後又代替那鳥，時常與他說些外面的事兒。就是想激發公子的鬥志和意志，有朝一日走出囚困他的牢籠？」

「沒錯。」花顏笑著點頭，忽然得意了起來，「事實證明，我做的對不是嗎？三年前，哥哥自己走出了那間屋子，方才知道世界之大，也曉得百鳥之多，世間不僅有那一隻被我烤了吃的鳥兒。」

秋月誠然地點點頭，認真且肯定地說：「小姐做的是對的，師父說，公子是他見過意志最堅定的人了。若非如此，日夜治病十年，是熬不出頭的。」

花顏頷首，笑吟吟地說：「所以，無論桅檣有多高，人立在上面，不見得怕的是風浪，而是自身之倚重。」話落，她看著秋月道，「笨阿月，你是我身邊最親近的人，若是日日在我耳邊勸說，倒戈相向，那麼，這個一屋之牢，我興許就走不出去了，你明白嗎？」

秋月霎時心神一凜，重重地點頭：「奴婢明白了，是奴婢愚昧。」

花顏淺淺溫柔地一笑：「你呀，心太善，就如當年我小小地用個苦肉計，你就義無反顧地隨著我離開了天不絕。如今呢，見有人對我不錯，便勸我也掏心掏肺了。可是你要知道，這世上的事兒，大多數時候，都是不能用眼睛看的，用心感應，有時候也會出錯。唯有將之撕爛了拆散了，剝皮抽筋血肉模糊之後，興許才能看得清楚。」

秋月臉色微變，頓時通體涼透了：「小姐是覺得太子殿下待您不真？」

花顏淡淡地笑：「他要娶我是真的，但他是堂堂太子，一國儲君，將來這南楚江山的主人。你覺得，情愛他能裝多少？拿十分來拆，他如今有的也不過是那一分。九分是給江山的。也許，有那一分，也虛幻得很。你不能被他騙了，我也不能。」

秋月覺得外面的雨似乎下進了屋裡，小聲說：「小姐是不是嚴重了？」

花顏搖頭：「不嚴重。我自小所學，你應盡知。帝王之術，遼闊得很。」話落，她走到窗前，看向窗外，「他之於我，就如當年困居哥哥的那一間小屋，無非是將天下設了個大囚籠而已，我之於他，就如當年哥哥養的那隻鳥，無非是還沒學會賣乖討巧而已。他的帝王之路太高遠孤寂，要拉我陪他，我卻不願如他所願，少不得，要自己掙破牢籠，不是化作飛鷹沖天，那便是身死骸骨滅。總之，沒有兩全。」

秋月身子發顫，上前一步，一把抱住花顏：「小姐，是奴婢錯了，奴婢以為您昨夜住在了這裡，心意定然是變了的，才……奴婢再也不會勸小姐了。只要小姐好好的，公子好好的，奴婢就萬死不辭。」

花顏一笑，回首拍拍她的腦袋：「看把你嚇的，跟了我這麼久，有時候還是這麼心善膽小。但我偏偏就喜歡你這樣的，若這些年沒你跟著，我的心善和心慈手軟恐怕是早就丟沒了。」

秋月的確是被剛剛花顏的神色和她的話給嚇住了，一時還有些緩和不過來。

花顏歎了口氣：「你定然是聽聞七公主說蘇子斬不能人道之事，才駭然得不想我再與他有瓜葛，拿他來對比雲遲，竟覺得太子殿下千好萬好了。可是秋月，你要知道，他縱有千好萬好，只這一個身分，便全都能抹殺了。蘇子斬縱有不好之處，但他沒有這個身分，我若是想義無反顧，便也不會在乎他能不能人道。」

秋月聞言怯弱地開口：「小姐，即便您不喜歡太子殿下，就不能換個人喜歡嗎？這世上的人不止這兩個啊，還有陸世子，書離公子，還有很多的人的。」

花顏笑了起來，伸手點她眉心：「陸之凌嘛，他孝順得很，敬國公又太忠心，他自己都逃不出敬國公府的牢籠，遑論與我一起了？安書離啊，自從清水寺見他後，他便聰明地遠走避禍了，她當我是洪水猛獸呐，安陽王妃倒是不錯，可惜生了這麼個太君子的兒子。其餘人更夠不著這東宮的大門了。你說，我有的選擇嗎？」

秋月垮下臉：「小姐未免太命苦了。」

花顏大笑起來，伸手推開她：「人人都說我命好，這苦命也就你能看得見了。」話落，對她說，「餓死了，快去讓人弄飯。」

秋月小心地問：「小姐，在這裡吃還是回西苑去吃？」

花顏無所謂地說：「就在這裡吧！吃完再回去。」

秋月點點頭，立即去了。

第二十章 心之所求

花顏在鳳凰東苑用過了午膳，便披上了雨披，與秋月一起回了鳳凰西苑。

這一場滂沱大雨，東宮即便有多處排水溝，但還是積了水，高出了地面半尺深。

福管家本要吩咐人抬轎子，被花顏擺擺手拒絕了，腳踩進水裡透心的涼，她一步一步地走著，腦中想的是蘇子斬寒症入骨，這樣的天氣，怕是更寒上加寒。

她走出一段路後，對秋月低聲說：「尋個機會，你給蘇子斬把把脈。」

秋月看了花顏一眼，默默地點了點頭。

回到西苑，花顏小腿以下全都濕透了。方嬤嬤聽到動靜，連忙帶著人迎出來，眼底有掩飾不住的喜色：「太子妃，福管家怎能讓您蹚水回來？這寒氣若是入體，怎麼了得？您快進屋，奴婢這便吩咐人給您抬熱水沐浴，趕緊地驅驅寒氣。」

花顏清晰地看到她眼底的喜色，不用想也明白是她昨夜落宿在雲遲的東苑，讓她歡喜，她也不計較，點點頭，便進了屋。

七公主正悶坐在畫堂裡，見到花顏，騰地站了起來，臉色又紅又白：「四嫂，你……你昨夜……我……」

花顏走到她近前，笑著拍拍她肩膀：「昨夜不過是領你去見識一番，你也沒吃虧，做出這副樣子做什麼？心放大點兒，沒多大的事兒。」

七公主咬唇，委屈地說：「你說的倒是輕易，這怎麼就不是大事兒了？」

花顏撤回手，不再理她：「好好，這是大事兒，你若是不想我今夜繼續拉著你再去，便趕緊回宮吧！這雨雖大，但也不是不能行走，讓人送你回宮，還是容易的。」

說完，她便進了裡屋。

七公主看著她，珠簾一陣搖晃脆響，她已不見人影，她靜站了半晌，終於耐不住，又追進了屋，見花顏將鞋脫了，赤著腳踩在光潔如明鏡的地面上，她立即說：「四嫂，地上涼，你快上床去。」

花顏轉身坐在了床頭，看著她，似笑非笑：「怎麼？你不回宮？」

七公主咬牙：「我一會兒就回去。」她是怕了，可不敢再讓她拉著再去一次。

花顏笑著點頭：「回去得好，我每日夜間都有外出晃悠的毛病，你昨日恰巧在，我便沒勞動秋月，否則辛苦陪我折騰的人就是她了。」

秋月正端了熱茶進來，聞言嘴角抽了抽。

七公主想起昨夜，又是一陣變臉，好半晌才小聲說：「四嫂，你真的不想嫁給我四哥？昨夜，你那般與人摟抱，著實不像話。」

花顏笑了起來：「是啊，我就是不想嫁給他，所以，無所顧忌。如今你信了？」

七公主立即說：「可是蘇子斬根本就不行，你一點兒也不介意嗎？」

花顏微笑：「不介意。」

七公主看著她，面前這一張容顏，這一雙如水的眸子，暖的時候真是暖如三春水，涼的時候讓人見了也真是透心的涼。她是第一次見到花顏這樣的人。她憋了憋，說：「既然如此，那你就與四哥好好說說，讓他毀了這樁婚事兒吧。」

花顏一怔，有些意外地看著七公主：「嗯？你如今也覺得我是對的？」

七公主咬著唇點點頭：「我希望四哥有個知冷知熱妥帖溫柔的女子陪著，你既對他真是無心，不怕傷害他也要喜歡別人，那我覺得，倒不如你們毀了婚事兒，對四哥對你都是好事兒。」

花顏頓時笑了，伸手點了點她眉心：「有沒有人告訴過你，你真是可愛得緊。」

七公主臉一紅，認真地說：「我是在與你說真心話呢。」

花顏笑著點頭：「我知道你說的是真心話，我也不瞞你，這一年多來，我方法用盡了，想讓他悔婚，他就是不應。我也與他掰開了揉碎了地說，他也不依。」頓了頓，她揚眉，「所以，你不如替我認真地勸勸他，如何？」

七公主想了想，點點頭：「好。」

花顏頓時笑了：「我家裡有十六個姐姐，都是極溫柔可心的，可惜，都嫁了人。我後面卻無一個妹妹降生，若非我實在不想做這個太子妃，你這個妹妹我還真是喜歡。有勞你了！」

七公主好奇地問：「臨安花家，有這麼多女兒嗎？」

花顏笑著點頭：「有的。」

七公主見她目光溫柔下來，訝異地又問：「你們不打架嗎？」

花顏輕笑：「不打的。」

七公主嘟起嘴：「那麼多姐妹，生活在一個家裡，怎麼能不打架呢？在宮裡，我與其她姐妹，時常打架的，我知道她們都不太喜歡我，但是因為四哥愛護我，所以，沒人敢惹我，只能背後不滿，她們有的人，連扎小人的事兒都能做得出來的。」

花顏好笑：「這是皇家，宮苑深深，本就是鮮血白骨作堆，也沒甚稀奇。」

七公主搖頭：「據我所知不是這樣的，不止皇家，高門世家裡，也多是姊妹爭寵，子弟不合的。對比起來，皇家還算是好的，至少，有父皇和四哥壓制，兄弟姐妹們不會鬧出太難看的大事兒來。可有的人家，鬧得十分難看。」

花顏笑了笑：「臨安花家不是高門世家，過的都是尋常家宅和睦的小日子，所以，沒有那麼多計較的。我有十六個族姐，二十個族兄弟，一個親兄長。這麼多人，無一人不和睦的。」

七公主徹底驚訝了：「竟是這樣嗎？這……怎麼與我所知道的這般不同？我以為這天下各府邸，大抵都是一樣的，臨安花家，竟然這麼和樂美滿嗎？」

花顏笑著點頭：「就是這樣的，臨安花家，祖祖輩輩，都是這樣的。兄弟和睦，妯娌和睦，姊妹和睦，無人生事兒，所以，世代下來，子孫們從小就這樣受長輩們的浸染長大，也都習慣了這樣的生活。」

「臨安花家，真是這天下的異類。」七公主讚歎地道。

花顏淡笑：「是啊，所以，你四哥要打破我花家的規矩，我是斷不會容忍的。」

「臨安花家，有什麼不能被四哥破壞的規矩？」七公主看著花顏小聲地問。

花顏淡淡道：「花家男兒不娶高門世家女，花家女兒不嫁高門世家子，與皇室，更是半絲關係也從不牽扯。花家累世願意居於臨安一隅，過尋常的日子。他一意孤行選我為太子妃，便是打破了這規矩，有一就有二，臨安花家，以後還如何能一直守著規矩安穩於世？」

七公主聞言大體懂了，忍不住為雲遲辯解：「當初是皇祖母為四哥選妃，遍選天下適齡閨閣女子，御畫師前往臨安花家，若是花家不願，別讓他進門就是了。可是四嫂，你不也以書遮面，入冊了嗎？這也是花家和你同意了的。」

花顏冷笑一聲：「御畫師帶著懿旨前去，臨安花家如何能不讓其進門？進門後，日日守在我閨閣院落外，足足一個月。皇權壓人，由得花家不同意嗎？」

七公主聞言住了口。

「我原以為，入冊便入冊，太子殿下是看不上臨安花家的，他是腦子被驢踢了才會選我為妃，沒想到……他真是驢給踢了！」花顏氣得大罵。

七公主見她毫不客氣地罵雲遲，心裡抽了抽，道：「可是蘇子斬是武威侯府公子，武威侯府聲威赫赫，他也不是普通人。」

花顏一笑，看著她說：「太子殿下是永世都不會為我捨棄他的身分的，否則，他便是南楚江山的罪人，我也是。但別人就不同了，無論是蘇子斬，還是任何一個高門世家子，只要脫離家族，除籍不要，或者是另立門戶，再不是高門世家人，那麼，臨安花家都喜歡得緊，臨安花家不求入贅，只求尋常。」

七公主徹底明白了，再也無言。

花顏拍拍她的手，溫柔地說：「回宮吧！我這裡著實不適合你待，時日久了，我會把你帶壞的。」

七公主點點頭，咬著唇轉身，走了出去。

花顏聽到她出去後讓方嬤嬤吩咐人備車送她回宮，便不再理會，待人抬了一桶熱水進來，放入了屏風後，她便起身，去了屏風後。

七公主出了東宮，回到皇宮後，並沒有立即回自己的宮殿，而是去了議事殿。她披著雨披，站在議事殿門口，讓守門的侍衛通報說她要見雲遲。

雲遲正在議事殿與人商議這一場大雨之後，川河口災情會有多嚴重，如何賑災之事，聽聞人稟告七公主要見他，他向外看了一眼，吩咐小忠子：「去將七公主請入暖閣。」

小忠子應是，連忙撐了傘去了。

七公主進了暖閣，解了雨披，有侍候的人重新拿了鞋襪讓她換了，又喝了一盞熱茶後，雲遲才進了暖閣。

七公主連忙放下茶盞，站起身，喊了一聲：「四哥。」

雲遲點點頭，坐下身，對她問：「找我何事？」

七公主絞了絞手中的帕子，咬著唇瓣躊躇半晌，才小聲開口：「四哥，我覺得臨安花顏不適合做你的太子妃，她對你似乎是真的無心，而且，她行事太過驚世駭俗且手段狠絕，你悔了與她這婚約吧？」

雲遲瞇了一下眼睛，嗓音溫涼得有些冷：「她讓你來勸我？」

七公主搖頭：「不是的，是昨日我被她拉去春紅倌，所見所聞皆讓我覺得她著實過了。今日，我又與她說了些話，才知曉臨安花家有累世偏安一隅的規矩，而她說絕對不容許你破壞。另外，她直言喜歡蘇子斬，不在乎他的寒症和不能人道……所以，我覺得她真的不適合你。」

雲遲聞言淡淡一笑：「她不適合，那麼誰適合呢？」

七公主立即說：「這天下女子千千萬萬，總有適合的那一人。四哥，你是頂天立地的男子，天下女兒莫不對你敬仰愛慕，你何必非要選一個對你沒心又沒意卻對他人有心有意的女子呢？」

雲遲不語。

七公主又說：「據她說，臨安花家，兄友弟恭，妯娌和睦，姊妹相親，便這樣過了世世代代，我聽了著實羨慕。她想守護，不想被人破壞，也是人之常情。四哥，每個人都有自己堅持的東西，你為了南楚江山，是永世都不會棄之不顧的，你與生俱來，便是要走帝王之路的。而她，只想隨著臨安花家世代人一樣做個普通人。你們之間，便如橫了一個天地。何必執著自苦呢？」

雲遲看著七公主，忽然說：「你長大了。」

七公主一怔。

雲遲一笑：「以前，你找我，不是為了讓我給你淘弄好玩的東西便是狀告誰欺負你了，後來遇到了陸之凌，每逢見我，口口聲聲都是讓我幫你怎麼得到他。如今不過是一夜之間，站在我面前也能說出這番忠言勸諫的話了。」

七公主呆了呆：「四哥……」

雲遲端起茶盞，抿了一口，溫聲說：「雲棲，天上的雨都能下到地上，地上的水汽也能蒸發到天上，這天地之隔，也不是不能交會的。」

七公主睜大眼睛：「四哥，這麼說，你還是……」

雲遲放下茶盞，輕歎一聲，眉目溫涼，目光高遠：「我對她，不能放手了。她便是個在泥裡滾的泥人，我也要將她拉上九重天。皇權之路，是我出生既定之事，但她，卻是我所求之事。」

七公主驚駭：「四哥，你……你不在乎她喜歡蘇子斬嗎？」

雲遲默了默：「在意也做不到放手。」

七公主從未見過雲遲如此神色，也從沒聽過從他口中說出這般話語，一時間，呆立原地，再不能言。

雲遲看著她：「回宮去吧，天氣涼寒，你昨夜折騰一番，今日又出來周折，不過仗著自己身子骨好，但女兒家，還是多愛惜自己才是，免得落下毛病難養。」

七公主張了張口，半晌，終是默默地點了點頭：「這樣的大雨，怕是會有災情發生，四哥也保重身體，切勿太勞累。」

雲遲微笑頷首。

七公主出了暖閣，披著雨披，離開了議事殿，回了自己的寢宮。

她一路上想著無論是花顏還是四哥，三言兩語便能讓勸說的人啞口無言。他們有很多的地方真的是十分相像的，但也許就因為太相像，所以，行事都有自己的一定之規，不容別人置喙。

她又想起陸之凌，第一次認認真真地想了想，發現，每次見到他，都是他看了她一眼就逃，她氣惱地追，再沒多餘的牽扯，唯一那一次最初的相助，因著時間太長，都模糊了。

她第一次不覺得難受，只覺得有些惆悵。

花顏沐浴之後，便坐在窗前，捧著熱茶，看著窗外天地相接的雨簾。

大雨如珠串一般滾落，外面青石磚積了水，雨點打到上面上滴出無數的雨泡。

秋月陪在花顏身邊，也跟著她一起看向窗外，小聲問：「小姐，昨日那般大手筆，您都沒成功，接下來，您打算怎麼辦呢？」

「讓我再好好想想。」

秋月不再說話。

花顏這一坐便坐了半日，天幕黑下來時，雨小了些但依舊未停，雲遲撐著傘進了西苑。

花顏看著他從雨中緩步走來，玉容在傘下如九天銀河洗刷，溫涼如玉，尊貴無雙。

她只看了一眼，便收回了視線對秋月說：「吩咐方嬤嬤，端晚膳吧。」

秋月點頭，立即去了。

雲遲進了畫堂，放下傘，有人上了熱茶，他拂了拂身上的寒氣，見花顏從裡屋走出來，臉上的神色平靜淡薄，他淡淡一笑：「沒了七妹的倒騰，你今日是不是覺得耳根子清靜了？」

花顏無聊地說：「太清靜了，也沒什麼意思。」

雲遲想起回府時，聽福管家說她在房中乾坐了半日，想了想，對她說：「東宮有藏書閣，你若是閒來無事，可以去那裡看書。」

花顏聞言有了幾分興趣：「什麼書都有嗎？」

雲遲微笑：「都有的，市井志怪小說，奇聞雜談，都有收錄。」

花顏挑眉：「堂堂太子的藏書閣，也藏這些書嗎？」

雲遲看著她：「太子也是人。」

花顏點頭：「也對，你也是要吃五穀雜糧的。」

雲遲失笑：「你與我說話，每次都要帶著釘子，扎了我，你便舒暢了嗎？」

花顏不否認：「舒暢得很。」

雲遲無奈地揉揉眉心，不再與她說話。

方嬤嬤端來飯菜，其中有兩碗大補湯，分別放在了雲遲和花顏面前。

雲遲看著大補湯，不知想到了什麼，忽然笑了。

花顏冷哼一聲，將她面前的那碗大補湯推到了雲遲面前：「你既然愛喝，都給你好了，不用客氣。」

雲遲還真是不客氣地點頭：「好。」

用過晚膳，天色還不算太晚，雲遲喝了一盞清茶，對花顏說：「我聽聞那一日你與父皇下棋，氣得他推了棋盤，我不信你棋藝那麼差，可與我下一局？」

花顏睏倦地打哈欠，起身往裡屋走：「沒興趣。」

雲遲一把拽住她，「你吃了那麼多，要消消食再睡，否則對身體不好。」

花顏不客氣地打掉他的手，理也不理，進了裡屋。

雲遲看著珠簾晃動，想到今日七公主對他說的那番話，他眉目深了深。

福管家撐著傘匆匆跑進西苑，立在門口說：「殿下，梅府派人送來帖子，請太子妃三日後過府小坐。」

雲遲微微挑眉：「是外祖父的意思？」

福管家道：「是梅府的管家親自送來的帖子。」

雲遲頷首：「收了吧！」

「是。」福管家應聲，連忙去了。

花顏在裡屋聽得清楚，聞言也沒反對，她既要悔婚，自然不能一直窩在東宮，否則什麼也做不了。梅老爺子昨日氣成那樣，都幹出裝暈的事兒來了，她到了梅府與他開誠布公地再談一次，興許能合作成事。

雲遲放下茶盞，忽然挑開簾幕，進了裡屋，見花顏已經上了床，他來到床前，解了外衣，隨手將她身子往裡面一推，便躺在了外側。

動作太俐落，姿態太行雲流水。

花顏一時沒反應過來，在他躺在身邊後才醒過神，惱怒地瞪眼：「別告訴我你今夜不回去了？」

雲遲疲憊地閉上眼睛：「外面還下著雨，不折騰了，昨夜我借給你半個床，今夜你便也借我一回。」話落，給她吃定心丸，「你放心，我是不會逾越的。」

雲遲似乎是真的疲累，剛沾到床，說了一句話後，便很快就睡著了。

花顏瞪了他半晌，見他漸漸地呼吸均勻，進入了睡眠，心下氣悶，想踢醒他問問，他不是說了剛吃完飯便睡對身體不好嗎？那他這是怎麼回事兒？

不過念著他睡相確實極好，又猜想他必是安排雨後救災等諸事忙累了整整一日，便也懶得計較了。

於是，她拿起絹帕，捏成團，砸滅了燈盞，裹著被子身子轉向裡側也睡了。

床很大，兩人的中間空出了很大一塊地方。

半夜，花顏被渴醒，忘了外側還睡著一個人，迷迷糊糊地推開被子就要下地，手碰到一個硬邦邦的身板，才想起來雲遲在她房中，她愣了愣，睡蟲跑了一半。

雲遲醒來，嗓音帶著好聽的暗啞：「怎麼了？」

花顏見他醒來，自然地撤回手，不客氣地指使他：「我渴了，你既然醒來，就去給我倒一杯水來。」

雲遲二話不說，起身摸黑走到桌前，倒了一杯水，拿回床前，遞給花顏。

花顏接過，咕咚咚一口氣喝乾，將空杯子遞給他，然後倒頭又睡去。

雲遲啞然失笑，低喃：「這般不客氣。」

花顏睡意濃濃地哼哼了一聲。

雲遲放下杯盞，也繼續睡了。

一夜相安無事。

第二日清晨，下了兩夜又一日的大雨終於停了，陰雲散去，日頭晴朗。

花顏醒來時，雲遲已經不在了，她穿戴妥當下了床，秋月走了進來，看著她臉色尋常，小聲問：「小姐，太子殿下昨日怎麼宿在了這裡？」

花顏面無表情地說：「他說懶得折騰了，我前日占了他一半床，昨日還他一回。」

秋月無語：「還帶這樣的。」

花顏哼笑：「他是打定主意要讓我嫁給他的，自然不會放過任何機會。半張床而已，咱們在市井裡混日子時和一幫糙漢子搶一間破屋子，草蓆都擠滿了照樣睡得香，也沒什麼。」

秋月點點頭，湊近花顏耳邊，又悄聲說：「今日一早，奴婢收到外面遞進來的消息，川河口一帶發了大水，堤壩決堤，咱們去年買來的荒地都被大水淹了，十幾處商鋪也都泡了水。」

花顏聞言挑眉：「外面的消息這麼快就能送進東宮裡來了？不錯。」

秋月小聲說：「自從聽聞太子殿下要接小姐來東宮時，公子就著人安排了，東宮真跟個銅牆鐵壁沒二樣，用了三個月，才撬開了一角，如今也不過是能通過廚房採買那邊遞個話而已。我們若要在東宮內做什麼，還是不行的，不比趙宰輔府，藏起送出個披風那般簡單。」

花顏笑著說：「這裡是東宮，自然如銅牆鐵壁，誰都能撬開的話，雲遲這個太子也不必做了。如今即便撬開一角，也已經算是不錯了，你傳話就說不必再深挖了，能裡外遞個話就夠了。」

秋月點頭，又小聲說：「不知朝廷什麼時候才能解決川河口一帶的水患問題，這些年，川河口一帶連年水災，百姓們十室九空了。您雖然賤買了那麼多田地和商鋪，可是就這樣荒廢著，也不是法子。」

花顏道：「川河口年年受災，朝廷這些年一直在找尋辦法和對策，去年我聽聞已經有了初步的治水方案，只是還不完善，今年再有一年，估計就會差不多了。咱們賤買的那些田地和商鋪，統共也沒花多少銀子，一旦川河口的堤壩和水患之事解決，那麼，賤買的那些地和商鋪便能翻上十倍不止。今年虧點兒就虧點兒，也不算什麼。」

秋月點頭：「若是這樣的話，小姐說的極是。」

用過早膳，花顏對方嬤嬤說：「藏書閣在哪裡？帶我過去。」

方嬤嬤連忙說：「緊挨著殿下所住的東苑，殿下今早走時吩咐了，奴婢這就帶您去。」

花顏點頭。

走出房門，地面上還有未乾的水漬，花草樹木青磚碧瓦都被刷洗了一遍，空氣十分的清新舒服。藏書閣獨立坐落於一處院落，有三層樓閣，院落有東宮護衛把守，清一色的銀槍佩劍，使得這處院落帶著一股肅穆莊重之氣。

閣內，窗明几淨，片瓦無塵，一排排地羅列著書籍。

一樓是經史子集，歷代帝王傳記，南楚各地卷宗，二樓是各國典籍經綸，風土民情，三樓是天下奇聞趣事，志怪小說，民間話本子等等。

每一層樓都設有桌椅、茶几、軟榻。

花顏在一樓二樓只溜了一圈，上了三樓後，便扎根在了三樓，尋了一卷書，捧著書窩去了靠窗的軟榻上，擺手讓方嬤嬤等人都回去，只留秋月在這裡。

方嬤嬤已經摸清了花顏的脾性，不喜歡多人打擾，沏了一壺茶，擺了幾碟糕點，便規矩地帶著人走了。

秋月找了一本沒看過的醫書，便與花顏一起，各看各的。

主僕二人在這裡一待就是一日，午膳也是方嬤嬤請示了之後送到這裡來的。

傍晚，夕陽西下，花顏累了，秋月也累了，二人才離開了藏書閣。

踏出藏書閣後，秋月小聲說：「小姐，您發現了嗎？藏書閣的醫書比別的書都多，有的孤本我在師父那裡也不曾見過。」

花顏點頭：「發現了，且有一半都是關於南疆咒術的。」

秋月道：「關於寒蟲咒的書籍最多。」

花顏頷首，向宮牆外看了一眼，收回視線說：「武威侯夫人與皇后同胞姐妹，情分深重，年少時武威侯夫人為了救皇后，中了南疆的寒蟲咒，想必後來皇后為解她的寒蟲咒，費心極多。這些書籍，不是皇后為了妹妹收集的，就是雲遲為了蘇子斬的寒症收集的。」

秋月小聲說：「太子殿下與子斬公子兩個人雖然一見面就不對付，但這些年私下裡卻不曾撕破臉皮。」話落，她擔憂地說，「小姐，您不喜歡太子殿下，偏偏喜歡上了子斬公子。若是因您讓他們反目……」

花顏聞言笑起來，用手敲秋月額頭：「笨阿月，你把你家小姐我當紅顏禍水了嗎？你也未免太看得起我了。」

秋月捂著額頭，嘟嘴：「奴婢一直都是極其敬仰小姐的。」

花顏眉眼都快溢出笑意了，搖搖頭：「雲遲與蘇子斬，是不會反目的。皇后和武威侯夫人都有臨終之言。他們啊，算是這個世上最親近的人了。怕是比雲遲對皇上、太后、七公主，蘇子斬對他父親，都要血脈情分深重得多。」

秋月小聲嘀咕：「自古以來，親兄弟為了女子還能反目成仇，這哪兒能說得準？小姐怎麼能這麼肯定？」

花顏笑道：「以前不能肯定，自從前夜在春紅倌，我利用蘇子斬的地盤鬧事兒，他即便知道我的心思，卻未出手阻止雲遲將我帶走，我便能肯定了。他們之間話語雖然刀光劍影，但不會真正翻臉成仇，估計永遠不會。」說完，又點秋月額頭，「你家小姐我在他們心裡，不會重如已故的皇后和武威侯夫人，他們這一生，都會謹遵皇后和武威侯夫人遺願。」

「那……小姐您可怎麼辦？太子殿下有懿旨賜婚，絕不放手，子斬公子就算知道您喜歡他，也不爭取……」秋月擔憂的道。

花顏笑了笑：「我利用順方賭坊，利用春紅倌，也許有朝一日還會利用他別的東西，但不過是借了地盤和事物，但總歸不會利用他這個人。」

秋月不解：「奴婢不懂。」

花顏笑道：「我以前是想拉蘇子斬下水與雲遲解除婚約，但沒料到我竟會心動喜歡上了他。」

秋月似乎懂了，又不太懂。

花顏淺笑，又點點她額頭：「笨阿月，喜歡一個，怎麼忍心摧毀他在意的東西？更何況，皇后和武威侯夫人姊妹情深意重，我甚是敬重，不想他們九泉之下不安心。所以，我喜歡蘇子斬，是我自己的事情，他能喜歡我是最好的事情，不喜歡，也沒關係。解除婚約是我自己的事情，與他無關，不喜歡他，我也是要解除婚約的，用不著他與雲遲撕破臉。」

秋月終於明瞭，重重地點頭：「奴婢明白了。」

花顏回了西苑，雲遲已經回來了，正坐在畫堂等著她用晚膳。

花顏瞅了他一眼，見他容色帶著濃濃的疲倦，想必川河口水患事多而忙累。皇帝明明病好了，也不上朝理事兒，朝事兒都推給他，如今他這太子做得比皇帝累多了。

由此可見，未來登基後與如今也沒什麼差別。

雲遲笑看著花顏：「聽說你在藏書閣讀了一整日書，我竟不知你能耐得住性子靜心讀書。」

花顏無聊地說：「東宮無聊得很，你一無側妃、良媛等給我玩，二無人找事兒，沒什麼好玩的，我不得耐住性子找卷書讀，有什麼辦法？」

雲遲低笑：「這世間女子，我見的雖然不多，但也不少，從沒有一個嫌棄夫君沒有女人的。」

花顏冷哼：「不過是個懿旨賜婚，我不會認命，所以，你也不是我夫君。」

雲遲瞧著她：「暫不說你能不能毀了這樁婚事兒，只說，若是你的夫君呢？你當如何？也勸著他找女人給你玩嗎？」

花顏認真地琢磨了一下，搖頭：「我會把他綁在腰帶上，日日盯緊了，誰多看一眼，就挖了誰的眼珠子。」

雲遲失笑：「這般善妒，竟然還嫌棄東宮沒有女人？你就沒想過，萬一哪一日，你甘願待在我身邊，豈不是自己給自己上了枷鎖？」

花顏不屑：「自古帝王，誰不是三千粉黛？你如今是太子，身居東宮，無人勸諫你。但你一旦登基，總有那一日的。所以，你別想我認命。無論如何，我都會毀了與你的婚事兒，這一輩子，我也不會給自己上枷鎖。」

雲遲眸光深邃：「你便不信即便你做了我的太子妃，我也能不拘束你，讓你自由自在地活著？更不信我能如空置東宮內宅一樣空置後宮嗎？」話落，他笑著說，「你不妨將這話往心裡擱上一擱，總歸我們來日方長，你再驗證。」

花顏翻白眼：「這話留著你給自己聽吧！我對你無心，對這個位置無心，憑什麼要等著驗證？」

雲遲看著她：「有心也罷，無心也好，總歸我是不會允許你逃離我身邊的。」

花顏冷哼：「多說無益，那就拭目以待。」

雲遲聞言擱下這話，對她說：「今日，趙宰輔府的管家派人來問，你可要看雜耍班子？若是要看，明日就讓他們來東宮。」

花顏這些年混跡於市井，什麼沒看過？那一日在趙宰輔府不過是因不想離開而想的說辭罷了。如今她沒什麼興趣地說：「不看。」

雲遲點點頭：「那我就讓人回話，不必來了。」

方嬤嬤命人端來晚膳，二人安靜地吃了，飯後花顏見雲遲坐著不動，對他挑眉：「還不走？」

雲遲微笑地看著她：「我以為昨夜你不客氣地指使我幫你倒水，夜裡總需要個人的。」

花顏似笑非笑地挑眉：「太子殿下侍候起人來，確實很乾脆俐落，我竟不知堂堂太子殿下，這等活計是什麼時候學會的？我一直以為，都是別人侍候你呢。」

雲遲淡淡一笑，嗓音又染上溫涼：「母后身體不好，我三歲知事後，只要在她身邊，端湯送藥這等事兒便不假手於人，那時候學會的。」

花顏一怔，收了笑意，半晌道：「孝心可表。」

雲遲不再言語，喝完了一盞茶，放下茶盞起身：「既然你不需要有人夜裡侍候，那今日算了。」說完，他緩步踏出了房門。

花顏瞧著他出了西苑的身影，端起茶盞，慢慢地將一盞茶喝完，也回了屋。

接下來兩日，她與秋月又在藏書閣看了兩日書，雲遲每日晚上準時回府來西苑用晚膳。

第四日一早，福管家早早地便在西苑門外候著了，見花顏醒來，立即說：「太子妃，梅府一早便派了人來接，如今就在門口候著呢。」

花顏點頭：「你去回話吧，就說用過早膳，我就去，讓接的人稍等。」

福管家見花顏好說話，不抗拒去梅府，便連忙應是，立即去安排了。

方嬤嬤上前：「太子妃，還如那日去趙府一樣，奴婢帶著人跟著您一起去吧？」

花顏笑了笑：「不用了，秋月跟著我就行了，梅府是太子殿下的外家，在那裡，還能出什麼事兒不成？」

「可是，您與秋月都沒去過梅府，總該有個熟悉梅府的人跟著才是，也免得出錯。」方嬤嬤勸說，「老奴去過梅府不止一次，還是跟著您吧？您若是不想帶太多人，只老奴自己與秋月姑娘也是行的。」

花顏見她真是一片好心，也覺得只多帶上方嬤嬤一人不見得會礙了她謀策的事兒，便笑著點頭同意：「也好，那就煩勞嬤嬤跟著吧。」

方嬤嬤歡喜，連忙去收拾準備了。

花顏用過早膳，簡單地收拾了一番，出了西苑。

方嬤嬤與秋月跟在她身後，出了垂花門，便看到了梅府來接的馬車，車前站著一名少婦打扮的女子，大約二十多歲，錦繡綢緞，朱釵環佩，容貌出眾，看起來甚是溫婉端持。

方嬤嬤見到那女子，微微驚訝了一會兒，便對花顏低聲說：「太子妃，那是梅府的大少夫人。沒想到竟然是她親自來接您，可見梅府是將您視為貴客的。」

貴客？花顏腳步一頓？梅老爺子難道被雲遲說服了？

她這樣想著，越發覺得有可能，因為雲遲不會不知道她去梅府是要想辦法拉聯盟再悔婚。所以，她不相信他什麼也不做，任由她與梅老爺子聯手。

她看著那少婦，想著即便如此，也是要去試試的，事在人為。

梅大少夫人看著緩緩走出垂花門的花顏，二八年華的女子，穿著淺碧色的綾羅衣裙，裙擺繡著纏枝海棠，娉婷走來，清淡素雅，如一幅畫，看著賞心悅目至極，她頓時驚豔不已。

她心裡打了一番思量，不待花顏走近，便笑著上前對她見禮：「太子妃百聞不如一見，真真是個出眾的人兒，你這般走來，如仙女一般，將我都看癡了，怪不得太子殿下對你愛護備至。」

花顏沒想到溫婉端莊，看起來賢良持重的女子一開口，便是這般八面玲瓏，她頓時笑了，連忙伸手托住她見禮的手，俏皮地說：「大少夫人如今這般誇我，卻不知我剛見了你時真是自慚形穢，恨不得掉頭回去自省一番呢。」

梅大少夫人聞言笑起來，順勢握住她的手：「趙府壽宴那日我身體不適不曾去，後來聽人說你去了，我便十分後悔，如今婆母請你過府小坐，我便自告奮勇地接了這差事兒。」

花顏笑著說：「怎麼能勞動大少夫人來接？我頭上雖然頂著準太子妃的頭銜，尚未三媒六聘真正嫁入東宮，這面子做得太大了些，讓我實在是受寵若驚了。」

梅大少夫人聞言抿著嘴直樂：「太子殿下昨日去梅府，特意與祖父、祖母說他今日有事，不能陪你前去，提前先走一趟。你們懿旨賜婚也一年了，如今你來京中，住在東宮，待適應些時日，這婚事兒就該操辦起來了。這是板上釘釘之事，我來接都是委屈你呢。」

花顏暗罵雲遲果然背地裡去梅府做了周旋，昨日回來他竟然半絲沒提去過梅府的事兒。她心裡暗恨，面上卻不表現出來，笑著說：「世間的變數誰也說不準，待我真嫁給太子殿下，再得這厚愛也不遲。也許，一輩子也沒這個福氣呢。」

梅大少夫人一怔，見花顏雖然笑著，但這話說得誠心誠然，她壓下暗驚，笑著拉著她的手說：「快上車，祖母一早就起來等著你去了。」

花顏笑著隨梅大少夫人上了車。

車廂寬敞，梅大少夫人只帶了一個婢女，方嬤嬤和秋月也隨後跟著上了車。

第二十一章　一個巴掌拍不響

梅府不若東宮氣派，但府內山石碧湖，花樹繁多，卻更精細。

花顏隨著梅大少奶奶進了梅府來到二門，便見到一眾人簇擁著一位慈和的老夫人等在那裡。

這位老夫人雖然保養得極好，但頭髮已然全白，出賣了她的年紀。

老夫人的左右陪著幾位十分有氣韻的夫人，以及幾位看著年紀與她差不多的小姐。

梅大少奶奶立即說：「那位就是祖母，她老人家從不踏出門來接人，你是第一個。」

花顏暗想這是皇上和武威侯的丈母娘，是雲遲和蘇子斬的外祖母，無論是輩分還是身分，都不該出來迎她，畢竟她還是一個未嫁入東宮的太子妃。這可真是天大的臉面了。

她心裡直覺今日怕是難以成事兒了，點了點頭。

梅府的一眾人等瞧著遠遠走來的花顏，容色清麗，姿態閒適，清淡雅緻，這樣看著，竟是將梅府的大少奶奶給比了下去，不由心中驚異。

梅大少奶奶是王家最出眾的女兒，在這京城以她的年歲論，鮮少有人氣質神韻能比她更好。可是臨安花顏，看著閒散漫不經心，卻怎麼看怎麼令人覺得心曠神怡。

梅老夫人老眼漸漸地現出精光又隱去。

花顏隨著梅大少奶奶來到一眾人等近前後，福身對梅老夫人拜了拜：「勞老夫人相迎，著實慚愧不敢當，臨安花顏有禮了。」

梅老夫人受了她這一拜，然後親自伸手扶起她，面上慈和的笑容如綻開的花，連聲道：「好好好，我的外孫媳婦兒，老身早就想見你了，盼了些時日，今日總算見到了。」

花顏無奈地起身，笑吟吟地說：「老夫人，我還沒嫁入東宮，如今只一個懿旨賜婚，還做不得準。您這樣稱呼，尚早了些，晚輩還不敢受。」

梅老夫人笑著握緊她的手：「不早，昨日太子殿下來做客，提了你們的婚事兒，說今年年底前，一定都要辦妥當，不會出差錯的。」

花顏心下又罵了雲遲百八十遍，才笑語嫣然地說：「如今剛入夏，距離年底也還有半年呢，早得很。」

「女兒家家的，已經到了嫁娶的年歲，偏偏你竟還是個捨不得爹娘不急著嫁的。」說完，她笑著拉著她，親自為她介紹身邊的夫人小姐們。

花顏如今的身分，除了給梅老夫人見禮外，其餘人她是不必見禮的。

花顏與一眾人互相認識後，便由老夫人帶著她去了老夫人居住的福壽園。

一眾人你來我往熱熱鬧鬧地陪著花顏說了一會兒閒話後，老夫人笑著對身邊的一個婢女說：「名兒，你去前面看看，老東西怎麼還沒過來？」

那叫名兒的婢女脆生生地應是，立即去了。

花顏想著這梅府上下待她這般親熱，一點兒也不符合那晚那老頭見她之後被氣得吹鬍子瞪眼恨不得遞給她一把劍讓她抹脖子的跳腳樣兒，她如今心裡還真沒譜，今日既然來了，總要見見。

不多時，那叫名兒的婢女回來，笑著說：「老爺子正在書房教訓毓二公子。」

「嗯？」老夫人皺眉，「毓兒又做了什麼事兒了？」

名兒看了花顏一眼，有些猶豫。

梅老夫人笑著慈祥地說：「說吧，太子妃不是外人。」

名兒立即說：「毓二公子聽聞趙宰輔和夫人近日要為趙小姐擇選夫婿，就立馬去找了老爺子。老爺子一聽就生氣了，讓他別癩蛤蟆想吃天鵝肉，說他那德行，他可丟不起老臉。」

梅老夫人一聽就愣了：「趙府小姐要擇婿？」

名兒點頭：「正是呢。」

梅老夫人看向左右的夫人們：「你們聽說了嗎？」

年長的大夫人蹙著眉點頭：「回母親，兒媳也是今日一早聽聞的，沒想到毓哥兒竟存了這樣的心思，是兒媳沒教好他。」

梅老夫人擺手：「這不怪你，他那皮猴兒樣的德行，是打小跟陸之凌一塊兒學壞了的。」說到這，她猛地想起聽聞花顏親口說喜歡陸之凌，頓時看向花顏。

花顏接收到了梅老夫人的視線，坦蕩地對她一笑，沒說話。

梅老夫人心下頓時打了好幾個思量，說：「趙府小姐擇婿，莫不是要選這京城裡數一數二的公子。咱們毓哥兒文不成，武不就，擱我也不去趙夫人跟前鬧個沒臉。」

大夫人有些坐不住地站起來：「母親，我去前面瞧瞧，他慣會胡鬧，別將公爹氣壞了。」

梅老夫人搖頭：「他那把老骨頭，哪那麼容易被氣壞？你還是別去了，免得那老東西在氣頭上，怪起你來。」

大夫人只能又坐了回去。

花顏喝著茶，想著趙清溪要擇婿？是真擇還是假擇？她不再等待機會嫁入東宮了？

明明她是喜歡雲遲的。

經過這個小插曲，屋子內的一眾人等都不若早先那般說說笑笑了，顯得多了心事兒。

又坐了兩盞茶後，名兒又被派出去打探，得回老爺子帶著毓二公子來了的消息。

花顏倒也想見見，這位被梅老夫人提起來就說是被陸之凌從小帶壞了的人。

不多時，梅族長與一名年約十八九的年輕男子走了進來，梅老爺子臉色不好看，那年輕男子臉色似也極差。

花顏瞧著他，玉眉顏色墨如畫染，一身春茶色的錦袍，袍角繡了兩朵大大的山茶，那山茶繡得十分張揚，配上他拽拽的走路姿態，著實與品貌不太協調，卻是實打實的迸發著朝氣和年輕。

花顏以另類的角度欣賞他這身穿戴打扮以及姿態，腦中再將那日見過的趙清溪的影子挪過來往他身邊一放，也誠然地覺得，怪不得梅老爺子和梅老夫人都不同意了，任誰也沒法將這樣的兩個人湊到一起。

趙清溪溫柔婉約，端莊賢淑，閨閣禮儀出眾，可謂是品貌俱佳的大家閨秀。

而這毓二公子，少年風華，卻不該是趙清溪那樣的來配，確實不搭。

眾人都起身給梅老爺子見禮。

花顏也站了起來，這裡是梅府，不是春紅倌，她再不知事兒，這晚輩禮也是要見的。

梅老爺子盯著花顏看了好一會兒，才用鼻孔哼了一聲：「免禮吧！」

花顏笑了笑，看來老爺子還沒忘那日的事兒，既然沒忘，就好說。

梅舒毓進屋後，一眼就看到了花顏，盯著她瞅了起來，直到他娘咳了聲才回過神，上前兩步，大咧咧地問：「祖母，這位姑娘是何人？」

他似是不知道今日花顏來梅府做客，問得直白。

梅老夫人皺眉，不滿地呵斥：「毓兒，你怎麼能這般唐突人？這是太子妃。」

「太子妃？」梅舒毓睜大眼睛，「臨安花顏？不喜歡太子表兄，喜歡陸之凌，且公然心意，鬧得滿城風雨人盡皆知的那個女子？」

梅族長聞言本就難看的臉頓時更陰沉了。

梅老夫人一時也沒了話。

屋中的一眾人等也無人說話，氣氛霎時凝結了起來。

花顏「撲哧」一樂，對著梅舒毓點頭，笑語嫣然地說，「毓二公子說得沒錯，我不喜歡太子殿下，喜歡陸世子。」

梅舒毓被她的笑容晃了晃神，脫口問：「你喜歡陸之凌什麼？」

花顏笑吟吟地說：「風流瀟灑，恣意不拘。」

梅舒毓忽然一拍大腿，又上前了一步，盯著她說：「他有的我也有，你換個人喜歡唄。」話落，他眼睛如星雲般燦亮，「你仔細地瞧瞧我，論容貌，我不比陸之凌差的，論風流瀟灑，我也是能縱馬揚鞭笑談風月的人，論恣意不拘，我也是個不喜歡規矩束縛，只喜歡自由自在沒人管制的人。」

他一番話落，屋中眾人都驚呆了，不少人齊齊睜大了眼睛。

花顏也愣了一下，隨即笑了起來，仰臉看著他，明媚地說：「你不是喜歡趙府小姐，鬧著要娶她嗎？」

梅舒毓立即認真地說：「那是因為我沒見到你，如今我改主意了。」

花顏看著梅舒毓，被他逗笑了。

這位毓二公子著實是個人物，她也起了玩心，笑吟吟地說：「你若是能幫我解除與太子殿下的婚約，我就考慮將陸之凌從我心裡剔除。如何？」

今日，她就是來鬧事兒的。

若沒有雲遲早先的交代，她就不信梅老夫人會帶著一眾兒媳孫媳孫女站在二門外迎她。

這天大的面子是給雲遲的，不是給她的。

這些日子，她的所作所為，怕是早就令梅府不滿了。

她本來就琢磨著怎麼打破這虛假幻境，毓二公子便來給她機會了。

「毓兒，胡鬧！」大夫人當先駭然地騰地站了起來訓斥。

梅大少奶奶也驚壞了，上前一步，對梅舒毓說：「小叔，這玩笑可萬萬開不得，快給太子妃賠禮，萬莫唐突了。」

梅老夫人沒說話。

梅老爺子也沒說話。

梅舒毓不理他娘與他大嫂，直直地看著花顏，頗有些認真地說：「你說的話可當真？」

花顏對他淺笑：「自是當真的。」

梅舒毓道：「若是讓太子殿下解除婚約，倒也好辦。」

「嗯？」花顏來了精神。

梅舒毓對她一笑：「就看你豁不豁得出去了。」

花顏覺得為了解除婚約，她沒什麼豁不出去的，笑道：「你說說，我聽聽。」

梅舒毓目光落在她小腹上，直白地說：「你若是吃一種能讓女子絕育絕嗣的藥，自然就不能嫁入皇家，嫁入東宮了。」

眾人聞言，齊齊地倒吸了一口涼氣。

梅老夫人終於忍不住了，怒斥：「混帳小子，說什麼胡言亂語呢？趕緊給我出去，別在這裡礙眼了。」

梅舒毓站著不動，只盯著花顏，問：「如何？只要你與太子表兄毀了婚，我就娶你。我在家裡是次子，不需要繼承門楣，也不需要綿延子嗣，就算被趕出梅府自立門戶也無不可，我覺得小孩子麻煩死了，可以一輩子都不要孩子。」

花顏聞言眼睛忽然一亮，一拍腦門：「天，我怎麼把這事兒給忘了。」她看著梅舒毓說，「我三年前就被神醫谷的人斷定是絕育之人，這一輩子都不可能有孕。我不用吃藥，我本來就是。」

她此言一出，滿堂皆驚。

梅老爺子終於坐不住了，騰地站起身，盯著她，惱怒：「你說什麼？」

花顏轉向梅老爺子，笑吟吟地說：「老爺子，是真的，這事兒不假。您將太醫院的太醫請來為我診脈，只要醫術好的人，一診脈便能診出來。我沒開玩笑，是真的有絕育之症。」

梅老夫人面色變了，也站起身，看著花顏：「太子妃，這話可不能胡說，這不是小事兒，你莫要聽這混帳小子的，他從小到大，就是一個混帳，整日裡不學好。」

花顏誠然地搖頭：「老夫人，不敢騙您，這事兒是真的，只不過這一年來，我竟自己忘了還有這事兒。幸而毓二公子提出來，我才想了起來。」

梅老夫人駭然地沒了話。

梅舒毓的眼神又亮了亮，璀璨得如開放了整個星河：「如此可真是太好了！」

屋中所有人都驚得不知如何是好，誰也沒想到，梅舒毓與花顏就在他們的眼前，短短時間，就說了這一樁事兒。

一個是混帳得司空見慣了的，一個是不像話得名揚天下的。

都不是個怕事兒的，也都不是個害臊的主，更都不是個繞彎子的人。

誰都沒料到，今日會出這麼一樁事兒。

屋中氣氛空前的爆裂和凝結。

花顏看著梅老爺子，笑著說：「為了太子殿下，為了南楚江山，為了千秋社稷，老爺子您可是忠君愛國的。這事兒，不能不管吧？我想老爺子若是請醫者，以您梅府的地位和一品大員的身分，定能請來最好的大夫為我看診的。我就在這裡等著了。」

梅老爺子死死地盯著花顏，似要看破她這張笑顏如花的臉：「你說的當真？沒有哄騙我？」

花顏搖頭：「我與老爺子是打過交道，有過交情的人，怎麼會哄騙您呢！我如今可是在您的家裡，您的地盤。借我一百個膽子，我也是惜命的，這事兒誠然不會拿來開玩笑。」

梅老夫人想起雲遲昨日來時的囑託，顫著身子問：「這事兒太子殿下可知曉？」

花顏搖頭：「若不是毓二公子提及，我都忘到天邊去了。我與毓二公子可真是一見如故，志同道合，我也是個不喜歡小孩子的人，得這絕育之症，是最好不過的事兒，所以，幾年來，沒當回事兒，便給忘了。」

梅老夫人頓時臉色是真真正正地不好看了。

梅舒毓卻是這屋中最高興的那個人，他見梅老爺子遲遲不動，他大手一揮：「來人，拿祖父的名帖，將太醫院的所有太醫都請來為太子妃看診。」

外面也如屋子中一樣靜，梅府的管家試探問：「老爺子？」

梅舒毓哼道：「自然是祖父的意思，還不快去！」

梅府的管家又仔細地豎起耳朵聽了聽，沒聽到梅老爺子的聲音，探頭往裡看了看，見梅老爺子臉色十分的黑，但是沒反對梅舒毓的話，便知道是他默許了，立即應是，連忙去了。

將太醫院的所有太醫都請來看診，可是皇上、太后、太子殿下才有的待遇。如今給太子妃看診，這也說得過去。

屋中又靜了下來，梅舒毓對花顏笑得歡快：「咱們兩個說定了，若是你毀了婚，就將陸之凌從你心裡剔除，嫁給我。你可能言而有信？」

花顏淺笑嫣然，看著他說：「我臨安花家，累世數代，男子不娶高門世家女，女子不嫁高門世家子。你是梅府的二公子，若是我毀了婚，你真想娶我，有兩個選擇，一個是被逐出家門，一個是自立門戶，你選一個，我都能應你。」

梅舒毓大樂：「這兩個都行，我都求之不得。」

他話音剛落，梅老爺子拿起茶盞，對著他迎頭就砸了過去。

梅舒毓靈巧地躲開，一躲就是數步，笑嘻嘻地對梅老爺子說：「祖父，您氣什麼？您兒孫滿堂，不差我這麼一個。」

梅老爺子怒目而視：「混帳東西，方才是誰在書房跟我爭得臉紅脖子粗，說什麼也要娶趙清溪，還說我若是不答應，你就去趙府搶人，如今這轉眼間就變卦了，是怎麼回事兒？」

梅舒毓收了嬉笑：「我已經說了，那是我還沒見到臨安花顏。有她在眼前，誰還娶趙清溪？她雖然有才有貌，但不過是個處處被規矩的木頭人，可眼前這位，才是有著七竅玲瓏心的人兒。我眼睛又沒瞎，自然要選這個。」

對比世人眼睛裡千好萬好的趙清溪，花顏從來就覺得自己是真比不上她。她是泥裡滾的，市井泡的，秦樓楚館裡混過的，她從小就知道，身為女兒家，她這種是屬於不容於世的。

臨安花家在天下來說是個異數，但即便在自己家裡，受長輩兄弟姐姐們千寵萬寵，那也是一邊寵愛一邊搖頭歎息的。

所以，她還真沒聽人當面這麼誇過她，尤其是從這個早先鬧著想娶趙清溪的人的嘴裡。他這樣一說，真是把趙清溪踩入泥裡，而將她這長在泥裡的挖出來明晃晃地曬在了天日下。這差距，可真是天差地別了。

梅老爺子似乎都被梅舒毓說得無話可說了。

梅家的一眾人等看著花顏，她這般隨意閒適如在自己家裡半絲不拘束的模樣姿態，還真真是比趙清溪耐看舒服，由不得人不承認，但……

人家大家閨秀的名聲和品學也不是這樣貶低的，這要傳出去，真是會讓趙家記仇了。

梅老夫人終於受不住了，開口說：「毓兒，你怎能這般胡言亂語？你是要氣死我們嗎？」

梅舒毓笑看著梅老夫人說：「祖母，您何必生氣呢？太子表兄雖然是您的外孫，但我可是您的親孫子。他毀了婚約，我成了姻緣，也是肥水不流外人田嘛，總比被陸之凌娶了去的強。」

梅老夫人頓時也啞口無言了。

花顏失笑，她竟不知道，這個梅府不受待見的二公子真是比陸之凌多了，梅家所有人都管教不住他，也是讓人服氣。

梅舒毓趁著梅老爺子和梅老夫人不再發難，他「嗖」地一下子又衝上前，一把拽住花顏，「太醫院的人來府裡怕是需要些時辰，在這裡乾等著怪沒意思的。走，我帶你去逛逛園子。」

花顏也不反對，被他拽著，如風一般捲了出去。

梅家的一眾人等驚得齊齊起身，大夫人快步追了出去，哪裡還有梅舒毓和花顏的影子？她臉色發白地轉回身，對著二老喊了一聲：「公爹，婆母，這可怎麼辦啊？」

梅老夫人也拿不定主意，看向梅老家主：「你倒是說句話啊，可不能任由毓哥兒胡鬧！被太子殿下知道，這可怎麼交代？」

梅老爺子氣不打一處來，怒道：「還交代什麼？沒聽說嗎？臨安花顏有不育之症。東宮太子妃怎麼能是個不育的女人？」

梅老夫人一噎：「這事兒能是真的嗎？」

梅老爺子冷哼：「太醫院的太醫全部都請來，一診就知，她如此讓請，還能作假？」話落，他怒道，「我看太子這一回，還怎麼包庇她。」

梅老夫人頭疼起來：「昨日太子殿下來，聽他話裡話外，說得直白得很，無論出什麼情況，臨安花顏都會是他的太子妃。今日她來到咱們府裡，就弄出了這麼一齣。這……哎！」

梅老爺子怒道：「太子殿下不知道怎麼就迷了心竅，這樣的女子，豈能坐鎮東宮將來入主中宮母儀天下？」

梅老夫人腦袋快要炸開了，還是忍不住說：「我看她這個人倒是挺好的，只是，怎麼能與毓哥兒做出這等驚天動地的荒唐事兒來。」

梅老爺子冷笑：「你看她挺好？那是你沒看見她在春紅倌的模樣。」

梅老夫人揉揉眉心：「哎呦，我這頭疼的毛病又犯了，快給我拿藥來。」

梅大少夫人連忙從櫃子裡取出一個玉瓶，倒出一粒藥丸，送了溫水讓梅老夫人服下。

梅老夫人服下藥後，擔憂地說：「毓哥兒說帶著她去逛園子，這沒個人跟著怎麼行？快派人去找找。怎麼說她如今還是準太子妃，可別出了更荒唐的事兒，東宮沒臉面不說，我們梅府也沒了臉面。」

梅老爺子氣道：「那個混帳小子若是要躲，那些下人們哪裡能找得到他？罷了，丟臉就丟臉，太子殿下一直就不怕丟臉，咱們怕什麼？」

梅老夫人覺得今日這藥服下也不太管用：「還是派個人去知會太子殿下吧！這事兒不是小事兒，豈能等閒視之？」

梅老爺子想了想說：「等太醫院的太醫們都來了再派人去知會他吧，免得消息先傳出去，他一句話就先封了太醫院的嘴。」說完，對外面下命令，「來人，傳我命令，封鎖府門，誰也不能往外遞出一言半語的消息。」

「是。」有人應聲，立即去了。

梅老夫人覺得她活了一輩子，今日遇到這事兒可真是頭一遭。

她本想著昨日太子殿下來一趟，那誠心誠意要娶臨安花顏的模樣，著實讓她這個外祖母雖然對臨安花顏不滿，但也不好再說什麼，怎麼說也要幫他。

所以，她先是打發了大少夫人一早就去東宮接人，然後親自帶著一眾媳婦們在二門外迎接，給足了她的面子，也代表了梅府支持太子娶她的心意。

可是她怎麼也沒想到，本來覺得不會出什麼差錯，卻偏偏轉眼就出了這麼大的事兒。所謂梅舒毓一個巴掌，再加上臨安花顏一個巴掌，這兩個巴掌初次碰面拍在一起，竟然打了個脆響。讓她真是措手不及。

這……可如何是好？

梅府的一眾人等愁雲慘澹，心裡頭皆七上八下地想著這事兒可怎麼解決時，梅舒毓帶著花顏出了福壽園，風一般地攜著她去了後花園。

後花園有一處碧湖，有圍湖林立的山石，有水榭亭台，還有兩處倚湖而建的院落。

梅舒毓帶著花顏進了水榭亭台裡，見她面上波瀾不驚，不以為意，他放開手，對他一笑：「我早就聽聞你不喜歡嫁入東宮，原來是真的。」

花顏看著這一片湖光山色，想著不愧是皇后和武威侯夫人的娘家，她笑著說：「一直都是真的，從不作假。」

梅舒毓仔仔細細地打量了她一番，認真地問：「你當真不育？」

花顏點頭：「當真，這事兒我還真忘了，還要感謝你提醒。」

梅舒毓挑眉：「不像啊，據說女人最會騙人。」

花顏大樂：「這種事情難道還要看像不像的嗎？我又不同於別的女子，若是因為這種事情就整日裡哭喪著臉，那還不如不活了。早先確實忘了，如今若是因為這個能擺脫婚約，那我可是會高興得做夢都要笑醒的，對比嫁入東宮，我寧可不育。」

梅舒毓見她煞有介事，似乎真是如此，他呆了呆，沒想到自己歪打正著，他無言了一會兒，說：「你可真是我見過的所有女子中最特別，最與眾不同的。」

花顏失笑：「因為你是高門貴裔府邸裡的公子哥，沒在市井裡打過滾生活過，所見女子皆是名門閨秀，所以才覺得我特別不同。市井巷弄裡多的是我這樣不入流的女子。」

梅舒毓想了想搖頭：「不是，我見過市井巷弄裡的女子，也不是你這樣的。」話落，他撓撓腦袋，「我說不出來，總之，你與她們都不同。」

花顏抿著嘴笑，看著他說：「你是真喜歡趙清溪吧？」

梅舒毓眨了眨眼睛：「你是怎麼看出來的？」

「眼睛，一個人的眼睛是騙不了人的。你今日在書房裡定然與梅老爺子據理力爭過了，可惜，梅老爺子死活不去趙宰輔府提親，一是認為你配不上人家趙小姐，二是覺得趙宰輔鐵定看不上你，所以，死活不去丟那個臉。你覺得說不動你祖父，估計也說不動你祖母，你娶趙清溪沒戲的，正好見了我，趁機便鬧一場，也讓他們心裡不舒服一番。」

梅舒毓哈哈大笑：「原來你竟真是一個聰明至極的女子，怪不得太子表兄說什麼都不取消與你的婚事兒了，想必他是十分了解你的好。」

花顏哼哼了一聲，轉過身，淡淡地說：「他了不了解我的好與不好都沒用，我不會嫁入東宮，哪怕他刀架在我脖子上，我寧可抹脖子。」

梅舒毓聞言訝異地看著花顏，她這語氣淡如天邊的雲，飄忽卻真切。

他愣了愣，納悶地說出與許多人一樣的話：「太子表兄不好嗎？竟讓你這般不想嫁。」

花顏搖頭：「他不是不好，是立於雲端，太高遠了，我就喜歡在泥裡打滾，是個上不得檯面的，也不喜歡那個檯面。」

梅舒毓聰明，一聽就懂了，感慨：「這樣說來，可真是可惜了太子表兄對你的一片心了。」

花顏哼笑：「人人都知道他一心要娶我，可都知道他為什麼要娶我？」話落，她倚在欄杆上，回首看著梅舒毓，「你知道為什麼嗎？」

梅舒毓想了想，從選花名冊到懿旨賜婚再到這一年來皇上太后的規勸，都不能讓雲遲動搖。漸漸地，所有人都知道他真是鐵定了心要娶她，但為什麼？又有幾個人知道？

他還真是不知道。

於是，他搖搖頭：「還真不知，我一直以為他是要娶趙府小姐為太子妃的。」

花顏笑，這也是天下所有人都認為的事兒。所以，御畫師製造花名冊時，她為了打發走御畫師才應允了。誰知道，就是因為這個以為，錯失逃過這劫的機會，以至於弄到這般地步。

梅舒毓看著她：「你是他要娶的人，你應該知道吧？」

花顏淡笑搖頭，目光深深：「我也不知道，我若是知道了，我就不必如此被動了，也許就能找到法子讓他毀了這樁婚事兒了。」

梅舒毓訝異：「連你也不知道？」話落，說，「或許，他是真的喜歡你。」

花顏「哈」地大笑，「你覺得雲遲那樣的人，可能因為喜歡我而選我嗎？」

梅舒毓咳嗽了一聲，認真地想了想，也搖頭好笑地說：「這我也是不相信的，他會喜歡誰啊？否則涼薄的名聲就不會傳得連西南的番邦小國都知道了。」

花顏又笑：「是啊，從皇后薨了，武威侯夫人故去，他僅有的溫情估計也就一併都帶走了，如今剩餘的這些親情，只是親情罷了。他是真正的涼薄，不會因為誰而改變的。」

梅舒毓驚奇地看著她：「你知曉我那兩位姑母的事兒？」

花顏頷首：「知道一點兒，不多，但已經足夠了。」

梅舒毓默了默，歎了口氣：「你真是一個活得很明白的人，比我這種活得糊塗的人強多了。」

花顏「撲哧」一樂，「你認為你活成了糊塗人嗎？我看未必。」

梅舒毓也一屁股坐在欄杆上，翹著腿說：「從小到大，我真是活得亂七八糟的。整日裡與陸之凌和一幫紈褲子弟廝混，鬥雞走狗，無所不為。五年前，陸之凌不知為什麼一下子改好了些，不與我們混了，將一幫子兄弟都扔給我，成日裡愛與蘇子斬待著，我便成了那幫紈褲裡的頭兒。如今越發覺得沒什麼意思，想要迷途知返，卻發現已經不能撥亂反正了。」

花顏瞧著他，似笑非笑：「你喜歡趙清溪，但一直覺得她會成為太子妃，沒想著有朝一日能有機會求娶，所以，便一直瞎混著。但去年，雲遲沒選她，選了我，讓你看到了希望。如今趙府又放出為她擇婿的消息，你一下子就燃起了曙光。」

梅舒毓點頭：「說的沒錯。」

花顏笑看著他：「你因為看到了希望，所以想變得如名門世家才華品貌皆出眾的公子們一樣，能配得上她。但漸漸的，你發現自小就胡混，混得太久了，名聲已經根深蒂固了，在人們心裡對你的看法已經扭轉不過來了。哪怕是你的家人，也覺得你一無是處。所以，因為你連登門求娶的資格都沒有，心下鬱鬱，覺得生無可戀？」

梅舒毓一下跳起來，瞪著她說：「也沒你說的生無可戀這麼嚴重，只是有些洩氣。我不知道以後我該怎樣生活，覺得前景渺茫罷了，總不能繼續渾渾噩噩地再混下去，畢竟混得太久已經沒意思了。」

花顏收了笑意：「我從小便混跡很多地方，卻沒覺得一直混下去有什麼不好？在紅塵世俗裡打滾，嘗遍世間千百態，才是我認為來這世上走一遭最好的活法。當然，你的混與我的混想必是極其不同的，日久天長，你混的是一個地方，長久了自然會膩，而我混的卻是大千世界。所以，我這一年多來一直想著擺脫東宮的枷鎖，繼續以前的生活。」

梅舒毓仔細地聽著，慢慢地又坐回了欄杆上，想了一會兒說：「這樣說來，還真是不同的，似乎你比我會玩。」

花顏輕笑：「玩也是生活，對我來說，玩就是活著的一個樂趣。」

梅舒毓想到了什麼，也跟著她笑：「是啊，你實在是太會了，那一日我聽聞你去了春紅倌包場，我都給驚嚇了，差點兒想跑去看看，但我知道，好戲沒那麼容易看的，便生生地忍住了。」

花顏聞言有些鬱鬱：「那一日沒成事兒，實在沒什麼好看的，不看也罷。」

梅舒毓瞅著她，見她面色淡得又沒了顏色，忽然認真地問：「剛剛我們在前面說的話，還算數嗎？」

花顏眉目動了動，揚眉笑看著他：「你想算數還是不想算數？」

梅舒毓「唔」了一聲，「趙宰輔定然看不上我，我家裡更是沒戲不會促成，我是娶不到趙小姐的，你若是能毀了與太子表兄的婚，我們算數的話，我覺得也是極好的。」

花顏笑笑不語。

梅舒毓盯著她，忽然福至心靈地說：「你當真喜歡陸之凌嗎？」

花顏笑問：「你覺得呢？」

梅舒毓搖頭：「不像。」

花顏笑：「這一次你算是說準了，陸世子著實讓我覺得瀟灑如風，順眼得緊，但距離喜歡，還差著遠了。」

梅舒毓瞧著她的模樣，又問：「那你喜歡誰？」話落，盯著她說，「定然是有喜歡的那個人吧？」

花顏不答話，伸手一指不遠處的兩處院落：「那兩處院落沒人走動，是沒人居住嗎？看起來冷清得很。」

梅舒毓順著她手指方向看了一眼說：「那兩處院落是我兩位姑母未出閣前的居所。即便這麼多年，祖父和祖母一直讓人留著，時常打掃，無人居住。」話落，他改口說，「也不對，大姑母的院落一直無人居住過，小姑母的院落蘇子斬五年前來住過幾個月。」

「哦？」花顏來了興致，「可以帶我去看看嗎？對於皇后娘娘和武威侯夫人，我實在好奇得緊。」

梅舒毓站起身，痛快地說：「有何不可？走，我帶你去。」

花顏點頭，與梅舒毓一起出了水榭亭台。

第二十二章 絕育之症

距離那兩處院落不遠，沒走半盞茶功夫便到了。

梅舒毓推開一處院落的大門說：「這是大姑母的院落，大姑母喜靜，因自幼身體不好的原因，素來喜歡獨處的時候多。所以，她院落和房中的擺設，都是使人心神靜謐之物，大姑母去時，我才三歲，勉強記事兒，對她模樣記不大清了。」

花顏打量著院中的景色，十分雅緻，進得屋中，整潔得纖塵不染，確實如梅舒毓所說，處處透著主人喜靜的喜好。

案桌上擺著一架七弦琴，看來是十分愛琴之人。

梅舒毓道：「大姑母愛琴，小姑母愛蕭，她們在閨閣時，時常作伴，琴簫合奏。琴簫上造詣都是極受當年當世大家推崇的。」

花顏點頭，見七弦琴乾淨，她動手撥動了一個音符，音質清越至極，她笑道：「真是一把好琴。」

梅舒毓見此，問：「你也愛琴？」

花顏眉目動了動，睫毛眨了眨，笑著說：「我愛蕭。」

梅舒毓點頭：「走，我小姑母的屋子裡留著蕭了，那把蕭也是極好，碧玉蕭。當年，我大姑母和小姑母先後出閣，一同將這琴簫留在了家裡，寓意就是如她們還留在這家裡不曾嫁人，姐妹情深，一生互愛。」

花顏點頭，隨著梅舒毓去了另一處院落。

武威侯夫人的院落與皇后的院落大相徑庭，一花一草一木都不相同。

若說一個喜靜，那另一個看起來應該是極其喜動的，因為她的院落裡擺了鞦韆、架了瓜藤，還設了登梯，這些事物花顏不陌生，她的院落裡也有。

她笑著對梅舒毓說：「看來你小姑母是個十分有意思的人。」

梅舒毓點頭：「祖母說我小姑母年輕的時候是個貪玩的性子，但自從大姑母去後，她傷心至極，一下子就安靜了下來，以前喜歡的，後來都不喜歡了。」

花顏道：「這世上最好的姐妹，怕是誰也比不了她們的。」

梅舒毓頷首，帶著花顏進了屋。

屋中的一應擺設雖然也雅緻，但有些不搭調的小玩意兒摻雜其中，一把碧玉簫果然擺放在案桌上，靜靜地，似乎亙古就被人放在了那裡。

花顏來到桌前，伸手慢慢地拿起了簫，同樣乾淨整潔，未曾落灰，她掏出絹帕，輕輕地擦了擦，然後，放在了唇邊。

一縷簫音飄出，幽幽婉轉，清揚悠遠。

梅舒毓一怔，凝神靜聽，頓時覺得這簫音入耳，當真是舒服至極。

可惜，不大一會兒，簫音便停了，不再繼續。他看著花顏，問：「怎麼不吹完這一首曲子？我還沒聽出來這是何曲，太短了。」

花顏一笑，又用絹帕擦拭乾淨碧玉簫，將之放回原處，說：「我怕招來人抓賊。」

梅舒毓想著他們二人是從前院那般出來的，頓時也笑了：「有道理，也罷，這曲子只能改日再尋你聽了。」

花顏笑笑，不做應答。

二人又在屋中轉了一圈，外面有人跑了進來，氣喘吁吁地說：「二公子，快，太子殿下來了。」

花顏暗想，來得可真快！

梅舒毓一聽，立即走到門口，對來人問：「太醫院的太醫可都來了？」

那人搖頭：「沒來，太子殿下剛剛進府，老爺子聽聞後，命小的們找您，小的找到這邊，聽到蕭聲，便知曉二公子在這裡，趕忙過來知會您。」

梅舒毓面皮動了動，看向花顏：「看來太子表兄著實在意你，這麼快就趕來了。太醫院既然無一人先來，今日怕是不能如你願了。」

花顏早就想到不會這麼順利，梅府的動靜，太醫院的動靜，若是想瞞住雲遲，沒那麼容易，他第一時間就能知道，立即出手的話，這兩處都能被壓制住動彈不得。只是他沒想到他忙著處理安排災情之事，還能騰出手來理會她，連一個微小的空隙都不給她。

她臉色平靜地說：「也沒什麼，我早已經料到，如今我所做的，雖然都不見得事成，但總有一日，積小成多，讓他想壓都壓不下的。」

梅舒毓對她翹起大拇指：「我如今對你倒真有些敬服了，與太子表兄對著幹，且讓他連朝事兒都扔下趕來處理你生出的事端，天下怕是再難找出第二個人了。」

花顏嗤笑：「這難道是有什麼可得意的事兒嗎？」說完，她踏出房門，沒打算前去，而是坐在了門口的臺階上，拍拍身旁，「他來了難道就要出去迎接嗎？不如你也坐，我們等他來問罪好了。你敢不敢？」

梅舒毓也一屁股坐在了臺階上：「有什麼不敢的？我有兩個表兄，待我都不算好，我素來也與他們不親近。但若是這一個欺負我了，我去那一個面前說一說，那一個表兄也不會不管的。畢竟，對於給這個表兄找麻煩，那個表兄可是很樂意的。」

花顏偏頭，眸光微動：「你說蘇子斬？」

梅舒毓點頭：「是啊，就是他，你認識他的。」

花顏點頭，笑著道：「不止認識，也算是熟識了。」

梅舒毓對小廝揮手：「別在這杵著了，就說我不去接駕，在這裡陪著太子妃曬太陽呢，太子表兄若是找人，只管來這裡好了。」

那小廝知道勸不動二公子，只能快跑著去報信了。

花顏在小廝走後，漫不經心地問：「你說五年前蘇子斬在這裡住過幾個月，那時候，他都在院子裡做什麼？」

梅舒毓想了想說：「他那時候身受重傷，在這府裡養傷，每日裡也不做什麼，大多數時候都是將自己關在屋子裡，不看書，也不下棋，更不吹簫，不是躺在床上，就是坐在窗前，便那麼渾渾噩噩地過了幾個月。」

花顏又回頭看了一眼裡面的屋子，問：「是他一人剿平黑水寨那次？」

梅舒毓點頭：「正是那次，五年前，他一人隻身剿平黑水寨，負了重傷，行走百里，最後體力不支滾下落鳳坡，被東宮和梅府派出的人找到，那時已奄奄一息。我祖父都覺得他沒救了，但太子表兄將他送來了這處小姑母未出閣前一直住的院落，又請了當世的名醫診治，他竟然奇跡地生還了。」

花顏可以想像出當時的情形，恐怕渾身都是血，她默了片刻說：「他身上定然落了很多傷疤吧？難得那時候沒傷到那張臉，否則可就難看了。」

梅舒毓愕然失笑：「應該是吧，當年他被送回來時，全身上下沒一處不帶傷，唯那張臉還能看。」

花顏不再說話，摘了從房檐一角垂下的一片蔓藤葉，把玩著。

梅舒毓也學著她摘了一片蔓藤葉，拉開了話匣子，與她繼續說：「當年，小姑母死後不足百日，柳芙香嫁給了他父親，他大鬧喜堂阻止，又被柳芙香話語給傷了，萬念俱灰之下，便隻身一人出了京城，去了黑水寨，朝廷多年來都平不了的寨匪，被他一人平了，九死一生地活過來，從那之後，他性情大變。」

花顏望著天空：「他當年，應該是真的萬念俱灰存了死志去的黑水寨吧？本就沒想活著回來。後來，剿平了黑水寨，負傷奔走出百里，滾下落鳳坡，估計也是想找個地方安靜的死。」

梅舒毓頷首：「可能吧！沒問過他。」

花顏揣測：「後來東宮和梅家找到他，太子殿下聰明地將他送來了這裡，他母親自小長大的地方，將他的死志生生地拉了回來，人也就活了。」

梅舒毓點頭：「是這麼個道理，死而復生，便成了現在的蘇子斬，除了他身邊近身的人外，這南楚京城唯陸之凌還能與他相交一二。其餘人，不過都是怕他，不敢得罪他，湊上前的討好罷了。」

花顏笑了笑，問：「他以前什麼樣？」

梅舒毓張口就說：「以前啊，跟我大哥差不多，名門公子，知書守禮，文武雙全，品貌兼備，德修善養。唯一有點兒偏頗的喜好，那便是釀酒了。」

花顏沒見過梅舒毓的大哥，但見了他的大嫂也能窺其一二，梅府的長子，定是個真正的名門公子。她暗暗歎了口氣，笑著說：「如今也不錯，名門公子太多了，不差他一人。」

梅舒毓聞言頗有些訝異：「我以為既順方賭坊之事後，你與他結了仇怨了，前幾日特意選了春紅倌去砸他的場子。聽你這語氣，似乎不是這麼回事兒？」

花顏扔了手中被她玩爛的葉子，又新摘了一片，笑著說：「我與他的仇怨，大了去了，這一生，能不能了結，還真說不準。」

梅舒毓一怔。

花顏看向院外，揚聲笑道：「太子殿下既然來了，怎麼不進來捉姦呢？」

梅舒毓聞言差點兒吐血，一張臉頓時如風乾的豬肉乾。

捉姦？她也真敢說！

雲遲慢慢地現出身，站在了院門口，臉色在晴朗的日色下，看不出什麼情緒，只一雙眸子，涼如九天外的湖水。

梅舒毓似乎還是有些怕雲遲的，他僵著身子，生生忍著繼續挨著花顏坐著沒挪動地方，嘴巴一開一合，將咬著的牙關打開，好半晌才喊出聲：「太子表兄。」

雲遲沒言語，目光只落在了坐於臺階的花顏身上。

花顏盯著雲遲看了一會兒，慢悠悠地說：「太子殿下，太醫院的太醫們可來了？」

雲遲嗓音溫涼，淡如天邊的雲：「不會有太醫院的太醫來這裡。」

花顏暗罵一聲，這是告訴她今日的打算沒戲了，那她還在梅府待個什麼勁兒啊？她乾脆地起身，拍拍屁股走向他：「既然如此，咱們走吧！梅府今日估計也不想留你我在這吃午膳。」

雲遲點點頭：「你倒是有自知之明。」

梅舒毓看著花顏與雲遲你來我往地說了兩句話後便一起輕輕鬆鬆地走了，他坐在臺階上，一時如房檐上爬的蔓藤，樹上的枝葉，有些風中凌亂。

他們竟這樣走了？

這事兒就這麼簡單地過了？

那太子表兄是為何急匆匆地來？難道不是來發他的雷霆之怒的嗎？

就算不對花顏，那是不是也該對他發難？

他實在是對這種情況有些無法接受，好半晌，他才拍拍屁股起身，覺得今兒可真是邪門了，他從來沒見過這樣的事兒。

他跑到門口，那兩個人早已經不見蹤影，他撓撓腦袋，快步去了福壽園。

梅老爺子、梅老夫人與梅府的一大家子本來都等著太醫院的太醫來，沒想到卻等來了雲遲。

梅老爺子聽聞太醫院的人又被雲遲給截了，氣得鬍子一翹老高，跺腳罵道：「我就知道他是整日裡盯著梅府的動作，但凡有什風吹草動，他就會動手的。」

他此言一出，頓時嚇壞了梅府的所有人，一時間，人心惶惶，亂了套。

梅老夫人也被驚嚇地開口說：「你說這話是什麼意思？太子殿下要對咱們梅府動手？咱們梅府的人犯了什麼事兒了？難道做了什麼讓朝廷忌諱的事兒不成？」

梅老爺子氣道：「咱們梅府能做什麼？他是為了臨安花顏。」

這一句話，依舊沒能安梅府眾人的心，人人臉色發白。

梅老夫人說：「難道是毓哥兒和太子妃以前就有什麼糾葛的原因？」

梅老爺子怒道：「以前那個混帳不曾見過臨安花顏，今日他是自己要跳出來被她利用的。」

話落，他又氣怒道：「哪怕是聽了這樣的事兒，太子殿下竟然還要娶她，他看來真是吃了秤砣鐵了心了。」

梅老夫人有些明白，又有些不明白：「哎呦，你快說清楚點兒，別將這幫孩子們都嚇著。」

梅老爺子掃了一眼眾人，怒氣沒處發，重重歎了口氣：「咱們梅府不會有事兒，你們放心吧！我只是生氣太子殿下，看來無論臨安花顏怎麼折騰，他都是不會讓她如願的。」

梅老夫人恍然：「你的意思是，臨安花顏不想嫁，他非要娶？咱們梅府如今是因為與臨安花顏牽扯，所以，太子殿下才盯上了咱們府？」

梅老爺子怒哼一聲，氣不順地說：「從春紅倌到今日之事，這臨安花顏是利用我利用咱們梅府，豁出去地想要悔婚，不怕名聲不堪，可是這半途都被太子殿下給截下了。」

他這樣明白地一說，所有人都懂了，一時間，雖然沒了惶恐，但也有些膽顫。

今日這事兒不小，尤其是摻雜進了梅舒毓，難保太子殿下不會發難梅府。

梅舒毓來到福壽園的時候，就見梅府一眾人臉色難看，不是青的就是白的。

他站在門口，向裡面看了一圈，沒見到雲遲和花顏，想著看來真走了。詢問：「祖父、祖母、太子表兄對你們問責了？臉色怎麼都這麼難看？」

梅老爺子一看見梅舒毓，頓時怒喝：「你個混帳東西，太子怎麼沒擰掉你的腦袋？」

梅舒毓眨眨眼睛，搖頭：「他連句話都沒跟我說，更遑論動手了。」

「什麼？」大夫人起身走到梅舒毓身邊，上上下下打量他後，鬆了一口氣，「你是說太子殿下沒治你的罪？」話落，又問，「太子殿下呢？在哪裡？」

梅舒毓聰明，看這情形，太子表兄來到之後也沒問罪祖父和梅家便離開了，他聳聳肩，莫名地說：「他不是來興師問罪的，如今已經帶著太子妃走了，說我們梅府定然不願再留他們用午膳，如今回東宮吃午膳去了。」

他這般開口，眾人都愣了。

梅舒毓沒趣地說：「我今日算是見識了，一物降一物。」

他這一開口，梅老爺子怒不可止：「一個小女子，卻偏偏被太子殿下這樣在意。她不想嫁他，他偏要娶。將堂堂太子的威儀臉面都不要了。我真是不懂了，他是被什麼迷了心了。」

梅舒毓不客氣地說：「不是被豬油蒙了心，就是被鬼迷了竅。」

聽他這樣說，眾人都倒吸了一口涼氣，即便是背後這樣說太子，也是大不敬。

梅老爺子伸手指著梅舒毓，怒道：「我問你，你帶著太子妃，去了哪裡？」

梅舒毓誠實以告：「去後花園水榭的涼亭裡賞了一會兒景，又帶她逛了兩位姑姑未出閣前住的院子。然後在小姑母的院落裡聊了一會兒天，太子表兄就來了。他們倆說了幾句話，達成共識，便回東宮用午膳了。」

就這樣簡單？眾人都不敢置信。

太子殿下到府後，他們聽聞消息，便連忙找梅舒毓和花顏，連太子殿下的影都沒見到，只聽管家說派出去太醫院的人被太子殿下的人給攔下了。本等著雲遲來福壽園問罪，再不濟，也要來問個情況，針對今日之事斟酌說一番，沒想到，就這樣又走了。

梅大少夫人對花顏的印象還是極好的，聞言問梅舒毓：「會不會是太子殿下帶著太子妃根本就不是回東宮用午膳，而是帶回去問罪了？」

梅舒毓撇嘴：「春紅倌的事兒都輕描淡寫地揭過去了，如今這事兒相比春紅倌的事兒也不算大，他能問什麼罪？依我看啊，都別操心了，什麼事兒都沒有了。」

梅大少夫人忽然覺得這世界的確有點兒奇妙，這般雷聲大雨點小的事兒他不是沒見過，可是雷大到震耳驚人，雨小到看不見的也是少有了。

所有人也都唏噓不已。

梅老爺子更是覺得氣悶，臨安花顏顯然就是個不怕開水燙油鍋滾泥裡濘的，偏偏雲遲是個燒水的涼油的鏟泥的。

他終於覺得他老了，也跟著折騰不起了。

事情再一再二沒有再三的，他……不管了！

反正皇上和太后都不管，他這把老骨頭，也不想管了。

但是太子可以不管，他自己的孫子他不能不管。於是，他板起臉，怒容道：「來人，將二公子給我押入宗祠，我要親自動家法懲治這個不孝子孫。」

梅舒毓瞬目睜大眼睛，想著太子沒問罪他，感情是知道他祖父會在這裡等著他？他駭然地想著進入宗祠動用家法後，他還能剩幾根骨頭幾兩肉？

於是，他當機立斷，「嗖」地跑出了福壽園，轉眼就翻牆出了梅府，沒了蹤影。

他這動作太俐落，行止太爽快，頭腦和手腳一樣好使，絕對是自小與陸之凌一起混出來……逃跑力極強的本事。

大夫人本來被梅老爺子要開宗祠動家法給嚇壞了，怎麼混帳也是自己親生的，駭然得剛要求情，見他二兒子已經跑了，反而暗暗地鬆了口氣。

梅老爺子氣得火冒三丈：「來人，動用梅府所有府衛，去給我滿城的找，找到他之後給我押回來。」

有人應是，立即去傳令了。

梅老夫人雖然也不忍心，但覺得梅舒毓的確是該好好地教導一番了，今日雖然雲遲沒問罪，但這事兒總歸是他惹出來的，不然那臨安花顏即便有心利用梅府抗衡太子悔婚，也沒法子可用。

總體來說，梅舒毓著實不像話，所以，她也就沒阻止。

梅舒毓從小混跡到大，做出的事兒不勝枚舉，受的管教和訓斥也多了去了，他長期與梅老爺子打交道，瞭解這會兒要開宗祠動家法，估摸著祖父真是氣大發了，這回不是鬧著玩兒的。

他出了梅府，琢磨著也許老爺子見他跑了更氣，定然會派人滿城的抓他回去，他要去哪裡才能躲過呢？

他果斷地奔向武威侯府找蘇子斬。

梅舒毓覺得若是在他得罪了雲遲，又氣得祖父要對他動家法的情況下，若說這南楚京城還有哪裡能有他個容身之地，非蘇子斬的府邸莫屬了。

他祖父即便再厲害，皇上和武威侯也都禮讓他三分，但雲遲和蘇子斬可不會買帳。

於是，他很乾脆的去找蘇子斬。

自從蘇子斬踏出梅府再回武威侯府時，便與武威侯明言要出府自立門戶。

武威侯只蘇子斬一個嫡出子嗣，自然是震怒不允，父子二人僵持數月後，都各退了一步。

蘇子斬命人，將他與他母親生前住的院落，生生地從武威侯府的大宅中分劈開了。

這五年來，武威侯府分為了侯府宅院和子斬公子的宅院，除了前後門外，蘇子斬另外開闢了東門，將院牆加高三尺。

一牆之隔，兩個院落，兩個天地。

蘇子斬的院落裡，除了護衛僕從與侍候的粗使婢女外，再無其他人，平日裡都十分規矩，靜悄悄地做著各自的事情。

梅舒毓翻牆進了武威侯府，又準確地爬牆跳進了子斬公子的宅院。

他剛落腳，一柄劍便架在了他的脖子上，青魂冷木的聲音響起：「什麼人？」

梅舒毓立即雙手高舉，對青魂表明身分來意：「我是梅舒毓，來找表哥避難。」

青魂也認出了梅舒毓，聽到他的話，眉目動了動，收了劍。

梅舒毓拍拍被冰冷的劍鋒嚇怕的小心肝，問：「表兄呢？」

青魂瞥了他一眼，不語，渺無聲息地隱退，沒了蹤影。

梅舒毓覺得他被人鄙視了，但他的武功在這人面前的確是不夠看，他頗有自知之明地覺得技不如人，被輕視也沒什麼，於是，大踏步走了幾步，見到一個小廝，抓了他問：「我表哥呢？在哪裡？」

那小廝識得梅舒毓，立即見禮，說：「公子在主屋。」

梅舒毓立即向主屋奔去，不多時，便來到了主屋門口，沒敢立即推門進去，而是站在門口喊：「表哥，我是梅舒毓。」

蘇子斬的聲音清冷涼寒，從屋中傳出：「你來做什麼？」

梅舒毓有點兒受不了這冷冰冰的聲音，但是為了躲避祖父只能硬著頭皮說：「我得罪了東宮太子殿下，又把祖父氣得跳了腳要對我開宗祠動家法，所以只能來這裡求表兄讓我避避難。」

「哦？」蘇子斬揚眉，冷聲道，「進來。」

梅舒毓一喜，連忙推開門，進了屋。

蘇子斬一襲緋紅衣衫，正懶洋洋地靠著軟榻看書，明明外面陽光照進來很暖，但屋中卻不暖和，他的周身更是泛著冰冷氣息。

梅舒毓深吸一口氣，來到近前，對蘇子斬見禮：「表兄救我。」

蘇子斬放下書卷，看著他，臉色清寒：「說吧，你如何得罪了太子殿下，如何把外祖父氣得跳腳，說得好，我就考慮救你。」

梅舒毓聽著這話想著難道說不好他就滾出去嗎？

不要啊！於是，他當機立斷，詳細地將在梅府發生的事兒說了一遍，就連與花顏在水榭涼亭以及兩位姑母未出閣時住的院落裡的事情也沒放過。

蘇子斬聽罷，冷笑一聲：「川河口一帶水災忙的他喝口水的功夫都沒有，竟然還能抽出手來去了梅府處理爛攤子，可真是夠感動人的。」

梅舒毓聞言嘴角抽了抽，想著說得也沒錯，還真是這麼回事兒。

蘇子斬對他冷聲道：「既然如此，你就在這裡住下吧！」

梅舒毓大喜，拱手道謝：「多謝表哥。」

蘇子斬擺手，對外吩咐：「牧禾，毓二公子從今日起住在這院落裡，為他安排房間。」

「是，公子。」牧禾在外應聲，「毓二公子，請隨小的來。」

梅舒毓徹底放下了一顆心，也不再多與蘇子斬套近乎，立即走了出去。

蘇子斬拿起書卷，又看了一會兒，忽地放下，低聲自言自語：「不育之症？」

沒人回答他，屋中一室冷清。

梅老爺子派出的人將整個南楚京城翻了一遍後，得知梅舒毓竟然跑去武威侯府找蘇子斬還住了下來，都紛紛撤了回去稟告老爺子。

梅老爺子聞言氣的拍桌，怒罵：「這個不肖孫，他倒是會給自己找避難的地方。」

梅老夫人有些訝異：「子斬竟然收留了毓哥兒？那孩子最不喜人去打擾他，這麼多年，也就一個陸之凌隔三差五的去而已。其餘人誰敢踏進去？毓哥兒膽子可真大，敢往他跟前湊。」

梅老爺子冷哼一聲：「他沒地方去，硬著頭皮也只能去了，子斬和太子殿下不對付，聽說他的事兒，必然會收留人，我看他能在那裡住多久，這事兒沒完！」

「太子和子斬自小就脾性不投，怎麼也擰不到一起，哎，這麼多年了，咱們兩個女兒也是命苦，兩個好好的孩子，說扔下就扔下了……」梅老夫人說著眼淚又不受控制地掉了下來。

梅老爺子聞言也難受起來，拍拍梅老夫人後背：「別哭了，哭有什麼用？她們指不定早已經投了人家了，兩個孩子雖然擰不到一起，但都是在這天下數一數二有大本事的人，她們九泉之下也早就安息了，咱們活著的人要往前看。」

梅老夫人用帕子擦擦眼睛，點了點頭。

花顏隨著雲遲出了梅府，上了馬車後，雲遲不說話，一雙眸子一直盯著花顏。

花顏被他盯得渾身不自在，終於皺眉開口：「有什麼話就說，你這樣一直盯著我做什麼？怪瘆人的。」

雲遲終於開口：「不育之症？」

花顏恍然，原來是為了這個呀，可見他是在意入心了的，她誠然地點頭，認真地說：「這事兒還真是被我給忘了，今日被梅舒毓歪打正著讓我想起了。三年前，神醫谷的人斷定我此生不能有孕，此事千真萬確，你若是不信，可以請當世的名醫來給我看診。」

雲遲瞇了瞇眼睛：「你為了讓我悔婚，便這般無所不用其極嗎？」

花顏聳聳肩：「你不信拉倒，這是事實，我一直沒當回事兒，還真給忘了，沒想著用這個法子，今日是趕巧了，誰知道梅舒毓竟然是個人才。」

「我不必請名醫，也不需請太醫，即便如此，你也是我的太子妃，不會更改。」

花顏像看天外人一般看著他：「雲遲，你可是一國儲君，將來登基便是九五至尊。怎能娶一個被斷定一輩子也不能有孕的人？」話落，她盯著他，「噢，我想錯了，太子妃能不能生育不重要，皇后有沒有子嗣也不重要。重要的是你還可以立側妃，將來後宮還能進妃嬪，別的女人也可以為你生的。子嗣對你來說，確實不需要太過考量。」

雲遲沉了眼眸：「你非要這般說話嗎？我已經說了，今日能空置東宮內宅，明日我便可以空置後宮。宗室多的是子嗣，大不了我便擇宗室一人自小培養，我不需要走父皇走過的路。」

花顏一噎，見他似是真的怒了，徹底沒了話。

大雨後天氣晴朗，悶了兩日的百姓都出門透氣，今日的榮華街較往日更熱鬧。

馬車途經榮華街，外面熙熙攘攘的聲音透過車廂傳入花顏耳裡，她最是受不住這熱鬧得讓人心癢的情形，於是，挑開簾幕向外看了一眼，對雲遲說：「東宮定然沒準備我們的午膳，以為我們在梅府用了，回宮的話，廚房估計會好一通忙亂，不如我們就尋一家酒樓用膳吧？」

雲遲看了她一眼，沒有異議，頷首：「好。」

花顏見他答應，心中的鬱氣消散了些：「你可知道哪家酒菜最好？」

雲遲淡聲道：「京中最有名的是醉傾齋，你在順方賭坊賭玩那日，十一弟給你買的就是醉傾齋的飯菜，你覺得如何？」

花顏回味了一下，點頭：「是很不錯。」

雲遲對外吩咐：「去醉傾齋。」

小忠子應是，車夫連忙將車駛向醉傾齋。

還未到晌午，醉傾齋門前的馬車卻已經排了長長一列。

不多時，馬車來到醉傾齋，小忠子從裡面跑出來，站在車前，對車廂內低聲稟告：「殿下，醉傾齋已經座無虛席了，雅間也都滿了，所幸今日五皇子與十一皇子來醉傾齋用膳，早早就定了雅間，您看，是否和五皇子、十一皇子一起？」

雲遲頷首：「也可。」

小忠子又連忙跑了進去。

花顏和雲遲先後下了馬車，二人剛站定，五皇子和十一皇子以及兩個與十一皇子年歲差不多的少年從裡面走了出來，齊齊對二人見禮。

五皇子依舊如花顏那次所見一般，穿著貴氣，容貌也清和貴氣，十一皇子似乎又拔高了些，容貌清秀，他身旁跟著那兩個少年，低著頭，似乎十分驚異會在這裡看到雲遲和花顏，比十一皇子還要俊秀幾分的臉上都露出了緊張和拘謹。

雲遲溫和淺淡地擺手：「不必多禮。」

四人齊齊直起身，那兩個少年仍舊沒敢抬頭。

五皇子仔細地打量了花顏一眼，笑著請雲遲和花顏入內。

十一皇子因與花顏有那一場買飯的交情，所以見到她顯得十分親近和尤其高興：「四嫂，我早先還和五哥說想去東宮看你呢，但聽聞你去了梅府，我只有今日放假，便想著再見你怕是又要過好幾日才能出宮來了，不成想你與四哥也來了醉傾齋。」

花顏微笑，和氣地說：「我們也是從梅府回來路過這裡，恰巧想起便來了，湊巧了。」

十一皇子連連點頭：「那可真是巧了。」話落，對她關心地問，「你身子好些了嗎？」

花顏想著數日前五皇子和十一皇子前往東宮見她，被她給推了，她笑著說：「好了。」

十一皇子立即歡喜地說：「我們四人約好今日下午去湘水河遊船，每逢下大雨，湘水河的河水便會漲水三尺，雨後遊船，最是好時候。你和四哥要不要一起去？」

花顏頓時來了興趣，說：「太子殿下恐怕沒空，但是我有空，我可以去。」

十一皇子猛地想起大雨後雲遲要處理川河口一帶災情之事，的確是最忙之時，他一時竟給忘了，不由得小心地看向雲遲，詢問：「四哥？」

雲遲倒是不甚在意，也沒反對，淡聲說：「我的確是沒空閒，既然十一弟邀請，便要照顧好你四嫂，別讓她出了什麼事兒，否則我拿你是問。」

這是同意了！

十一皇子雖然高興，但聽見雲遲說拿你是問的話，心裡還是有點兒惶惶，看向花顏，想起她最喜搞事，試探地說：「四嫂，你……不會生出什麼事兒吧？」

花顏心裡暗罵雲遲，他話語中的意思別人或許不知，但她最是門清，意思就是別作妖蛾子再使計策悔婚，否則就是害了十一皇子。他不問罪她，卻是要問罪十一皇子的。

她一時間心中又生起了氣，狠狠地瞪了他一眼。

十一皇子沒得到答覆，又見花顏瞪雲遲，不由得再問：「四嫂，你說呢？」

花顏想著若是她搖頭，估計這四人都不會帶她去玩兒了，只能點頭，「遊船而已，不就是玩嗎？還能生出什麼事兒來？」

花顏頷首。

十一皇子得到保證，頓時高興起來：「那就這麼說定了，用過午膳我們就去。」

一行人上了二樓雅間，飯菜早已經點好，因多了兩個人，五皇子又吩咐小夥計拿來菜單遞給花顏多添幾個菜。

花顏也不客氣，對著菜單點了幾個對她來說陌生的菜名。

飯菜上來得很快，花顏每一樣都吃了兩口後，不住地點頭：「這醉傾齋果然名不虛傳，菜品比東宮的廚子絲毫不差，有兩個菜甚至還要勝上一籌。不知這幕後的東家是何人？這般會吃。」

雲遲眉目溫涼地看了她一眼，沒說話。

十一皇子頓時樂起來，對花顏神秘地說：「四嫂，這你就不知了吧！這醉傾齋也是子斬哥哥名下的產業。」

「嗯？」花顏是真的驚異了，「這醉傾齋竟然也是他的？」

她竟不知道這醉傾齋也是他的，他這是把控了京城最好的日進斗金的產業嗎？怪不得她贏了順方賭坊十年紅利也沒見他眼皮眨一下。

十一皇子點頭：「正是呢。」他捅捅身邊的一個少年，「不信你問他，他可也是武威侯府的人，最是清楚。」

花顏一直沒問那兩名少年的身分，此時聽聞其中一個是武威侯府的人，不由多打量了那少年兩眼，還真沒看出他與蘇子斬的相像之處。

那少年見花顏看來，連忙站起身，局促地介紹自己：「回太子妃，我姓蘇名玉竹，在侯府排行行三。」話落，他有些難以啟齒地說，「我的母親是側室，所以我……不敢與子斬公子相比。但這醉傾齋確實是他的。」

花顏對她一笑：「快坐下，不必如此拘謹。」

那少年見她話語溫柔含笑，臉一紅，又坐了下來。

花顏看向另一名少年，笑問：「那這位是？」

被他詢問的少年也連忙站起身，同樣有些拘束拘謹地回話：「回太子妃，我姓安名子言，在安陽王府排行行四，我的母親也是側室。」

花顏恍然，原來這兩位一個是武威侯府的庶出三公子，一個是安陽王府的庶出四公子。不過，看起來人品樣貌都是不錯，所以，與十一皇子估摸著合得來，才與他們玩在一處。

這兩府的庶出公子比一般的貴裔府邸裡的公子卻是要金貴許多的。

她同樣溫柔和氣地一笑：「快坐下吧，不必多禮拘束，我本就不是個拘束的人。身分什麼的，我也不是十分看重，人不能選擇出身，但能選擇自己被人高看一眼的本事。所以，身分不過是個起步點而已，起步點低一點的人，未必追不上那些起步點高的。」

她這樣一說，那兩名少年眼睛齊齊一亮，人也頓時精神了幾分。

雲遲失笑，偏頭對花顏說：「你這攻人攻心之術，學的真是爐火純青，短短幾句話，卻讓人聽起來心情舒暢，怪不得走到哪裡，都無往不利。」

花顏斜睨了他一眼：「你這是在誇我還是在損我？」

雲遲親手給她夾了一個火雞腿，溫和地笑著說：「自然是在誇你，快吃吧！往日你我一同用晚膳，不見你這般多話，看來往後要多帶你出來用膳才對。」

花顏看著碗裡的火雞腿，一時沒了話。

十一皇子以及那兩位少年齊齊睜大了眼睛，似都驚異於雲遲這般溫柔和善地對待一個人，他們從沒見過。五皇子也有些驚異，不過到底年紀稍長幾歲，不如那三人表現的明顯。

有了這個小插曲，接下來花顏不說話，也沒人再說話。

第二十三章 遊船湘水河

吃過午膳後，雲遲喝了一盞茶，對五皇子和十一皇子囑咐：「早些回來，不要玩得太晚。」

五皇子和十一皇子連忙應是，帶著花顏，他們也不敢玩得太晚。

雲遲不再多說，出了醉傾齋，去了議事殿處理事情。

花顏與五皇子、十一皇子、蘇玉竹、安玉琢一起出城去了湘水河。

湘水河位於東城門十里處，是一片山清水秀的好地方。

一年四季，都有人來湘水河遊玩，欣賞著湘水河每一季不同的景緻。

一場大雨過後，惦記著這裡美景的人顯然還是極多的。

花顏等一行人來到後，便見到湘水河裡已經有不少畫舫遊船在遊湖，兩旁的亭子裡也或坐或站了不少遊湖賞景的衣著光鮮的男女老少。

花顏掃了一圈，笑著說：「不愧是十分出名的湘水河，的確水光山色，景色怡人。」

五皇子微微一笑：「四嫂是先上船遊湖，還是想沿著水岸轉一轉？」

花顏聽他的稱呼便不舒服，糾正道：「五皇子，喊我嫂子早了點兒，稱呼別的什麼，我都不介意。」

五皇子笑著搖頭：「四哥早已經定了嫂子，早晚也沒什麼區別，四嫂習慣就好了。」

花顏揉揉眉心，深吸一口氣，說：「遊湖吧，遊著也就能看清兩岸的景緻了。」

五皇子笑著點頭，對身後跟著的護衛吩咐了一聲，那護衛連忙去喊船了。

不多時，一艘華美的畫舫駛來，五皇子請花顏上船。

花顏也不客氣，當先踏進了畫舫，方嬤嬤和秋月一直跟著她，自然也隨著她上了畫舫。五皇子、十一皇子、蘇玉竹、安子言都各帶了一個護衛。

畫舫很寬敞，很精緻奢華，除了六名船夫外，還有七八個抱著絲竹管弦樂器的美貌女子，在一行人上來後，紛紛見禮。

花顏坐在了一處靠邊的榻上，面前的几案上早已經擺了瓜果茶點。

花顏看著這七八個美人，纖腰款款，蓮步婀娜，想著不愧是王孫公子遊湖，打點安排得這般愜意周到。

五皇子見花顏盯著這些女子看，有些猜不透她的心思，連忙說：「這是早先安排唱曲歌舞的歌姬舞姬，四嫂若是不喜歡，就讓她們下去。」

花顏連忙擺手：「喜歡得緊，不必下去。」

五皇子聞言倒是一愣，點了點頭。

十一皇子坐在了花顏對面，看了那些女子一眼「咦？」了一聲，「怎麼不見歌舞曲藝最好的伊蓮姑娘？」

他這一開口，有一個女子中的領頭人便連忙回話：「回公子爺，伊蓮姑娘今日的場子在三日前就被人定出去了。您昨日晚上定的，已經晚了。」

「哦？什麼人定的？這般的早？」十一皇子感興趣地問。

那女子猶豫了一下，還是相告：「武威侯繼夫人。」

「啊？」十一皇子一愣，「她一個婦人，怎麼也來這裡跟爺們兒搶女人？」

花顏一聽便「撲哧」一下子樂了，揶揄地笑看著十一皇子，「爺們兒？你才十二三的年歲，便懂得享受女人的好了嗎？」

十一皇子沒想到會這般被花顏直白地取笑，臉騰地爆紅，恨不得找個地縫鑽進去。

花顏見他耳根子都紅透了，一張清秀的臉像個煮熟了的雞蛋，著實可愛。她欣賞了片刻，笑著說：「害羞什麼？以你的年紀來說，也的確不小了，稱得上爺們了。」

十一皇子伸手捂住臉，一下子將頭埋到了几案上，甕聲甕氣地說：「四嫂，你……你取笑我。」

花顏看著他的模樣，樂不可支。

五皇子也忍不住好笑，蘇玉竹和安子言也驅散了幾分拘束，同時笑了起來。

因這小插曲，畫舫內再沒了靜默沉悶的氣氛，一時間輕鬆起來。

花顏收了笑意，問那女子：「武威侯繼夫人是自己前來遊湖，還是請了什麼人一同前來？」

那女子回話：「據說是邀了柳府的兩位公子。」

十一皇子被眾人笑了一場，臉皮也厚了些，索性豁出去地說：「原來是柳府的柳大和柳三兩個好色鬼，怪不得提前三日就定下了伊蓮姑娘呢。這柳芙香是有什麼事情求到她這兩兄弟的頭上了吧？否則怎捨得花大價錢定了伊蓮給他們？」

那女子不再言語。

五皇子見花顏若有所思，笑著接過話：「十一弟，我們今日的目的是來遊船，不是聽曲。沒有伊蓮姑娘的曲藝，也沒什麼，你何必揪著不快？」

十一皇子連連點頭，「五哥說得是，我也就說說罷了。」話落，他忽然想起了什麼，看著花顏，「四嫂，聽聞那日在趙府，她對你口出惡言，你將她推進了湖裡？」

花顏想著估計這事兒已經傳得人盡皆知了，頷首：「是有這麼回事兒。」

「你既然已經將她推下了水，何必又親自下水去救她？怎麼沒讓她直接淹死在水裡，你即便淹死了她，四哥也會保你的。」十一皇子疑惑問道。

花顏訝異，看著十一皇子：「她得罪過你？怎麼你提到她會這般的苦大仇深？」

十一皇子咳嗽一聲，搖頭：「她沒得罪我，但是她那種女人，對子斬哥哥始亂終棄，我最是厭惡，覺得她還是死了的好，免得每次子斬哥哥看到她都心裡難受。」

花顏想著蘇子斬見到柳芙香會難受嗎？

那日在趙府她還真沒從他的臉上看出來，她笑了笑，不再說話。

五皇子一擺手，畫舫內的歌姬舞姬便動了起來，須臾，響起了絲竹管弦聲。

京城的歌舞曲調，都帶著一種華美之感，美不勝收。

花顏一邊品著茶欣賞著曲藝歌舞，一邊想著柳芙香今日竟然還敢來遊湖。

不知道能不能遇上，若是能遇上，那可就太好了。

雖然雲遲早先有警告，若是她出了事情唯十一皇子是問，但若是她不找事情，事情主動找上她呢？那就另說了吧？

她這樣想著，看著湖光山色，不由得微微笑了起來。

秋月瞧見了花顏這笑，心裡頓時咯噔一下，忍不住湊到她耳邊，小聲說：「小姐，您不會今日又要謀策什麼吧？可別忘了太子殿下說過，出了事情找十一皇子是問的話。」

花顏伸手溫柔地拍了拍秋月臉頰：「乖，我記著呢，不會讓十一皇子背鍋。」

秋月聞言見她當真還存了找事兒的心思，無語地住了口。

畫舫慢悠悠地遊到了湖中心，那裡已經有一艘同等華美的畫舫停駐，那艘畫舫裡飄出來的曲調，竟然十分香豔，聽得讓人骨頭都快酥了。

十一皇子聞聲立即探頭向舫外看，須臾，睜大了眼睛，驚奇地道：「是伊蓮姑娘的聲音，這也太香豔了，從來不曾聽聞她唱過這類曲詞，定然是被柳大和柳三逼迫的。」

五皇子也聽到了，探頭向外看了一眼，說：「伊蓮姑娘曲藝再高絕，為人再清高，也不過是雨打浮萍身不由己之人。不說武威侯繼夫人相請，就是柳府的兩位嫡出公子要她唱這樣的曲子，她也不敢不唱。你尋常聽不到，是因為我們南楚京城，名門世家的公子極少有強人所難的，但這不包括武威侯繼夫人和柳府這兩位。」

花顏也探頭向外瞅了眼，所坐的畫舫雖離那艘畫舫還有些距離，看不甚清楚裡面的情形，卻隱隱約約能看到衣香鬢影。

她心裡打著思量，面上卻不表現出來，笑著說：「不管是文雅的，還是香豔的，都是曲子而已，我覺得唱得挺好，我們畫舫湊近些，借他們的光，也大飽一下耳福唄。」

對於花顏的話，無人反對，也都想聽聽這從來沒從伊蓮美人口中聽過的曲子。

船夫聽從命令，將畫舫划靠近了些。

眾人聽了一會兒，五皇子還好，十一皇子和兩位少年臉已經受不住地紅了，距離得遠時還不覺得，臨近了才聽得真正的清楚，實在是這曲詞太香豔了。

十一皇子雖然好奇，但到底年少，終於忍不住看向花顏，見她聽得臉不紅心不跳面不改色且津津有味，他著實佩服，小聲說：「四嫂，咱們還是離遠一些吧！這曲子忒不雅了。」

花顏似笑非笑地看了他一眼：「大俗便是大雅，心中藏有汙穢，聽再高雅的曲子也是汙穢之人，心中敞亮如君子，再汙穢的曲子，那也是高雅之人。所謂雅俗共賞，誠然是一種境界。」

十一皇子心神一凜，聰明頓徹地拱手：「四嫂教訓得是。」

蘇玉竹和安子言也齊齊正了顏色，看向花顏的目光多了幾分崇敬。

五皇子笑著誇讚道：「四嫂真是個通透之人，與你在一起，受益良多。」

花顏失笑：「我就是個俗人，什麼是雅，什麼是俗，我不知道。只是在市井混過多年，覺得固守本心，不為外擾，才能得利於自己。」

五皇子點點頭：「四嫂這話，十分有禪意。」

花顏不再接話，端起茶盞喝了一口，輕輕放下，然後對畫舫內一位抱著琵琶的姑娘笑著招手：「姑娘的琵琶，可否借我一用？」

那女子聞言連忙起身，抱著琵琶來到近前，二話不說地遞給了花顏。

花顏道了一聲謝，接過琵琶抱在懷裡，試調了下音節，便彈奏了起來。

五皇子、十一皇子等人齊齊一怔，須臾，都露出驚訝之色來，花顏彈的這曲子，正是伊蓮所唱的曲詞，那邊本也有琵琶聲聲，卻沒有她彈奏得高明，她生生地擠入，很快地便與之融合了。

那艘畫舫上，伊蓮姑娘聽到混入她琵琶的曲聲，也是一怔，錯了一個音節，然後如遇知音般，很快就又流暢地繼續起來。

這一變故，畫舫內的柳芙香與柳府的兩位公子自然都聽出來了，齊齊地起身，順著聲音探出頭看去。

「那是誰的畫舫？」柳大出聲問。

柳三看了片刻，接過話：「好像是五皇子的。」

柳大好奇地說：「什麼人在彈奏？似乎要比伊蓮姑娘彈奏的還要高明。」

「問問不就知道了。」柳三話落，揚聲開口：「對面畫舫裡坐的可是五皇子？」

五皇子聽到柳三喊話，皺了皺眉，還是探出頭，頷首：「正是。」

柳三見五皇子現身，笑問：「敢問五皇子，何人在與伊蓮公子應和琵琶曲？可否告知？柳某實在好奇得緊。」

五皇子看向花顏，見她彎著嘴角，似乎在說魚兒上鉤了，他頓時覺得不太妙，一時沒答話。

柳三又笑問：「莫不是這京城歌坊又新出了個曲藝高絕的佳人？五皇子切莫藏私。」

五皇子有些頭疼，不知是該胡亂搪塞過去，還是實話實說，畢竟這柳大和柳三於這方面頗有些死纏爛打的本事。

花顏微笑，輕聲說：「告訴他實話。」

五皇子正色地低聲道：「四嫂，四哥可是囑咐過了，萬一生出事情……」

「我兜著。」花顏大包大攬。

五皇子還是覺得不惹為好，花顏這副神情，實在是讓他不能放心，搖頭，剛要藉口搪塞過去，花顏見他不應，當即放下了琵琶，探出身，看著對面笑語嫣然地說：「是我。」

五皇子哀歎一聲。

柳大和柳三看到探出身的女子，那一張如清水出芙蓉天然雕飾的容顏，在明媚的陽光下，著實地奪目燦然，二人齊齊驚豔地呆住。

花顏見二人穿著華麗，人模狗樣，笑吟吟地說：「兩位公子有禮了，剛剛的琵琶是我彈的，巧遇這樣的詞曲，著實第一次聽，忍不住撥弄了琵琶，驚擾了兩位公子，抱歉得很。」

柳大和柳三聞言，齊齊搖頭拱手：「姑娘客氣了，不驚擾，不驚擾。」

柳芙香這時也看清了花顏，頓時面色一黑，陰沉如水，脫口道：「臨安花顏？竟然是你！」

花顏看著柳芙香，她依舊是穿金戴銀滿頭珠翠，生怕別人不知道她有個富貴的身分一般。

花顏笑著仰起臉打招呼：「原來是繼夫人，我們又見面了，你我可真是有緣。」

柳芙香臉色青黑：「誰跟你有緣！你那日將我推下水，我還沒找你算帳呢。」

花顏聞言淺笑盈盈：「那日幫繼夫人醒醒腦，後來我親自下水救了你，難道你忘了嗎？繼夫人原來是個不記人好，只會記人仇的，早知道我那日便不該下水去救你，讓你死了算了。」

柳芙香一噎，一時沒了話。

柳大和柳三聞言回過魂，齊齊脫口道：「原來你就是臨安花顏，準太子妃？」

花顏笑顏逐開：「正是。」

柳大和柳三又看向柳芙香，想著今日她專門約他們兄弟出來遊湖，不惜花大價錢請了伊蓮姑娘來唱曲，就是為了請他們幫她對付臨安花顏，報在趙府落水之仇。沒想到，他們剛答應，這臨安花顏便出現了。

二人對看一眼，心中齊齊想的是臨安花顏長得可真美，放眼京城，趙清溪怕是都要差她幾分明媚勁兒，這樣的女子，竟然是太子妃。

花顏笑看著二人臉色變化，兩艘畫舫距離得近，是以看得十分清楚。她終於明白柳芙香為何落水後迫不及待地約了她兩個兄弟來遊湖了，原來目的是為了她。

她笑容更深了些，笑著說：「既然我與繼夫人有緣，恰巧遇到一起，不如兩位公子與繼夫人帶著伊蓮姑娘來我們這艘畫舫小坐如何？獨樂樂不如眾樂樂。」

柳芙香當即覺得花顏不懷好意，立即拒絕：「我們這便回去了，多謝你的好意了。」

花顏笑著看了她一眼：「天色還早，繼夫人急著回去做什麼？」話落，又說，「我們畫舫裡還有一位武威侯府公子，都是自己人，繼夫人就別推脫了。」

蘇玉竹見花顏提到他，慢吞吞地探出身，對著柳芙香喊了一聲：「母親。」

柳芙香皺眉，板起臉問：「三公子，你今日怎麼出來玩了？沒去學堂嗎？」

當真是有幾分母親的架勢。

蘇玉竹道：「安陽王府四公子生辰，我與五皇子、十一皇子一起出來與他慶生。已經同父親和學堂裡的先生告過假了。」

柳芙香聞言也不好發難，臉色不好地點了點頭。

花顏笑著邀請柳大和柳三：「兩位公子以為如何？兩個畫舫並一個畫舫，更熱鬧些，左右不過是出來玩，當玩得歡快不掃興才是。你們說呢？」

柳大和柳三這一對兄弟最是喜好美色，見花顏不僅人美，且一直笑臉相對，比京城那些見著他們就躲的大家閨秀強百倍，十分給面子。當即齊齊點頭：「好，我們這便過去。」

柳芙香立即阻攔，低聲道：「我與你們說過了什麼？你們將我剛剛說的話都當耳旁風了嗎？她不是什麼好人，仔細她不懷好意。」

柳大不滿：「妹妹，她不是好人，你也不是好人，我們更不是好人。過去坐坐而已，你這麼緊張做什麼？你不是要報仇嗎？連過去坐坐都不敢，膽子這麼小，還想不想報仇了？」

柳三附和：「就是。」

柳芙香見攔不住二人，氣得惱怒：「你們別被她狐媚子的臉迷惑了，找不到東南西北。」

柳大和柳三不再理她，讓人在兩艘畫舫間搭了跳板，迫不及待地衝上了那艘畫舫。

柳芙香心中雖有氣，只想背地裡報仇，但她那兩個兄弟若沒她看著，說不定會捨不得傷花顏。她咬了咬牙，也跟著上了那艘畫舫。

伊蓮也抱著琵琶，隨三人後上了畫舫。

花顏瞧著上了畫舫的一行人，對十一皇子笑著說：「你不是想聽伊蓮姑娘的曲兒嗎？如今我將人給你騙過來了。一會兒你可要多點兩首想聽的曲子，好好聽聽，別錯過了機會。」

十一皇子聽她說將人騙過來，頓時崇拜地看著她：「四嫂，真有你的。」

柳大最早進了畫舫，正巧聽到了花顏說騙過來的話，愣了愣，頓時大笑。

花顏笑吟吟地對大笑的柳大說：「大公子上當了，其實我邀請你們上來與我們一起遊湖玩樂，是為了你們船上的伊蓮姑娘，她的曲子著實好聽。」

柳大收了笑，對花顏拱手：「我與三弟剛剛還在想，初見太子妃怎麼便給我們這麼大的面子，本以為是借了妹妹的光，原來是借了伊蓮姑娘的光。」

柳三隨後進來，也聽到了，笑起來：「伊蓮姑娘的曲藝堪稱一絕，太子妃原來也是個會賞美人曲藝的人，這樣說來，我們真是同道中人吶。」

花顏笑著擺手：「正是，兩位公子請坐。」

柳大和柳三見花顏身邊都圍了人，笑著擇了一處空著的地方坐下。

柳芙香由婢女扶著進來，便見柳大和柳三與花顏有說有笑，她壓制著怒氣，笑著對五皇子和十一皇子說：「兩位皇子，打擾了。」

五皇子暗暗歎了口氣，面上卻不表露出來，微笑著說：「夫人客氣了，既然巧遇，一起遊湖，的確熱鬧。」

花顏和氣淺笑：「繼夫人請坐。」

柳芙香憋著氣，點點頭，也擇了一處坐下。

花顏看著隨後進來的伊蓮姑娘，果真是個美人，眉目清清，身段筆直，可見是個骨子裡高傲的，可惜不知道因為什麼原因淪落風塵。她笑著開口：「為了聽姑娘的曲子，我可算是煞費苦心。伊蓮姑娘有什麼拿手的曲藝，來兩首如何？也不枉我費這一番苦心將你請上我們的船。」

伊蓮連忙福禮：「多謝太子妃殿下抬愛，拙劣曲藝，能過您的眼，是奴家的榮幸。」

花顏溫柔地笑：「姑娘真會說話，說得人心肝兒都軟了。」

十一皇子聽得這話，抖了抖嘴角，忍不住開口：「四嫂。」

花顏笑著點頭，對十一皇子道：「好，我不說了，你喜歡什麼？你來點。」

十一皇子看著伊蓮，說：「煩勞姑娘，就唱一段《將軍曲》吧！」

他話落，柳三嘲笑道：「哎呦，我說十一皇子，你可真是讓我怎麼說你好，你讓人家嬌滴滴的小娘子給你唱《將軍曲》，這不是難為人嗎？」

十一皇子正容道：「你讓她唱《淫婦人》就不難為嗎？」

柳三大笑：「她一個風塵女子，做的是賣唱的營生，我讓她唱這個曲子，是正經的對路。總比你這《將軍曲》要切題得多，你要想聽《將軍曲》，就該去軍營，何必坐在這畫舫裡讓一個歌姬唱給你聽？」

十一皇子冷哼：「我今日就要聽《將軍曲》。」話落，他不理會柳三，對伊蓮詢問，「你可會唱《將軍曲》？」

伊蓮看了一眼柳三，又看了一眼十一皇子，慢慢地點頭：「奴家會，只是唱不好。」

「唱不好也沒關係，只要會唱就行。」十一皇子大度地說。

伊蓮點頭，抱著琵琶，試了個音，當真唱出了將軍曲。

黃沙百戰，將軍出劍。一曲《將軍曲》，由伊蓮的口中唱出來，還真有那麼幾分如臨戰場，刀槍劍戟金鐵交鳴的鏗鏘之聲。

柳三臉色不好，但也沒說什麼，喝著酒聽著，眼睛卻一個勁兒地看花顏。

柳大此時已經懶得聽伊蓮唱什麼，只覺得花顏閒散地坐在那裡，倚著几案，身段玲瓏曼妙，手若柔荑，柔弱無骨，雪膚花貌，當真是傾國傾城。

這樣令人賞心悅目的美人，比那些規規矩矩一板一眼的大家閨秀要討喜得多。

秋月雖然看慣了自家小姐只要出現就會被人多看幾眼的目光，但是像柳大和柳三這種盯著不錯眼的還是極少的。沒多大一會兒，她便先受不住了，坐直了身子，擋住花顏半邊身子，附在她耳邊悄聲說：「小姐，真是兩個登徒子，您就算要謀劃，也用不著這般搭理他們。」

花顏笑了瞅了秋月一眼，從來遇到狼的時候，她家秋月就如老母雞護小雞一般地把她護起來，她笑著也附在她耳邊說了一句話：「沒有他們，柳芙香這魚兒是斷然不會上鉤的，她想報復我，可見那日在趙府長的記性還不夠，今日便就再讓她長一回記性。」

秋月恍然，不再多言了。

五皇子見柳大和柳三眼睛不離花顏，即便被秋月擋住了大半的視線，他們依舊不自知。他咳嗽一聲，開口說：「四嫂，四哥囑咐了，咱們不可回去晚了，如今已經到了湖中心，這船回去還需要些時候，這便返回如何？」

花顏笑著點頭：「好。」

五皇子吩咐人對船夫說了一聲，船夫立即調轉船頭。

一曲《將軍曲》落幕，花顏當先鼓起掌來，笑著說：「伊蓮姑娘真令人驚歎，不愧是曲藝雙絕的人兒。」話落，笑著對她問，「東宮內宅空蕩得很，你可願意被我贖身，隨我入東宮？」

她此言一出，語驚四座。

柳芙香不敢置信地看著花顏，她這是什麼意思？

是單純地看上了伊蓮這個人的曲藝，還是帶她回去侍候太子殿下？

柳大和柳三這時從花顏的美貌中回過神，柳三脫口問：「太子妃，你這是……」

花顏笑看著眾人道：「沒別的意思，東宮內宅太空蕩了，連個喝茶聊天唱曲的人都沒有，今日伊蓮姑娘頗和我眼緣，故而有此一請，只問伊蓮姑娘願不願意。」

眾人聞言，都看向伊蓮。

人人都知道，東宮內宅在太子妃住進東宮前，除了粗使婢女外，沒有一個女人。多少人削尖了腦袋想要進入東宮，卻沒一人能進得成。

如今花顏這一句話，若是伊蓮點頭，那麼，她就是進入東宮的第一個女人，將來的機會和身價，與今日就不可同日而語了。

十一皇子忍不住小聲問花顏：「四嫂，這不好吧？四哥他會同意嗎？」

花顏笑著說：「我的人，哪裡用得著他同意？」

十一皇子頓時沒了話。

伊蓮也驚訝了，她沒想到只見一面只這一首曲子，太子妃就要為她贖身帶去東宮……

她在眾人的目光下，垂下了頭，沉默半晌，低聲說：「奴與太子妃殿下琵琶相和，很想引為知己，奈何奴身分低賤，不敢高攀太子妃殿下，您是高貴的人兒，奴不敢登雲望月，望太子妃殿下恕罪，奴不能應您。」

這是拒絕了！

花顏的請來得突然，伊蓮的拒絕來得意外。

花顏看著她，笑著說：「我素來自詡是個俗人，常年在泥堆裡打滾，只因為太子殿下，才得了這麼個身分，這天下，我沒覺得比哪個人因此就高貴了，但即便在泥裡，未扣著這太子妃頭銜時，我也沒覺得比哪個人低賤了。伊蓮姑娘不必妄自菲薄，你很好呢。」

伊蓮聞言抬起頭，眸光閃著星星點點的亮光，片刻後，又垂下頭，搖頭道：「多謝太子妃殿下，奴自賣身進了胭脂樓之日，便已經立下了誓言，簽了死契，終身不得離開胭脂樓，恕奴沒有福氣。」

花顏一怔，有些意外：「你是胭脂樓的人？」

伊蓮點頭：「奴是胭脂樓的人，三年前入的胭脂樓。」

花顏看著她，胭脂樓是蘇子斬的，那麼也就是說她是蘇子斬的人了？

她轉頭看向五皇子和十一皇子，問：「你們早就知道？」

五皇子點頭：「伊蓮姑娘是胭脂樓的頭牌，賣藝不賣身，她不同於樓內尋常姑娘不能隨意出城，是可以被請出來彈唱曲藝的。只不過請她出來的價碼要比在樓內高出三倍罷了。」

花顏恍然，也就是說，柳芙香今日是花了三倍的天價請出來人陪著遊湖的。

她頓時幽幽地笑說：「京城的好地方，消金窟，好人才，看來都被子斬公子包了。怪不得都說他是個不能得罪的人。」

十一皇子覺得這話說得對，不由得點了點頭：「正是這樣。」

花顏笑著看了柳芙香一眼，擺手：「罷了，既然是子斬公子的人，那麼我也沒必要非要將人弄到自己手裡，他連順方賭坊十年盈利都捨得給我，塵封了五年的醉紅顏都開了封送給我喝，我什麼時候想聽伊蓮姑娘的曲，應該也是不難的。」

她話音一落，柳芙香的臉色唰地青白一片，難看至極。

眾人聽得花顏的話，一時間也都驚異地轉了幾個心思。

提到蘇子斬，他的狠辣都會讓人三緘其口，想都不敢去想他的事兒。如今被花顏這般地說出來，且她言笑晏晏的模樣，著實讓人不得不去揣測她與蘇子斬私下的交情。

尤其是柳芙香。

她的心如被花顏生生地挖開了一道大口子，可以清晰地感覺到心口鮮血直流，讓她幾乎血氣沖頭暈厥過去。

那一日深夜，下大暴雨，蘇子斬本已住在了清水寺，一聽聞她在春紅倌，半夜縱馬冒雨而歸，到了春紅倌，救下了她因為救冬知險些被傷廢的一隻手臂。

要知道，蘇子斬畏寒，往日在那樣的大雨之夜，有天大的事兒，他也是不出門的。可是他不止出了門，還冒大雨行了三十里路，將自己淋了個渾身濕透。

臨安花顏，從順方賭坊之日後，便是讓蘇子斬在意的那個人。

別人或許不知，但她柳芙香卻最是清楚。

她心中妒火洶湧，看著花顏淺笑盈盈的臉，恨不得衝上前去撕爛她，但她心中仍有一絲理智，上次在趙府的教訓告訴她，要對付這個女人，不能明著與她針鋒相對，否則吃虧的是她。

於是，她死命地將心中的妒火壓下，死咬著牙關，未置一詞。

花顏看著柳芙香，她臉上的笑容和她眸中的神色隱隱有挑釁的得意。

她心想著原來小看柳芙香了，這個女人明明氣得要死了，卻能忍得住安穩地坐著，也不是那般有頭無腦的人。

她慢悠悠地想著蘇子斬年少時喜歡的女子，應該不是一無是處的，只是哪裡出了差錯，分道了揚鑣。若只是單純的分道揚鑣，那也罷了，偏偏她嫁給了他爹……這誰能受得住。

所以，如今這個女人氣成這樣惱怒成這樣嫉妒成這樣，是為了哪般啊？

蘇子斬大鬧喜堂時，她不是口出惡言，公然以他不能人道阻止了他嗎？

花顏不知道一個人自出生起便寒症伴隨著自己是怎樣一步一步成長的。

她自小伴著哥哥長大，是見識到哥哥成長的千辛萬苦，但對比蘇子斬來說，她卻覺得，哥哥的苦是身體上的，但蘇子斬，則是身心俱損吧？

他的成長怕是比哥哥還要另類地辛苦些。

這樣想著，她便不由自主地想到梅舒毓的話，他說蘇子斬以前跟他大哥差不多，名門公子，知書守禮，文武雙全，品貌兼備，德修善養。

五年前，蘇子斬十四，在柳芙香嫁給他爹後，他剿平了黑水寨，九死一生。

那時候她呢？她十一，川河谷發大水，數萬人罹難，活著的人在難民窟裡等著朝廷營救，她因正巧倒楣地趕上，每日也是掙扎求生，那一次從川河谷活著走出，也算是九死一生。

她不由得笑了。

「四嫂？」十一皇子感覺花顏不太對勁，忍不住喊了她一聲。

花顏被拉回神智，聽到他的稱呼，收了笑意，幽幽地歎了口氣，忽然沒甚興致地說：「這船划得真慢，讓船夫快點兒，咱們早些回去了。」

十一皇子一怔，點點頭，對人吩咐了一聲。

不多時，船便划得快了數倍。

柳大和柳三聽了這一番機鋒，色迷心竅的兩人齊齊都心神一凜，重新地審視起花顏的身分來。她不止是準太子妃，還與蘇子斬牽扯甚深，這樣的女人，還是少招惹為好。

只一個雲遲準太子妃的身分，也許還值得冒險一試。但與蘇子斬瓜葛甚深，可就不好辦了。蘇子斬那人，狠起來，能將人大卸八塊五馬分屍，讓人記他八輩子。

所以，兩人頭上被敲了警鐘後，都齊齊地打住了心思，打定主意，無論柳芙香再給他們什麼好處，他們也絕對不幫她對付花顏了，這個女人，還是不得罪的好。

柳芙香最是清楚她這兩個兄弟的心思轉變，暗自咬牙恨齒，想著臨安花顏果然是個心機狡詐之人，這般三言兩語，便將她的兩個兄弟都給折了。

她又怒又恨，但也無法，只想著待今日後，再做打算，總之，仇不能不報。

畫舫很快便回到了岸邊，花顏似乎是一刻也不想待了，待船一停，便起身出了畫舫上了岸。

五皇子和十一皇子也懶得與柳芙香和柳家兄弟說話，所以，也立即下了船。

柳大和柳三本想著今日是想來好好地聽伊蓮姑娘唱曲，就這般打道折返了著實可惜浪費，暗自後悔不該被花顏迷惑，上了他的畫舫，如今又這般匆匆折返，沒玩得盡興。

柳芙香踏出畫舫，剛踩上跳板，不知怎的覺得腳腕一痛，驚呼一聲，整個人就向水裡栽去。攙扶著她的婢女沒攙扶住，被她一拽，也驚呼一聲跟著一起落了水。

只聽「噗通噗通」兩聲，那兩人濺起了大片的水花。

花顏已經上岸走了數步，聽到動靜，她停住腳步，納悶地轉回身，對同樣回身去看的五皇子和十一皇子問：「怎麼回事兒？」

五皇子和十一皇子以及蘇玉竹、安子言落後花顏兩步，此時看向河邊，也都不明所以，搖頭，「不知怎地，似乎是繼夫人和她的婢女落水了。」

花顏訝然：「那跳板夠寬的了，她怎麼還會落水？快去看看。」

五皇子點頭，吩咐他帶的護衛：「快去看看怎麼回事兒？」

那護衛應聲，立即去了。

柳大和柳三也駭然地大叫：「快，快下水去救人。」

柳府的護衛有兩個會水的，連忙下了水。

河岸本就不深，若非是兩個不會水的女人四仰巴叉地栽下去，人踏入水中也沒不過頭頂，根本就不需要驚慌，但柳芙香和她的婢女都金嬌玉貴，不懂這個，所以，兩個人撲騰了幾下後，很快就沉了下去。

柳府的護衛下了水後，沒費多少力氣，便將人都救了上來。

柳芙香已經暈死了過去，她的婢女比她稍好，大口大口地往外咳水，臉色被嚇得發白。

「大夫，快請大夫。」柳大連忙大喊。

花顏漫步走回來，溫聲說：「如今距離城裡太遠，就算去請大夫一時半刻也趕不來。我的婢女秋月會些醫術，不若讓她給繼夫人看看？大公子和三公子可覺得使得？」

柳大聞言四下掃了一圈，也覺得這大夫沒有半個時辰請不來，立即點頭：「多謝太子妃，就煩勞你的婢女了。」

花顏想著原來柳府的公子也是會說人話的嘛，不枉他敲山震虎讓他們別想對她動手。於是，她轉身吩咐：「秋月，快給繼夫人看看。」

秋月上前幫柳芙香把脈，又幫她倒出喝進肚子裡的水，好一陣折騰。

岸邊本來就有賞景的人，如今也都圍攏了過來觀看。

「小姐，武威侯繼夫人只不過是喝了些河水，如今水都倒出來了，人沒什麼大礙的。」秋月救完了人起身對花顏說。

花顏點頭：「沒事兒就好。」話落，她納悶，「只是這人怎麼就落水了？」

柳大和柳三見說柳芙香沒事兒，齊齊鬆了一口氣，一聽花顏如此詢問，也同樣納悶，便立即問那婢女：「怎麼回事兒？你們怎麼落了水？」

那婢女顯然受的驚嚇不小，立即白著臉說：「回兩位公子，奴婢也不知道是怎麼回事兒，奴婢扶著夫人下船，夫人忽然就墊了腳，身子向水裡栽去，奴婢是被夫人拉下水的。」

柳大和柳三抓住重點，齊齊恍然：「原來是墊了腳。」

十一皇子哼道：「這繼夫人也太金貴了，連走路都不會了，以後還是少出門的好。」

五皇子雖然覺得這事兒沒那麼簡單，但見花顏無事，他也不想探究。說道：「既然繼夫人沒事兒，咱們回去吧！」

十一皇子點頭，看向花顏。

花顏笑了笑，對柳大和柳三說：「既然是繼夫人自己墊了腳，那便沒什麼好糾察的了。兩位公子快將繼夫人送回侯府吧！」

柳大和柳三點點頭。

花顏轉過身，走向馬車。

她剛走幾步，柳芙香忽然醒來，睜大了眼睛，憤恨地大叫：「臨安花顏，你給我站住！」

花顏嘴角微勾，想著這次柳芙香醒來的倒快，很是時機，她停住腳步轉身，看著她，「繼夫人醒了？」

柳芙香推開婢女，騰地站起身，快步衝到了花顏面前，伸手就要掌摑她。

秋月上前一步，扣住了柳芙香手腕，惱怒地說：「武威侯繼夫人，你是瘋了嗎？我家小姐見你落水昏迷，吩咐我救了你，你剛醒來卻要恩將仇報打我家小姐，這是何道理？」

柳芙香渾身滴水，披頭散髮，表情陰狠地看著花顏：「是你，一定又是你推我下水的。」

秋月冷聲道：「我家小姐早就下船了，你落水時，她已經走出很遠了，念著相識一場，回來救你。你剛醒來卻這般誣賴我家小姐？早知如此，真是不該救你。」

這時，柳大和柳三趕上來，看著柳芙香，齊齊說：「妹妹，你是怎麼回事兒？你是自己墊了腳落水，幸虧太子妃的婢女會醫術，救了你。你怎麼能誣賴太子妃？」

柳芙香怒道：「就是臨安花顏，一定是臨安花顏，是她害我落水。」

秋月用力地甩開柳芙香的手，將她甩了一個趔趄，揉揉手腕說：「繼夫人真是不可理喻。」話落，她轉向花顏，「小姐，這樣的人下次咱們別救了，最好別再遇上她，晦氣！」

柳芙香由婢女扶住，才沒栽倒，她氣急伸手指著花顏：「臨安花顏，你敢做不敢當。我下船時，走得好好的，腳裸突然一痛，栽下了水，定是你使了什麼詭計害我。」

花顏淡淡地看著柳芙香：「繼夫人，我知道因為在趙府我推你下水醒腦一事讓你一直記恨我，但這次真的不關我的事兒。你腳裸突然痛，也許是抽筋，也許是蚊蟲叮咬，也許是不小心扭到，我下船後已經走出很遠，有目共睹，我如何能害你？」

柳芙香不信她的話，渾身哆嗦地說：「一定是你，是你對我出手，你有武功，即便距離我不近，也能害我。」

花顏歎了口氣：「你的確是不可理喻，我沒有武功，無法害你。」

「我不信，就是你。」柳芙香大喊，「今日你不給我一個交代，我斷然不會讓你走。」

花顏無奈，看向五皇子和十一皇子：「看來咱們是走不了了。繼夫人一心認定是我害的她。你們說怎麼辦？」

五皇子出聲道：「繼夫人，你口口聲聲說是四嫂害的你，但我們這些人下船時都跟在四嫂身後，她一直往前走，頭都不曾回，如何能害你？空口無憑，你若是覺得是四嫂害的你，請拿出證據。」

柳芙香一口咬定道：「她會武功，隔空也能害我。」

五皇子雖然也覺得此事蹊蹺，但還是搖頭：「四嫂不會武功。」

柳芙香搖頭，死死地盯著花顏：「你敢不敢跟我去城裡找大夫？」

花顏想著柳芙香果然不枉她算計一場，她是很樂意隨她去找大夫的，在梅府沒請成大夫的事兒，在她這裡興許就能請成了。於是，她痛快地點頭：「好，我為了證明清白，應承繼夫人。」

柳芙香見花顏應承，狠狠地道：「這就回城。」

花顏沒意見，上了馬車。

柳大和柳三對看一眼，雖然也覺得不能是花顏動的手，但柳芙香醒來後咬定就是她，二人也拿不准了，只能任由了。

五皇子、十一皇子、蘇玉竹、安子言來時就騎馬，此時一同上了馬。

一行人緩緩離開了湘水河畔。

秋月和方嬤嬤陪著花顏坐馬車，一上車，花顏便睏倦地打了個哈欠，靠著車壁閉上了眼睛。

方嬤嬤想開口詢問，見此不敢打擾，只能閉緊了嘴巴。

秋月手裡捏了一根細如牛毛的針，是在救柳芙香時，趁人不注意，從她腳腕上拔下來的。衣袖遮擋下，方嬤嬤也看不見。

她想著小姐做這一樁事兒，怕是算準了柳芙香不管抓不抓的住把柄，醒來後第一時間都會認為是她幹的，在沒有證據下，只能認為是她有武功，定會揪住這一點找大夫。那麼只要見到了大夫，在大夫把脈下，就能公開她不能有育之事。

她暗暗地歎了口氣，若非懿旨賜婚，小姐不願嫁入東宮，也不必如此費盡心思手段。她還是那個臨安花家常年混跡於市井找樂子玩的花顏，她是她身後的小尾巴小跟班，也不必日日提心吊膽的過日子。

到如今，她真心地期盼小姐能成事兒，擺脫了這個身分了，再這樣下去，事事跟著小姐累心地算計，她都快吃不消了。

車馬一路順暢地回了城。

柳芙香的馬車本來跟在花顏馬車後面，入城後，便上前來與花顏的馬車並行。柳芙香挑開車簾，恨怒地對花顏喊：「臨安花顏，你敢不敢隨我去武威侯府找我府內的大夫？」

花顏聞言挑開車簾，看著柳芙香，淡淡一笑：「侯夫人為了定我謀害之罪，便用你府內的大夫嗎？這般堂而皇之，不太好吧！畢竟武威侯府的大夫，聽你的不是嗎？你讓他說黑，他就說黑，你讓他說白，他就說白。你當我傻嗎？」

柳芙香恨聲道：「你放心，先讓我府中的大夫給你診治後，我再派人去請別的大夫來給你把脈，斷然不能用太醫院的人，這京城誰人不知太子殿下庇護你？」

花顏覺得這女子腦子還是很聰明的嘛，她點頭應承：「好，我隨你去武威侯府。」

柳芙香見她答應，揮手落下了簾幕，吩咐車夫：「前頭帶路，請她去武威侯府。」

車夫一揮馬鞭，走去了花顏馬車的前面。

五皇子和十一皇子聽得清楚，五皇子皺了皺眉，十一皇子打馬上前，貼著花顏的馬車說：「四嫂，你根本就沒如何她，是她得了害妄症，非要說是你害的她，你不理她就是了，反正有我們這麼多人為你作證，你為何非要應承她證明清白？」

花顏想著這事兒她正求之不得呢，可不能讓這兩位皇子給破壞了。於是，無所謂地說：「在趙府那日，的確是我在眾目睽睽之下將她推下了水，如今她認定是我對她動了手腳，也不奇怪。她畢竟是武威侯繼夫人，這事兒若是就這麼含糊過去，便會真正交惡了。我與她交惡不算什麼，但東宮與武威侯府交惡，不太好。所以，走一趟好了，也不費力氣。」

她這話說得極有說服力，十一皇子覺得有道理，點了點頭，不再多言。

五皇子總覺得這事兒內有乾坤，但一時也想不明白。

他揮手叫來身邊的護衛，壓低聲音吩咐：「去找四哥，將今日之事稟報一聲。」

那護衛應是，立即匆匆去了。

第二十四章　出難題添亂

馬車入城後，途經榮華街，一行人頗有些浩浩蕩蕩。

很快便過了榮華街，來到了武威侯府。

柳芙香早已經在馬車內換了一身乾淨的衣服，只是頭髮還濕著，披散著，她由婢女攙扶下車後，對守門人吩咐：「去將孫大夫請來。」

守門人愣了一下，連忙應是，立即去了。

孫大夫是武威侯花重金請來為蘇子斬調理診治身體的名醫，已經在侯府十幾年了，只不過這五年來，蘇子斬性情大變，尋常時候，不想跟武威侯來往，也不再用孫大夫，所以，他漸漸地成了侯府的家裡大夫。

花顏下了馬車後，柳芙香冷著臉看著她：「臨安花顏，請吧！」

花顏笑了笑，看了一眼武威侯府的燙金牌匾，門庭十分氣派，她想著這便是蘇子斬從小長大的府邸了，跟著柳芙香身後進了侯府。

五皇子、十一皇子、蘇玉竹、安子言、柳大、柳三一起進了武威侯府。

武威侯府宅十分的規整奢華，線條冷硬，處處透著這侯府門庭的顯貴。一花一草，一樹一木，比東宮分毫不差。

來到正廳，侯府的婢女們端了瓜果茶點上來，逐一地擺在各人面前。

花顏不客氣，端起茶盞，慢慢地喝著。

柳芙香看了花顏一眼，沉著臉問婢女：「侯爺呢？」
那名婢女立即回話：「回夫人，侯爺還未回府。」
柳芙香點頭，對外面吩咐道：「來人，出府找找侯爺，請他立即回府。」
有人應是，立即去了。
十一皇子似乎有些怕武威侯，湊近花顏身邊，小聲說：「四嫂，武威侯若是回來，即便大夫能證明今日之事與你無關，但那日趙府之事，怕是他也要責問，不能善了。」
花顏正想見見這位武威侯呢，不以為意地笑著說：「沒事兒，我頭上還頂著這準太子妃的頭銜，一日不被扒拉下去，你四哥一日便要管我的。侯爺若是回來拿我問責，你的好四哥也會得信趕來的。」
十一皇子聽著這話總覺得不太對味，但又說不上哪裡不對味，只能點了點頭。
五皇子到底年長些，深深地看了花顏一眼，壓低聲音說：「四嫂，兄弟們以後可不敢再喊你一起出遊了。」
花顏聽出他話裡的意思，對他一笑：「待你不用喊我嫂子的時候，便不需有這個擔心了。」
五皇子默了默，沒了話。
孫大夫提著藥箱匆匆來到，先對柳芙香見禮，然後又對五皇子、十一皇子、花顏等人見禮。
柳芙香陰沉著臉說：「煩勞孫大夫仔細地給太子妃把把脈，她有沒有武功，身體是何狀況，一定要把得清清楚楚，不可疏忽。」
十一皇子聞言頓時不幹了：「只把有沒有武功即可，繼夫人卻要將一干底細都探查清楚，是何意？是想知道我四嫂的身體狀況後，看看有沒有機會害她嗎？」

柳芙香惱怒：「十一皇子，孫大夫是名醫，本夫人也是好心，誰知道臨安花顏除了武功外，有沒有別的什麼病症？她畢竟是太子妃，事關殿下和美，事無不可對人言吧？你這般護著，是為哪般？難道真有不可告人之事？」

「你……」十一皇子頓時氣得腮幫子鼓了起來。

花顏這時笑著說：「我的身體沒有不可對人言之事，自三年前，我就被神醫谷的人診治出不育之症，這事兒太子殿下知道。」

她此言一出，在場的所有人都驚異不已，連柳芙香都驚呆了，她不過是隨口一說，誠如十一皇子猜測一般，就是想看看能否找出害她的地方，沒想到卻聽她親口說了這麼一件大事兒。

她驚訝之後，隨即心頭湧上狂喜，尖聲道：「臨安花顏，你竟然有不育之症？既然如此，你怎麼還能做太子妃？」

花顏聳聳肩：「太子殿下非要我做這個太子妃，我也沒辦法，繼夫人若是有辦法讓太子殿下棄了我悔婚，我也是十分樂意配合的。」

她此言一出，柳芙香更是駭然了！脫口驚道：「太子殿下竟然知道？既然如此，為何還不悔婚？」

花顏對她一笑：「這我哪裡知道？只能問太子殿下本人了，他身為儲君，焉能不在意將來子嗣之事？我也十分想不透。」

柳芙香臉色變幻了片刻，定下神，對孫大夫說：「孫大夫，給她把脈，看看是否如她所言。」

孫大夫見花顏不抗拒，似還十分樂意配合，點點頭，拿了一塊帕子，蓋在花顏手腕上，然後隔著帕子給他把脈。

五皇子、十一皇子、蘇玉竹、安子言、柳大、柳三都不錯眼睛地看著孫大夫。他們齊齊耳中嗡鳴，沒想到臨安花顏竟然有不育之症，這……太聳人聽聞了。

孫大夫聽聞花顏曾被神醫谷的人診過脈，也收起了隨便應付一下的心思，仔細地給花顏把脈，一隻手把完，他神色凝重地說：「煩勞太子妃換另一隻手。」

花顏點頭，換了另外一隻手。

孫大夫又把脈許久，才慢慢地撤回手，對花顏拱手說：「太子妃的確沒有武功，這脈搏是尋常人的脈搏無異。至於這身體嘛……」他頓了頓，道，「十分複雜，似有虧血虛宮之症。這等症狀，十分少見，老夫也是在一本古籍上見過一二例子，脈象就是太子妃這種，的確是不育之症，終身不能有子。」

他說話的時候，正廳內靜悄悄的，此言一出，屋中所有人都倒吸了一口涼氣。

花顏倒是不甚在意，淡淡笑著說：「孫大夫醫術的確高明，神醫谷的人也是這樣說。」

五皇子立即問：「此症可否能治癒？」

孫大夫搖頭歎息：「此症似是從娘胎裡帶來，十分少見，未曾聽聞有救治之法，古籍上說有此症之人，活不過二十，便會血虧而逝，老夫也未曾見過。」

她話落，又是一陣抽氣之聲。

這回，連柳芙香都不說話了，看著花顏，既覺得她得了這個病真是活該，又覺得女子得了這個病，等同於閻王斷了死案，一生就完了。她不明白她既然早就知道自己得了這個病，怎麼還能活得那麼恣意張狂，她怎麼還能笑得出來？

十一皇子十分喜歡花顏，白著臉說：「四嫂，神醫谷的人怎麼說？就沒有治癒的可能嗎？」

花顏淺笑：「神醫谷的人也是沒有法子的。」

「那你？」十一皇子也覺得花顏怎麼能笑得出來，看她這樣，似不在意。

花顏笑道：「改變不了的事情，整日裡苦著臉，也是枉然，不如活一日算一日，我這人沒什麼優點，唯心比別人都寬。能來這世上走一遭，已然是我的福氣。至於不育，至於活不久，都是天意，既不可違，那不妨舒舒服服地過好每一日。」

十一皇子聞言不說話了。

一時間，正廳內在座的眾人都無人說話，就連柳大和柳三都覺得可惜了，好好的一個美人，怎麼就得了這種病？

柳芙香此時也似忘了早先的落水之事，問道：「這病既然是娘胎裡就有的，為何當初太子選妃時，臨安花家還讓你參選？」

花顏想著她真是問到了點子上，笑了笑說：「御畫師到臨安花家後，我祖母便說有難言之隱，不能入冊。御畫師卻不管這些，只說奉了太后之命，勢必要讓我入冊。御畫師一行人在我花家逗留了一個月，死活讓我入冊才作罷離去。皇權壓頂，哪兒能是小小的花家相抗衡的？」

柳芙香聞言默了默：「既然如此，懿旨賜婚後，為何我們沒聽到半絲關於你身體不育的消息？」

花顏為她解惑也為眾人解惑，「太子殿下拿著懿旨去了我家後，以身分壓人，懿旨已下，我家人還能說什麼？而我呢，自然也就沒了反抗的餘地。如今我剛來京沒幾日，我家在京城無人，在朝中更無人，相熟識的故交也沒有，容得我說什麼？今日若非繼夫人相請來看大夫，此事自然也就一直不為人所知了。」

柳芙香聞言也沒了話。

這時，外面有人稟告：「夫人，侯爺回府了。」

柳芙香連忙吩咐：「快請侯爺來正廳，就說出了大事兒，我不敢做主，還需侯爺前來做主。」

外面人應是，立即去了。

花顏想著梅老爺子抗衡不過雲遲，武威侯可別讓她失望啊！

武威侯來到正廳，一腳踏入房門後，花顏見了他，便明白了當年柳芙香為什麼棄了年少的蘇子斬轉投他爹的懷抱了。

武威侯身穿一身玄色錦袍，容貌是一等一的好，周身如寶劍被打磨之後封存了起來，氣息隱而不露，讓人一見其形，便心神先震三震。

她對武威侯的名聲也是有所耳聞。

他與敬國公一樣，帶兵打仗，殺伐果斷。如今雖然是太平盛世，但當年的英姿卻沒埋沒了去。他比敬國公更厲害，不單單是會帶兵打仗，還精通為官之道。

所以，朝野上下，若說趙宰輔根基龐大，門生遍地，那麼武威侯根基也不淺。

尤其是他的母親還是皇上的姑姑，他與皇帝是姑表兄弟不說，還與皇帝成為了連襟，武威侯府可謂是跟皇權緊緊地綁在了一起，是除了東宮外，最顯赫的府邸。

雲遲見了他，都要敬讓三分，尤其是，武威侯手中握有兵權。

南楚兵權一分為四，皇上手握一份，在雲遲監國後，那一份兵權便給了雲遲。武威侯一份、敬國公一份，另外一份在安陽王的手中。

安陽王不是武將，是文官，但因得太祖信任，掌管了一份兵馬。

柳芙香見到武威侯，當先迎到了門口：「侯爺，您回來了？妾身請了太子妃前來府中做客，不成想卻……」她說著話，看向花顏，意思不言而喻。

武威侯既然回府，自然已經知曉了湘水河發生的事兒，點點頭，也看向花顏。

花顏慢慢地站起身，福了一福，淺淺笑道：「早就慕聞侯爺之名，今日過府來叨擾了。」

武威侯打量著花顏，女子二八年華，容貌清麗，姿色無雙，身穿一身淺碧色織錦綾羅長裙，裙擺纏枝海棠栩栩如生，周身無太多首飾點綴，自有一種素雅之感，但偏偏她容貌極扎眼明媚，所以，也適當地掩藏了些素淡，令人見了不濃不淡，恰恰的賞心悅目。

他眉目幽暗地點點頭，沉聲開口：「太子妃來府做客，是侯府蓬蓽生輝之事。無需客套。」

花顏笑著點頭，重新又坐下了身。

五皇子、十一皇子等人起身與武威侯見禮。

武威侯掃了眾人一眼，一一頷首，寒暄片刻後，柳芙香忍不住直奔正題，將孫大夫看診出臨安花顏的症狀迫不及待地說了。

武威侯聽罷「哦？」了一聲，似也十分驚訝，「竟有這事兒？」

柳芙香柔聲說：「侯爺不信，可以問孫大夫，他就在這裡。」

孫大夫連忙上前回話：「回侯爺，老夫不敢欺瞞，太子妃正是有此病症，似是打出生起就從娘胎裡帶的。」

武威侯聞言看向花顏。

花顏點頭：「沒錯，這病症是打出生起就帶的，只不過我生下來後沒病沒災如正常人一般，不曾發現。三年前，偶然識得了神醫谷的人，恰巧我當時有些小傷寒，便為我請了脈，沒成想便得知了我體內竟藏有這樣的病症，沒有法子可救。」

「既是三年前就得知，為何入了選妃的花名冊？按理，此等是不可選的。」武威侯沉聲問。

花顏笑了笑：「早先侯爺沒回府時，我已經就此事為眾位解惑了。太后懿旨難為，即便花家說我有難言之隱，也是繞不過頭頂上的皇權去，御畫師才不管這個，只知道奉命行事。而這又不是什麼光彩的病，花家還不想宣揚得天下皆知，本也是沒料到太子殿下會選中我，待選中後，說也晚了。」

武威侯盯著她：「太子殿下可知？」

花顏點了點頭：「太子殿下自然知道。」

武威侯眼底的幽暗之色更深了些：「既然太子殿下知曉，便沒什麼可說的了。」話落，站起身，似要離開。

柳芙香和眾人齊齊一怔。

「侯爺且慢！」花顏連忙阻止他，她今日利用柳芙香這一通折騰，無非就是為了拖武威侯來借勢。既然這人知道了，還表示了不想管。

那麼……她可不能由著他。

武威侯停住腳步：「太子妃有何指教？」

花顏認真地說：「侯爺忠於聖上，忠於南楚江山，其心天地可鑒，日月可表，如今既已知曉此事，想必不會置之不理吧？」

武威侯聞言沒說話。

花顏繼續道：「太子殿下非要娶我，我雖不願給自己臉上貼金，但事實誠然就是如此。想想我一個無德無才沒有禮數不懂規矩頑劣不堪又有不育之症的短命之人，著實沒什麼可取之處，實不堪當太子妃。所以，我也一直有所抗拒。奈何太子殿下一意孤行，我實在是有苦難言，不想將來被人罵禍國殃民，今日既然被侯爺遇到，萬望侯爺做主。」

武威侯盯著花顏，幽暗的眉目中多了一抹深思沉暗：「太子殿下的事情，本侯做不了主。」

花顏淡笑：「太子殿下的事情，不是一人之事，而是關乎朝綱社稷，關乎江山黎明。侯爺在朝為官，食君之祿，當忠君之事，沒有遇到也就罷了，既然遇到了，侯爺怎麼能袖手不管？太子殿下是儲君，身繫江山萬民，直言敢諫不止是御史台的事兒，也是侯爺與文武百官之事。」

武威侯瞇起眼睛，眼底的沉暗變為鋒利的刀，直直刺向花顏，周身一瞬間氣勢全開，所有人都覺得徒然地空氣不夠用，有些喘不上氣來。

花顏不懼這氣勢，她要的只是結果，對著他寶劍出鞘不再隱著的鋒芒，她淡淡笑著：「為臣者，直言敢諫，忠言逆耳，百死不辭。侯爺，您是忠臣良將嗎？若是的話，這等事情，您不當不理不問，不當知道而當成不知道才是。」

這是在將武威侯的軍，不管，他就不是忠臣良將。

她此言一出，正廳內的所有人都幾乎沒了呼吸，靜得落針可聞。

武威侯徒然暴怒，眼底湧出濃郁的風暴。

所有人都覺得這正廳內一瞬間如數九寒天，北風烈烈，冷徹骨髓。

花顏卻依舊淡淡地笑著，迎著武威侯徒然爆發的怒火，淺淡隨意，談笑自若：「侯爺想必知曉這一年來發生的事兒。太子殿下實在是……太一意孤行了。他一句話便壓下了御史台彈劾我的奏摺，這可不是什麼好事兒。畢竟連我一個什麼都不懂的小女子都知道，御史台若是名存實亡，當政者若是無人直言敢諫，那麼這江山可就離消亡不遠了。他今日不顧所有人反對娶一無是處的我，為的是我與這天下女子都不同的那股子世俗裡打滾的新鮮勁兒，明日他就敢做出比娶太子妃更大的事兒來，危急江山。所以，不可開這個先例。」

武威侯周身湧出的風暴不止，依舊看著花顏沒說話。

花顏想著話已至此，已經把該說的不該說的都說了，再說也就無趣了，她端起茶盞喝了一口，茶已經涼了，但她卻覺得入口清涼得舒服。

她晃了晃杯盞，笑道：「侯爺以為我說得可對？」話落，她舉起手中的杯盞說，「誠如這茶，要趁熱喝，若是涼了，大多數人都會選擇倒掉。但也有少數人會喜歡這涼茶呢。」

武威侯周身的風暴怒意漸漸地褪去，重新地坐下身，眉目恢復初見花顏時的沉暗：「臨安花顏，果然名不虛傳。」

花顏見終於說動了這人，笑容蔓延，淺笑盈盈地說：「侯爺過獎了，我就是個泥堆裡摸爬滾打的人，登不得大雅之堂，為了我將來不背這禍國的千載罵名，也為了讓太子殿下的身上沒有汙點，更為了南楚的忠臣良將們都載入史冊，就仰仗侯爺了。」

武威侯冷笑：「你小小年紀，著實牙尖嘴利，御史台最能說會道的江大人怕是也不及你。早知你這般能言善辯，本侯就該舉薦你擔當前往西南番邦的使臣，也免得安陽王妃日日擔心他的兒子。」

花顏笑道：「書離公子去西南番邦出使，是最合適不過的人選，女子的嘴能逞一時口舌之快而已，豈能用於國家大事上？侯爺抬舉了。」

武威侯沉聲道：「是不是本侯抬舉，你心中清楚得很。」話落，他似乎有了決定，對外吩咐，

「來人，去請子斬過來。」

武威侯吩咐人去請蘇子斬，正廳內的眾人齊齊一怔。

柳芙香當先回過神，坐不住地問：「侯爺，您請子斬過來做什麼？」

武威侯看了她一眼，道：「他是武威侯府的嫡長子，侯府將來是要交給他的，這等大事兒，自然是該與他商量一番，聽聽他的意見。」

柳芙香心下一緊，看向花顏，見她淡淡含笑，面容如常，她低聲說：「子斬身子骨不好，侯爺尚年輕力壯，這等事情，侯爺做主就是了，不急著讓他過早地操神。」

武威侯沉聲道：「他已經不小了，到了該娶妻的年紀，今日趙宰輔與我提了為趙小姐擇婿一事，話裡話外，有意子斬，我如今骨頭雖然還算硬朗，但他早接手侯府的擔子也沒什麼不好。」

柳芙香面色一白，脫口驚道：「要選子斬為婿？這……趙府不在意子斬身子骨弱嗎？」

武威侯哼道：「他身子骨弱？放去軍營，一百個人也打不過他一個。這也叫弱？」

柳芙香立即道：「侯爺知道妾身不是指這個。」

武威侯擺手：「此事尚待商酌，暫不必說了。趙小姐才貌雙全，只要不覺得嫁入侯府來委屈，那麼，本侯也沒有異議。」

柳芙香聞言只能住了嘴。

正廳內的眾人乍然聽到這個消息，與早先得知花顏不育之事的驚異簡直不相上下。

趙清溪不僅有良好的家世，本身也是品貌兼備，被譽為南楚第一閨秀，這樣的女子，無論是做太子妃，還是未來做母儀天下的皇后，都是勝任的，更遑論如今擇婿，那真是人人爭搶也不為過。

可是誰也沒想到，趙宰輔竟然有意蘇子斬。

畢竟蘇子斬雖列為四大公子之一，但狠辣的名聲在外，周身更是冰寒得令人退避三尺。尤其是寒症一日不治，隨時都有性命之憂，更甚至還不能人道。

對比來說，若是趙宰輔將獨女嫁給蘇子斬，著實是委屈了趙清溪。

眾人一時間都覺得趙宰輔是瘋了不成？

花顏招手讓小婢女幫她添了一盞茶，面上淺笑淡然，似乎並沒有將此話往心裡去，依舊自顧自地喝著茶。

柳芙香看著花顏，心想著她怎麼這般淡然，難道她不喜歡蘇子斬，喜歡的人真的是陸之凌？與蘇子斬不過是真有些交情？但蘇子斬為她做的那些事情，可不是一個交情就能做得出的。

一時間，柳芙香也覺得困惑不解。

武威侯也將花顏的神色盡收眼底，心裡也湧上深思，他自己的兒子，即便這五年來與他不親了，但也是瞭解的。讓他背一個女子夜行山路三十里，這種事情本身就聳人聽聞，偏偏他做了。再加上數日前春紅倌之事，他深夜冒雨回京，不會如此簡單的相識之交。

公子的院落裡，蘇子斬正在自己與自己對弈，雖然足不出戶，但外面的消息可瞞不住他。

青魂將湘水河畔發生的事兒與侯府前院正在發生的事兒一一稟告後，開口道：「侯爺派人來請公子前去正廳，如今人快到了。」

蘇子斬執棋的手微頓，忽然扔了棋子，一推棋盤，冷嗤嘲笑：「他是想試探什麼？」

青魂垂首不語。

蘇子斬面容浸滿寒霜，對外吩咐：「來人，說我今日身體不適，誰也不見。」

「是。」有人應聲，立即關閉了公子院落的大門。

武威侯派來的人自然是吃了一個閉門羹，只能連忙回正廳去稟告。

武威侯聽聞後，深深地看了花顏一眼，擺手：「也罷，他身體不適，便讓他歇著吧。」話落，還要再說什麼，有一人匆匆進了會客廳，靠近武威侯耳邊耳語了兩句，武威侯面色微變，騰地站起身，對花顏說，「今日之事，本侯會仔細斟酌思量，天色已晚，本侯派人送太子妃回府。」

花顏笑著道：「不勞侯爺派人相送，我與五皇子和十一皇子一起走就是了。」

武威侯頷首：「既然如此，本侯還有事情，便不留太子妃了。」話落對柳芙香說，「你送送太子妃。」說完，便快步出了正廳。

柳芙香見此也知道怕是出了什麼事兒，才讓侯爺行色匆匆地走了。暗想著看來蘇子斬也不是多在意臨安花顏，知曉了這麼大的事兒，且她人就在這裡，他竟然沒出來。她心下舒服些，起身送花顏。

出了武威侯府，花顏對柳芙香告辭，笑著說：「侯爺的英姿著實令人敬服，繼夫人珍惜該珍惜的才是，萬勿得隴望蜀，最終隴蜀皆失，便得不償失了。」

她這話意有所指，說得算是極明白了。

柳芙香面色青白紅紫了一陣，忽然冷笑：「臨安花顏，你還是管好你自己吧！如今你尚且是準太子妃，一旦不是了，你還如此這般張狂，我看你能如何活著走出這京城。」

花顏淺笑：「我左右不過是一條命而已，早死晚死，都躲不過那黃泉路，但繼夫人與我不同，已經將後路走沒了，便不要想著回頭了，免得身後是萬丈懸崖，一不小心粉身碎骨。」

柳芙香心裡一陣惱怒，盯著花顏淺笑的臉，怒火便壓制不住，咬牙道：「趙府小姐那般好的一個人兒，太子殿下早先沒還她，誠然是殿下的損失，若是有朝一日嫁來侯府，我們侯府闔府都會極其歡喜。」

花顏低笑：「我也覺得趙小姐是極好的，那麼就先恭喜繼夫人如願得一個好兒媳了。」說完，上了馬車。

柳芙香被她的笑容刺得眼睛疼，聽著她的話，覺得撕了她都是便宜她。上前一步，對著她恨恨地說：「臨安花顏，我雖然不知你是用的什麼辦法讓我今日落水，但我知道，一定是你。來日方長，你給我等著，不報此仇，誓不為人。」

花顏上了馬車後坐好身子，笑著頷首：「的確是來日方長，我會好好等著的，繼夫人有什麼辦法針對我，儘管使來，別讓我太失望才是。」說完，揮手落下了簾幕。

五皇子和十一皇子覺得今日出宮來玩，可真是有史以來玩的最驚嚇人的一次了。二人默默地騎了馬，跟在花顏車旁。

柳大、柳三見花顏一行人走遠，回頭見柳芙香臉色鐵青，對看一眼。

柳三湊近她，開口說：「二姐，我勸你還是別惹臨安花顏了。侯爺發起怒來，我們都不敢喘氣，可是那臨安花顏竟然面不改色，連侯爺都不懼。你與她作對，討不到好處，以後離她遠點兒吧，別想著報仇了。」

柳芙香恨鐵不成鋼地說：「你們兩個，怎麼這般膽子小？我怎麼有你們這樣的兄弟？平日裡看著膽子一個賽一個大，怎麼對上臨安花顏這小蹄子就不成了？」

柳大惱怒道：「你睜大眼睛看看臨安花顏，她頭上扣著準太子妃的帽子，又與蘇子斬交情匪淺，能是輕易動得的嗎？依我看啊，她本身就不好惹，是個渾身帶刺的。你惹她，是自己找死罷了。」

柳三也誠然地附和：「你如今的日子過得挺好的，侯爺對你雖然不如前夫人，但也還算不錯。你是這侯府裡的當家主母，還有什麼不滿足的？非要跟一個小女子過不去？」

柳芙香眼眶一紅：「我如今的日子，不過是你們看著不錯罷了。侯爺他對我……」她忍著淚，想說什麼，又閉了嘴，怒道，「臨安花顏很快就不是太子妃了，你們不必怕她。」說完，又軟了口氣，「大哥、三弟，我只有你們兩個親兄弟，你們不幫我，誰還能幫我？這些年，我做這侯府夫人，可給了你們不少好處，如今我不過是想治一治這臨安花顏，你們卻怕這怕那，真叫我傷心。」

柳大和柳三這些年的確依靠柳芙香不少，他們在外面幹了許多混帳事兒，都是她私下擺平的。二人對看一眼，犯起難來。

柳芙香立即說：「只要她不是太子妃，滾出京城，一切都簡單得很。」

柳大一咬牙：「那好，我們就等著她不是太子妃時再動手幫你。」

柳芙香見二人應承，終於露出笑意，點了點頭。

花顏坐上了馬車，方才覺得疲乏得很，著實有些精力透支。想著武威侯到底是武威侯，與他這一番見面談話，無異於比打了一場硬仗還累。

不過他奇怪，雲遲竟然沒有趕到武威侯府攔阻她的謀策，她不覺得他沒得到消息，不是被什麼事情拖住來不了，那就是已經打算好了用什麼主意應對他。

她期盼是前者。

馬車一路順暢地回了東宮，此時天色已晚，下了馬車，花顏對五皇子和十一皇子道別後，便進了垂花門。

十一皇子畢竟年紀尚小，待花顏身影消失後，他壓低聲音對五皇子說：「五哥，咱們怎麼辦？

是離開？還是找四哥見一見說一說今日之事？」

五皇子想著他早先派人給雲遲傳了信，但未曾得到回信，他琢磨了一下說：「天還沒黑，見見四哥吧。」

十一皇子點點頭，對福管家問：「四哥呢？可回宮了？」

福管家連忙回話：「太子殿下還未回來，據說還在議事殿。」話落，他看了一眼天色，「每日這個時辰，殿下已經回來了，今日想必是被什麼事情耽擱了。」

五皇子頷首，對十一皇子說：「走，咱們去議事殿找四哥。」

十一皇子點頭。

二人離開了東宮，前往議事殿。

第二十五章 拖家帶口去番邦

雖然天色已晚，但議事殿門口候了許多人，有兵部，宗正寺還有鴻臚寺的人。粗粗一掃，便是二三十人。

五皇子見此，面色頓時凝重起來，對十一皇子說：「應該是出了事情，你先回宮吧，我也回府，四嫂的事情明日我再找時間與四哥細說。」

十一皇子也知道這陣仗怕是出了大事兒，乖覺地應了一聲。

十一皇子走後，五皇子喊來隱衛，吩咐：「去打聽打聽，今日朝堂出了何事兒？」

隱衛應是，立即去了。

五皇子回到府邸，還未踏進門口，隱衛即現身稟告打探出來的情況：「西南番邦的兩個小國四日前打起來了，兵部傳回了八百里加急。書離公子前往西南番邦的路上被人截殺，聽說截殺的人不止動用了大批死士，還有上萬兵馬。書離公子負重傷滾落懸崖，如今生死不明。安陽王和趙宰輔、武威侯、敬國公都已趕去了議事殿。」

五皇子一驚：「竟然出了這等大事兒，怪不得了。」

隱衛不再說話。

五皇子定了定神，對隱衛擺擺手，隱衛便退了下去。

在武威侯離開侯府的第一時間，蘇子斬也得到了西南番邦和安書離被截殺生死不明的消息。

青魂比五皇子隱衛稟報的更詳細：「是南夷與西蠻，雙方都動用了重兵，四日下來，死亡人數已經上萬。南疆王鎮壓不住，向朝廷發出了三封八百里加急，但只在剛剛半個時辰前收到了一封。書離公子是在南疆邊界臥龍峽遭遇了截殺，大批死士不知是何人所派，暫時還沒查明對方的身分，但那截殺的另一萬兵馬是南疆王掌控，隸屬直編營的軍隊。」

蘇子斬聞言眉頭皺起，臉上湧上一抹深思：「竟然出了這等事情。」

青魂頷首，又稟道：「安陽王妃聽到消息後當即暈厥了過去，安陽王已經將府中所有的府衛暗衛都派了出去。書離公子離京前，本已經和太子殿下制定了妥善之策，走時也帶走了身邊的暗衛，太子殿下也暗中派了朝中監察司的人沿路照應，可沒想到會出這麼嚴重的事情，除了殺手死士，竟然還有南疆王隸屬直編營的軍隊。」

蘇子斬冷聲嗤笑：「萬無一失的妥善之策又如何？有時候總會出現天大的意外。西南番邦此事早晚會發生，幾年前就該解決，偏偏他明明知道這毒瘤卻不拔，還愛民如子地不想下狠手懲治，怕的就是血流成河。如今卻是由不得他了，這『血河』自己先開了閘。」

青魂垂首不再接話。

蘇子斬轉動玉扳指，眉目冷冽地凝起：「南疆，早就是個禍害。」

青魂抬眼看著蘇子斬，想起若非夫人中了南疆的寒蟲咒，解了之後落下了寒症之身，公子也不必生下來就帶著寒症，這麼多年來也不會活得如此辛苦。

他咬了咬牙，試探地問：「公子可要去西南番邦一趟？」

蘇子斬瞇了瞇眼睛，冷冽盡去諷笑：「我這副身子，背著個人夜行三十里都會引發寒症，如今哪裡還能去幾千里之外？」

青魂垂首：「也許南疆有法子治了公子的寒症。」

蘇子斬搖頭：「治不了，若是能治，當年我母親就不會伴隨著寒症之身生下我了。我雖然沒去過南疆。但我父親不是親自去過為母親找辦法嗎？當年他把南疆翻個底朝天又如何？還不是無功而返？」

青魂徹底沉默了下來。

蘇子斬對他擺手：「下去吧。」

青魂無聲無息地隱了下去。

花顏回到東宮，梳洗了一番，見已至晚膳時辰雲遲卻還未回來，便問方嬤嬤：「去問問，他若是不回來用晚膳，我就不等了。」

方嬤嬤應是，立即去了。

花顏對秋月低聲吩咐：「去打聽打聽，出了什麼事兒？我直覺應該是出了大事兒。」

秋月小聲猜測：「小姐，會不會是因為您今日惹出的這樁事兒？」

花顏嗤笑，搖頭：「我這事兒算是什麼大事兒？即便滿朝文武都反對，就算雲遲迫於壓力，也不會輕易就放過我，定然是出了別的事兒。」

秋月點頭，立即去了。

方嬤嬤回來後，對花顏稟告：「福管家說太子殿下還在議事殿，他派人去探聽消息，說是朝廷出了大事兒，但具體什麼事兒，殿下沒傳話回來，想必十分棘手。殿下這般時候還沒回來，怕是要很晚才能回來了。」話落，對花顏說，「您還等殿下嗎？」

花顏擺手：「那就不等了。」

方嬤嬤應是，立即去了廚房。

用過了晚膳，秋月也帶回了消息：「如今咱們身在東宮，一切都不方便，這消息也只能知曉個大概，不能儘快知曉詳細。我已經吩咐了線人，他說詳細的消息明日一早給小姐送來。」

花顏點點頭，喝了一口茶，眉頭輕皺：「這的確算得上一件大事兒了。」

秋月壓低聲音說：「小姐，川河口一帶的水患似乎還未妥當地收尾，還有些事情要處理，再加上如今西南番邦和書離公子出了這等事情，太子殿下怕是短時間內都會很忙。」

花顏放下茶盞：「他忙得騰不出手來理會我豈不是更好？所謂機不可失失不再來，趁著這個機會，我把婚約與他解了得了。」

秋月看著她：「小姐，這時候您再給殿下出難題添亂，他會不會真的怒了？」

花顏無所謂地說：「怒了更好，他會知道，我這麼一個太子妃，不是賢內助，應該換一個人來坐。比如趙小姐那樣的賢良淑德的女子，在他被朝事所累忙亂棘手時，才是一朵解語花。他能迷途知返，也是好事兒。現在怒我，以後他登基後宮無憂，便該謝我不嫁之恩了。」

秋月無言了一會兒，忍不住又氣又笑：「小姐，您可真是……」

花顏也笑了笑，她可真是從不手軟的，從小她就知道，凡事要做對自己有利的。怎麼樣利用機會扭轉利弊，她比誰都清楚。市井就是個大染缸，在俗塵裡打滾那麼多年，她早已經實踐了不下萬次。若想要得到想要的，就不惜要在別人最薄弱的時候出擊，甚至往別人的身上捅刀，往傷口上撒鹽。

她一邊尋思著，一邊慢悠悠地喝完了一盞茶，便壓低聲音對秋月說：「吩咐下去，利用武威侯繼夫人的內宅和她的人手，將我有不育之症的消息放出去。最好是傳揚得茶樓酒肆，市井巷弄，天下皆知。」

秋月聞言怔了怔，小聲問：「你不是要依靠武威侯攪動朝臣嗎？如今怎麼……」

花顏站起身：「朝野出了這麼大的事兒，武威侯哪裡還會顧得上這個。以前這等流言之事，雲遲會私下命人慢慢地掌控下來消散了，就比如大凶的姻緣籤之事，但如今他哪能抽出精力？正是我借風而起的時候，暫且利用不上朝局，就利用民意好了。」

秋月點點頭：「明日與線人拿詳細消息時，奴婢一併把此事交代下去。」

花顏頷首，打了個哈欠，走進裡屋，很快就睡下了。

議事殿內，氣氛凝重，隨著天色漸漸昏暗無光，似乎更將人心裡蒙上了濃厚的黑雲。

西南番邦有七八個小國，是由南疆分裂而成，自南楚建國後，皆歸屬南楚，成為了附屬國。這些附屬國依舊歸屬坐鎮中心的南疆，但南疆王王權已名存實亡，掌控不了這些小國，所以這些年來，這七八個小國算是各自為政，即使各小國間偶有摩擦，但有南楚朝廷的政策在前，也都平衡安平地過了下來。

但近些年，朝廷的政策隱隱有壓不住之勢，四年前太子雲遲監國，又頒布了新政策，西南番邦這才安平了四年。不成想，今年又出了事兒。如今朝廷派去出使的人還沒到地方，就出了這樣天大的事兒。

若是兩個小國打起來也就罷了，朝廷雖然覺得棘手些，但也不至於讓人心惶惶。

但安書離被大批的殺手死士於半途截殺，且還有一支隸屬於南疆王的一萬兵馬也參與了其中，這事情可就嚴重了。

身為南楚四大公子之人，安書離是真正的高門世家公子的代表，他不同於陸之凌的胡鬧，不同於蘇子斬的狠辣，不同於雲遲是太子的身分需要頗多計較。前三人想不被人關注都不行，但安書離不同，他喜靜，也不欲張揚，多年來，他做什麼事情都是不聲不響的。

他本不願入朝，若非西南番邦之事，宗室擇不出個能擺平西南番邦的人來，他也不會前往。

而他即便出使西南番邦這樣大的事情，也將其做的不聲不響，沒什麼動靜地出了京城。

可是不成想，這回被截殺，重傷墜落懸崖，生死不明，轟動了一回。

安書離的本事和安陽王府隱衛們的本事，無人可小覷，但連他都出了這樣的大事兒，可見西南番邦的情況真是十分的糟糕了。

所有人都知道，必須再派人前去西南番邦，可是誰去呢？

連安書離都折在了那裡，生死不明，誰去能擺平西南番邦之事？

議事殿內，有好幾個人舉薦蘇子斬。

在很多人看來，蘇子斬才是那個最適合去西南番邦的人，顯然對付如今的西南番邦不能再用懷柔政策了，必須用狠辣手腕，強行地將西南動亂壓住，而蘇子斬的狠辣，有目共睹。

武威侯見雲遲一直沒說話，他沉聲開口：「子斬身子骨弱，而西南番邦路途遙遠，關山險惡，如今京城已經入夏，但西南番邦的氣候還未入春。我怕他半途寒症發作，有心無力而耽擱了事情。」

他這樣一說，那幾人齊齊閉了嘴，想著怎麼竟忘了子斬公子的寒症之身了？這樣說來，他的確不宜前往。

武威侯見那幾人不再說話，他又道：「太子殿下，我去一趟吧！我二十多年前去過西南番邦，對那裡也算是熟悉。」

雲遲看了武威侯一眼，終於慢慢地開口：「若是本宮親自去一趟呢？」

眾人聞言齊齊一驚。

有人脫口道：「太子殿下，這可使不得，您是萬金之軀，西南正值動亂，您去不得。」

緊接著有人附和：「正是，書離公子都出了此等事情，可見西南之事十分凶險至極。殿下萬萬不可前去。」

趙宰輔也不贊同：「殿下的確不宜前去，西南番邦之事一時半會兒還威脅不到我南楚內地，既然書離公子出了事情，再籌謀對策就是了。」

安陽王也開口：「太子殿下，臣與武威侯一起前去西南番邦，一為找尋書離，二為處理西南番邦之事。用不到殿下親自前往，西南如今的確凶險。」

雲遲搖頭：「書離前往西南番邦之前，我與他商議了諸多事情，不止他自己做了些安排，我也安排了許多。可是如今還出了這樣的事情，說明西南番邦之事比我們想像的要嚴重得多，怕是已經到了潰爛的地步。」

趙宰輔道：「正因為如此凶險，殿下才不能以身犯險。」

「侯爺當年前往西南番邦為姨母尋找寒症的救治之法，將西南番邦翻了個底朝天，西南番邦各小國的頭領們多年來依舊對你當年之行頗有微詞，這時前去，他們見了你，怕更是不喜，所以，侯爺並非合適人選。而王爺憂心書離生死，所謂事不關心，關心者亂，易受影響分神出差錯。」

敬國公這時聞言出列，道：「臣前去。」

雲遲看著敬國公，道：「國公素來兵謀出眾，治軍嚴謹，勇猛非常，奈何對於謀劃之事，不算精通。對比你來說，陸世子倒是個可以用的人選，但是陸世子恐怕對西南番邦不甚瞭解，雖有其能，但若是前去，也難以掌控如今西南亂象。」

敬國公聽雲遲誇陸之凌，揣測太子殿下對於太子妃喜歡陸之凌之事不甚在意，一直提著的心放寬了些，連忙道：「即便如此，多派幾人隨我那逆子前去既是，也不是非要殿下親自出馬。」

雲遲道：「這些年，我一直關注西南番邦諸事，對內部境況甚是瞭解。如今西南番邦出此大亂，除了我前去，怕是誰也解決不了。」他站起身，理了理衣袍，「本宮稍後進宮，與父皇稟明，今夜便啟程。」

眾人驚駭，還要勸說：「太子殿下……」

雲遲擺手：「都不必說了，我意已決。父皇近來身體已大好，可以上朝了。我離京後，萬望諸位安守京城，輔佐父皇，萬莫讓京城和南楚內地出動盪。」

眾人見雲遲下定決心，只能都閉上了嘴。

太子殿下親自前去，的確是最好的人選，但他畢竟是一國儲君，身繫江山。若是出了什麼事兒，可如何是好？一時間，眾人心頭又多了幾分憂心。

雲遲出了議事殿，見天色已深沉，便問著小忠子：「可派人傳話回宮了？」

小忠子連忙答話：「回殿下，一個時辰前已經派人傳話回去了，太子妃自己用了晚膳，想必是累了，很快就睡下了。」

雲遲聞言揉揉眉心，氣笑：「她給我挖坑，今日挖到了武威侯的頭上，如今想必也聽說了西南番邦之事，估計早已經想好如何趁此機會將我拉下馬取消婚約，自然是好吃好睡好有精神了，畢竟，對她來說，我的江山，關她何事？」

小忠子面皮動了動，垂下頭，沒了聲。

雲遲再吩咐小忠子：「你派人回東宮給福管家傳話，讓他立即準備，就說我從皇宮出來後，便立即與太子妃一起離京。」

小忠子猛地睜大眼睛：「殿下，您前往西南要帶上……太子妃？」

雲遲點頭，放下揉眉心的手，道：「我倒是不想帶她，但怕她在我離京的這段時間，定然會說動父皇和皇祖母給她一道悔婚的聖旨或者懿旨，她的能耐我可不敢小看。指不定我前腳走，後腳她就得了手，自然還是帶在身邊放心。」

小忠子無言了片刻，連忙應是：「奴才這就立即派人回去傳話。」

雲遲上了馬車，東宮的儀仗隊前往帝正殿。

皇帝自然也早已經得到了西南番邦動亂和安書離生死未明的消息，正在帝正殿等著雲遲。

雲遲來到後，將八百里加急南疆王的親筆手書遞給了皇帝，然後又將自己得到的關於西南番邦目前詳細消息的卷宗呈遞給了皇帝。

皇帝看罷，面色沉沉，卻見雲遲面容如常，便問：「你這副神情，想必是已有了對策？」

雲遲頷首：「兒臣今夜便啟程離京，親自前往西南番邦一趟，父皇今年已經養病夠久了，明日起來上朝吧。」

皇帝聞言倒也不顯驚異，頷首：「你去西南番邦，的確是最合適不過。但是你有把握嗎？西南番邦怕是比這傳回來的卷宗還要嚴峻幾分，否則以安書離的本事，不會人還沒到，便被害得如此地步。既然那一萬兵馬是南疆王的隸屬直編營，也就是說，南疆王連自己的軍隊都控轄不了了。也許待你到達後，怕是不止這兩國動兵，也許已經兵戈擾攘血染一片了。」

雲遲淡笑：「父皇自小培養兒臣，天下名師囊盡所學，兒臣自詡術業有成，走這一趟，應該不會有性命之憂。父皇放心，這南楚的江山，兒臣就算不為自己，不為父皇，不為黎民百姓，為了故去的人，也不能丟下，且更要坐得穩才行。」

皇帝沒有意見，痛快地准了雲遲前往西南番邦之行，此舉堵住了勸不住太子殿下來找皇帝的一眾大臣的嘴。朝臣們見皇帝都同意了，也就齊齊偃旗息鼓了。

雲遲商議完正事，起身離開前，皇帝忽然想起花顏，對他詢問：「你離京，不知何日歸期，那臨安花顏不是個安分於室的，你對她有何安排？」

雲遲淡淡一笑：「帶著她。」

皇帝頓時皺眉，不贊同地說：「她是一個弱女子，你帶著她，豈不是給自己添麻煩？你此去可不是去玩，帶著她如何能方便行事？」話落，道，「讓她進宮來吧，朕幫你看著她。」

雲遲搖頭，笑道：「不是我信不過父皇，而是怕您看不住她。」

皇帝一噎，怒道：「這是什麼話？」

「她可不是弱女子，整日裡悶在東宮，待在這京城，她才愛折騰事情。若是隨我出了京，放飛了牢籠，想打悔婚的算盤，無論是父皇還是皇祖母，亦或者是朝臣，離得遠了，她一時半會兒都無法打起來，估摸著就沒這麼鬧騰了，帶著她也不會太麻煩，一個人而已，您還怕兒臣受她拖累嗎？」

皇帝聞言哼道：「那可不一定，你別太自信了，臨安花顏這個小丫頭，比南蠻的辣椒還要辣死人。只要有機會，她對誰也不會客氣，朕雖然只與她見過一面，但領略得可不少，臨安花家生出這麼個女兒，就是禍害世人的。」

雲遲笑道：「兒臣在她面前，從沒敢有這分自信，一直小心得很，所以父皇放心。」

皇帝見他主意已定，擺手：「既然如此，你便帶著她吧。」

雲遲不再多言，出了帝正殿。

福管家得到小忠子派人傳回的話後，便趕緊地收拾雲遲的行囊，不僅雲遲的，還有花顏的。一下子將他忙得手腳朝天。

花顏睡下後，秋月也累了跟著去睡了，但沒睡多久，秋月就被方嬤嬤喊醒了。

秋月揉著眼睛看著方嬤嬤，睏倦不解地看著她的急切：「嬤嬤，出了什麼事兒？讓你這般心急？」

方嬤嬤立即說：「秋月姑娘，你快起來準備，殿下要帶著太子妃深夜啟程出京，一會兒殿下從宮裡回來就走，時間緊急。」

秋月的睡蟲頓時跑了個沒影，立即向外看了一眼天色，今晚有月光，但夜色也很深了，她立即問：「太子殿下要帶我家小姐去哪裡？」

方嬤嬤立即說：「西南番邦出了動亂，書離公子被人截殺生死不明，太子殿下打算親自去一趟，小忠子傳話回來說，殿下要帶著太子妃一起去。」

「啊？」秋月驚了驚，「這……太子殿下要去西南番邦處理朝事兒，帶我家小姐做什麼？」

方嬤嬤搖頭：「老奴也不知，秋月姑娘快起來準備吧！」

秋月立馬穿戴好衣服，麻溜地出了門，跑進了花顏的房間，也顧不得掌燈，摸著黑伸手推她：「小姐，快醒醒，醒醒。」

花顏睡得正香，被猛然推醒，睏意濃濃地問：「幹嘛？出了什麼事兒？大呼小叫的。」

秋月立即說：「太子殿下要親自啟程離京去西南番邦，說要帶著您一起去，一會兒就走。」

花顏「嗯？」了一聲，睡意還沒醒，「他去就去唄，帶我去做什麼？」

秋月也是滿腹疑問，搖頭：「奴婢也不知，如今東宮上上下下都在準備出行之事，說殿下從皇宮回來就走。您快起吧！」

花顏醒了醒神，睜開眼睛，慢慢地坐起身，在黑夜裡皺眉：「西南番邦出的事情不小，安書離還沒到地方便被人截殺生死不明，他是該去，但是怎麼還拖家帶口了？」

秋月默了默，糾正道：「不是拖家帶口，只說讓您跟著去，再無親眷。」

花顏敲敲腦袋，想了好一會兒，又重新躺回床上，閉上眼睛，睏倦地說：「甭管他，讓我睡夠了再說。」

秋月一怔：「小姐，方嬤嬤讓我收拾東西呢，你怎麼還能繼續睡？那我到底收不收拾？」

花顏哼哼：「咱們來時什麼都沒有，走時收拾什麼？不過幾件衣物罷了。」

秋月想想也是，有錢還需要帶什麼？於是，她出了花顏的屋子，將所有銀票都揣進了荷包，想著太子殿下一時半會兒也不見得能回來，便也學著花顏上床睡了。

方嬤嬤有些傻，不明白這主僕二人怎麼還能繼續睡？她不敢打擾花顏，便又去推醒秋月：「秋月姑娘，太子妃怎麼說？你怎麼又睡下了？」

秋月打著哈欠道：「小姐說，我們來東宮時便沒帶什麼，幾件衣物罷了，離了東宮，自然也沒什麼可收拾的。」

方嬤嬤愣了愣，想著這話說得也對，花顏和秋月來的時候輕鬆得很，的確沒帶什麼，但是太子殿下吩咐福管家與她，務必安排妥當，所以，她用得上的，用不上的，都安排得仔細滿當，如今與殿下一起離京出行，總不能還如她來時一般。

於是，方嬤嬤琢磨了片刻，遂行將她覺得該收拾的東西趕緊收拾了起來。除了衣物，還有胭脂水粉、朱釵首飾等等。

雲遲出了帝正殿，又去了一趟甯和宮。

太后聽聞雲遲要前往西南番邦，好一陣的緊張和擔憂，雲遲勸慰了幾句，太后只能歎息地作罷，不再勸說，囑咐了他一堆多帶些人仔細身體的話。

雲遲一一應下。

太后也如皇帝一般，問起了花顏。

雲遲照實說了。

太后聽聞他要帶上花顏，頓時不幹了：「你帶她做什麼？西南番邦那麼亂，你自己本就要處理棘手的事情，十分凶險，帶著她還要照顧她，就是個麻煩，不行。」

雲遲笑了笑：「皇祖母，你當真覺得她是個麻煩嗎？不見得的。」

「嗯？什麼意思？」太后皺眉。

雲遲道：「一個慣會喜歡給別人找麻煩的人，是不懼麻煩的，也不是麻煩。」話落，他站起身，「皇祖母仔細身子，多則三個月，少則兩個月，我便會回來。」

太后知道勸也沒用，他自有主張，只能作罷，囑咐他千萬要小心。

雲遲回到東宮時，已經月上中天，東宮的幕僚早已等候多時。雲遲掃了一眼府門口的幾輛馬車，對福管家說：「東西少帶，輕裝簡行。」

福管家一凜，連忙應是，又吩咐人立即精簡行囊。

雲遲去了書房，一眾幕僚立即跟著他去了書房。

與幕僚們將事情安排妥當後，雲遲踏出書房門，福管家已經在候著了，見他出來，立即稟道：「殿下，東西都收拾好了，除了您與太子妃日常的一應所用外，再沒帶多餘的物事兒。除了您坐的一輛車外，只一輛車，精簡了三分之一。」

雲遲滿意頷首：「這樣就好。」話落，問，「她已經在車上等著了？」

福管家連忙搖頭：「太子妃還在睡著……」

雲遲聞言啞然失笑：「她可真是睡得著，罷了，我去喊她吧，別人怕是無法將她拽下床。」

福管家垂首，不再多言。

雲遲進了鳳凰西苑，方嬤嬤帶著一應人等在門口候著雲遲，見他到來，立即上前見禮，問：「殿下，老奴也跟著太子妃出行？還是另外點幾名婢女？」

雲遲搖頭：「不需要，只她身邊的秋月跟著就好了。」

方嬤嬤頷首，知道內眷帶越少越好，畢竟不是出去玩的，不再多言。

雲遲進了房間來到床前，藉著窗外的月光見花顏睡得熟，他站在床邊看了片刻，對她問：「你是自己起來，還是我連你帶被子一起抱上車？」

花顏慢慢地睜開眼睛，坐起身，沒好氣地說：「大晚上折騰人，你自己去不就得了，拉著我做什麼？」

雲遲微笑：「我以為離開京城，出去走走，你該是樂意的。」

花顏嗤笑：「你又不是出去玩，去那亂七八糟動亂的地方，我樂意什麼？」

雲遲笑看著她：「不樂意也要跟去，將你留在京城我不放心，怕自己前腳走，你後腳就能弄個聖旨懿旨悔婚，父皇和皇祖母不是你的對手，防患於未然還是有必要的。」

花顏氣結，原來是為了這個，他說得一點兒都沒錯，早先睡前還琢磨著怎麼實行的……

她無言半晌，忿忿地問：「不跟著你去不行？」

雲遲笑著點頭：「不行，必須跟著我。」

花顏心裡將雲遲罵了千遍，爬下床，披好外衣，穿戴妥當，喊了秋月，跟著雲遲出了房門。

雲遲和花顏坐一輛馬車，秋月和小忠子與一車行囊一起坐另一輛馬車。

車廂寬敞，鋪著錦繡被褥，花顏上了馬車後，扯了薄被蓋在身上倒頭繼續睡。

她身段纖細，蓋了薄被也占不了多大的地方，雲遲看著空出的大半車廂，也順勢躺在了她身邊，這幾日他也累了，很快便也睡著了。

馬車雖快，但不顛簸。

雲遲出京，算得上是真正的輕裝簡行，除了五十名隨扈，其餘的人都安排在了暗處或者沿途接應，並沒有浩浩蕩蕩之感。

無論是馬蹄聲，還是車軲轆壓著地面的聲音，在深夜裡，都不十分喧鬧，規律而井然。

京城幾家燈火通明，在知道雲遲離京一併帶走了花顏時，都甚是驚異。

誰也沒料到太子雲遲離京前往西南番邦處理動亂之事，如此危險之行，竟然還帶上了他的太子妃，一個不會武功的弱女子。

有的人憂心不已，有的人連連搖頭歎息，實在想不明白。

陸之淩得到消息，第一時間便跑去了武威侯府公子宅院。他時常來，所以，翻牆而入後，無人阻攔他，讓他徑直地闖進了蘇子斬的房間。

蘇子斬正要休息，見他來了，本來要熄滅燈盞的手撤回，冷然地看著他，「你來我這裡，倒是如進自家府邸，越來越順溜了。」

陸之淩瞧了他一眼，抖抖衣袖，驅散夜裡的涼氣，一本正經地道：「你說錯了，來你這裡比回我自家府邸要順溜得多，我老子將我看得緊，只要我屋裡燈一亮，定然會提著刀殺過去。」

蘇子斬挑眉，冷聲道：「以後你若是再這麼晚闖來我這裡，我也會讓你見識見識比你老子的刀還厲害的劍。」

陸之淩後退了一步，摸摸鼻子說：「今日情況特殊嘛，以後自然不會。深夜闖你房間，對我也沒好處不是？」話落，言歸正傳，「你知道太子殿下出行帶走了太子妃之事吧？」

蘇子斬「嗯」了一聲，容色清寒，沒什麼多餘情緒。

陸之淩仔細看著他，眨了眨眼睛，說：「太子殿下是怎麼想的？不會是怕留她在京會給他在背後搗亂，才帶上她的吧？」

蘇子斬冷笑一聲，不置可否。

陸之淩見他不反對這個說法，頓時「唔」了一聲，「西南番邦那麼亂，安書離都生死不明，太子殿下自己去都棘手危險，竟還帶著她在身邊，可見太子殿下對她是無論如何也決不放手。」

蘇子斬寒著臉盯著陸之淩：「你來，就是為了說這事兒？」

陸之淩咳嗽一聲：「你可真是容不得人跟你繞彎子。」他坐下身，對他興奮地說，「咱們也出京去西南番邦吧，那裡肯定很好玩。」

蘇子斬冷笑：「跟安書離一樣玩個生死不明嗎？」

陸之凌噎了噎：「有他打頭陣探路了，如今咱們都知道西南番邦情勢十分險峻，如今再去，加一萬個小心，應該不會沒命。」話落，又說，「太子殿下不是先走一步了嗎？有他在前，咱們在後面悄悄跟著，去見識見識怎麼樣？我還沒去過西南番邦那麼遠的地方，難道你不好奇想去看看嗎？」

蘇子斬譏諷：「跋山涉水，就怕我沒命到那裡，你還有九炎珍草給我服用嗎？」

陸之凌默了默，垮下肩：「自然沒有了。」

蘇子斬周身蔓出濃濃的冷意，對他擺手：「你若是想去，便自己去吧。這幾年，除了京城這四方田地，百里之內外，我還能去哪裡？天下救命的好藥幾乎已經搜羅殆盡，我就是有心想動，也走不了，誰知道下一次寒症發作，會是什麼時候？京城好歹還有湯泉宮的湯泉能保命拖延些時候，但出了京城呢？哪裡還有？」

陸之凌原先的興奮之色已一掃而光，深深地歎息：「你不能去，我也不去了。總歸是兄弟，我出去玩，將你一個人留在京城，無人陪著，於心何忍？算了算了。」話落，他站起身，「我走了，回去睡覺了。」說完，他出了房門，乾脆俐落地走了。

蘇子斬看著陸之凌的身影消失在夜幕之中，閉了閉眼，揮手熄了燈，但並沒有立即上床休息，而是就那麼在黑夜中坐著，任周身的寒氣，蔓延至整個房間。

第二日天明，雲遲的車馬來到了距離京城百里的城鎮，早就有人提前安排好了用膳之地。

花顏睡了一覺，覺得甚是舒服，跟在雲遲身後，神清氣爽地下了馬車，掃了一眼用飯的地方，她眸光微動。

雲遲敏銳地抓住了花顏那細微的波動，淡淡地揚眉：「怎麼了？」

花顏心裡打了個轉，轉頭看著他，正色說：「這一家有一個招牌菜，叫酩醉鴨，我與秋月來京時，便是在這一家酒肆吃的，味道極美。可惜，他家的廚子有個怪癖，要每日晚上才能做這道菜，且一晚只做兩席，且要三天前排隊預定，可我如今想吃了。」

雲遲聞言笑了笑：「待回程時，我提前讓人給你定下，如今總不能以權壓人破了其規矩，你便忍忍饞蟲吧。」

花顏瞪眼：「為何對別人你就能這般守人家的規矩？怎麼到了我這裡就強取豪奪了？我也是有不嫁東宮的規矩的。」

雲遲淺笑，溫聲道：「你是我定下的人，算是自己人，自然不必守規矩的。」說完，當先抬步走進了酒樓。

花顏氣噎，盯著雲遲的後背，恨不得盯出兩個窟窿。

秋月從後面的馬車下來，見花顏臉色難看，歎了口氣，什麼叫水火不容，太子殿下與她家小姐就是。不是這個把那個氣得跳腳，就是那個把這個氣破腦門，偏偏還硬綁在一起互相折磨，這普天之下，也沒哪個比這兩個更讓人無奈的。

花顏惱怒地盯著雲遲進了裡面，不見人影後，一改怒目，轉頭笑著對秋月招手。

秋月一看花顏這神情，立即打起了十二分精神，來到近前，小聲問：「小姐？」

花顏附在秋月耳旁，低聲吩咐了幾句話。

秋月聽罷，臉上一下子變幻了好幾種顏色，將她說的話消化了一會，好半晌，才吶吶地開口：

「小姐，您……確定？」

「確定。」花顏對她微笑，「這是個機會，我本來一直就琢磨著怎麼找這個機會引他出京呢，如今來了，雖然比較突然，但機不可失，否則我還真不知道要怎麼創造機會，畢竟京城人多眼雜，另外一個人失望久了，已經沒了希望了，就算請，沒有特殊情況，也難以請動。」

秋月默了默：「那昨日說的利用武威侯繼夫人的事兒……」

「一併做了。」花顏道，「在京城不好施展，出了京城，便是我們的天下了。再走出千里，更是。我便不信雲遲每日將我拴在腰帶上盯著我，他出京可不是為了玩的。」

秋月聞言只能點頭：「好，奴婢這就去辦。」

花顏低聲囑咐：「仔細小忠子和雲影，別讓他們發覺，痕跡小點兒，這兩個人眼睛可都毒著呢。」

秋月頓時笑了：「小姐放心。」

花顏自然是放心的，秋月是被她一手調教出來的，交代完事情，她也緩步走了進去。

早膳自然比不上在東宮裡講究，但花顏吃得極香，胃口很好。

「看來帶你出來還是讓你歡喜的，食量都大了許多。」雲遲吃得不多，放下筷子微笑說。

花顏哼哼兩聲：「我這個人最會的就是隨遇而安，否則在你的東宮悶死個人，我若是想不開，如今豈不是已經自殺了？」

雲遲眸光深邃：「既然有這個隨遇而安的性子，可見你在東宮或者皇宮長久地生活也不是不可行的。」

花顏放下筷子，喝了一口茶，輕輕柔柔地對他說：「你做夢。」

雲遲低笑。

花顏放下茶盞，對他提出要求：「我不坐車了，整日坐在車裡，沒趣死了，我要騎馬。」

「可以。」

第二十六章 太后懿旨悔婚

秋月不著痕跡地將花顏的命令傳到了線人手中，線人收到命令後，雖然震驚，但還是義不容辭片刻不緩地將花顏的命令執行了下去。

三日後，武威侯府子斬公子的宅院進了一位不速之客，這人是一個不起眼的黑小子，年約十六七歲，貌不出眾，人也瘦瘦小小的，扔在人堆裡讓人找不出來。

他背了一個大包裹，大約有數十斤重，青天白日地避開了武威侯府的護衛，翻牆跳進了蘇子斬的院落。

他一落地，青魂的劍瞬間出鞘，同時低喝：「什麼人？」

他的劍比他的話快得多。

這人一個後仰翻，便避開了青魂的劍，同時開口：「給你家公子送救命藥的人。」

青魂眸光現出一抹訝異，似是驚訝這來人竟然背著重物還能如此輕巧地躲開他的劍。他聞言收了手，不由多打量了來人一眼，小小年紀，其貌不揚，沒想到武功竟如此不凡。他冷木的聲音繼續問：「什麼救命藥？」

這人站穩腳，打量了青魂一眼，嘻嘻一笑：「世間搜尋不到的好藥，我帶來了十多種。你要想知道，等我見了你家公子，就知道了。」

青魂冷著臉看著他：「你是為著自己？還是奉誰之命？」

那黑小子道：「自然是奉命，否則誰願意來招惹子斬公子？嫌命活得不夠長嗎？」

青魂不可能輕易放他去見蘇子斬，冷然地問：「奉何人之命？」

「我家少主，在京城，似乎人人都稱呼她為太子妃。」

青魂一驚。

那這黑小子揚起臉，問：「我現在可否見一見你家公子了？」

青魂收劍入鞘：「跟我來。」

黑小子點點頭。

青魂將人帶到了蘇子斬的書房外，恭敬稟告：「公子，有人奉太子妃之命前來見您。」

蘇子斬正站在窗前揉虐著一盆玉蘭，他手指所經之處，玉蘭花似是禁不住他帶來的寒霜，葉子在他手下不多時便一片霜白，然後一寸寸似有枯萎之勢。

他面無表情地揉虐著，似就在等著它乾枯。

青魂的聲音響起後，他揉虐花葉的手停了停，清寒的聲音「哦？」了一聲，「什麼人？」

青魂說：「您見了就知道了。」

「進來。」

青魂推開門讓那黑小子背著包裹踏進了書房。

蘇子斬坐在軟榻上，姿態隨意，但又帶著說不出的冷意，問：「姓甚名誰？你說是奉了太子妃之命，她何故派你來？」

明明已入夏，到處都是風吹花暖，偏偏蘇子斬這院落猶如寒冬臘月，冷得很，黑小子搓了搓手，說：「在下安十六，少主命我來給公子送藥，順便給公子傳一句話。」

蘇子斬聽他稱呼花顏為少主，挑了挑眉，問：「什麼藥？何話？」

安十六將背著的包裹放在蘇子斬面前：「這些藥，公子看了就知道。我家少主請我見到公子後傳話給您，即刻啟程前往西南，她會在兩千里之外玉石鎮的桃花谷等著您。」

蘇子斬一怔。

安十六瞧著他，這才趁機打量這位傳言中心狠手辣的子斬公子。

這位子斬公子，俊逸非凡，周身的冷意比傳言中還要讓人感覺得危險十分。他不明白自家少主怎麼就如此輕易地將多年收集的奇珍好藥給了他。要知道這十多種好藥，分布天下，如今可是萬金難求。

蘇子斬怔愣片刻後，伸手解開了包裹，裡面十二個長寬不一的錦盒，縫隙都用蜜蠟封著，每一個錦盒上都有以清秀字跡撰寫的封條。十二個錦盒，是十二種天下難尋的奇珍好藥的名字。

他看到了九炎珍草，也看到了五百年人參，還看到了血靈芝、蘭冬蟲、紫紅烏……更甚至，還有一株玉雪蓮。

世間名貴萬金難求的藥，如今都一一擺在他的面前，有十二種。

從小到大，他便是靠各種名貴的好藥來養著這副身子，小時候，寒症發作得少，隔兩三年發作一回，隨著他漸漸長大，一年一回，如今已經到了半年甚至幾個月一回了。

武威侯府早就再也拿不出任何好藥了。這些年，都是從天下各處搜尋，多年下來，幾乎搜尋殆盡。

上次寒症發作，他拒服雲遲手中的一株五百年人參，是陸之凌拿出了他手裡最後一株九炎珍草。他覺得，再活不了多久，下一次寒症無預兆地再發作時，他這一條命也就到此為止了。

可是不成想，如今擺在他面前的這些好藥，便是他延續的生命力。

他盯著看了片刻，即使腦海裡已想了千迴百折，但面上依舊是讓人看不出他的情緒。許久，他慢慢地抬頭，看向安十六。

「這些好藥，她是從哪里弄來的？」

安十六覺得能讓他家少主送這些好藥，這關係定然極不可言說，他琢磨了一下，斟酌地開口告知：「少主從小便不居於室，喜歡四處玩耍，有的是她從別人手中花重金買得，有的是她在深山老澗裡自己採得。在下也不十分清楚，公子若是想知道，待見面問她就是了。」

蘇子斬沉默了片刻，又問：「她說讓我見了你之後，立即啟程去西南？她在那裡等我？」

安十六糾正：「也不算是去西南，只是去西南的路上，兩千里之外玉石鎮的桃花谷。」

蘇子斬皺眉：「為何？」

安十六一怔，想了想，搖頭：「在下只聽吩咐，未問為何，少主既然相請公子，定然自有道理。」

蘇子斬忽然一笑：「她連個緣由也不說，便這般篤定我會前去嗎？」

安十六眨眨眼睛，不說話。

蘇子斬不再看他，對外面道：「青魂，送客。」

安十六瞧著蘇子斬，自始至終，都沒能看出他這是去還是不去？但只說了句送客，這意思就代表將東西收下了。安十六也沒再追問他到底是去還是不去，反正少主又沒說要個答覆再走。於是，他非常乾脆地轉身，出了書房。

青魂見安十六空手出來，包裹已然不見，他在門口聽得一清二楚，有了這些世間難尋的名貴之藥，公子就不怕下一次寒症甚至下下一次寒症發作了。他難免心下激動，出口的聲音都有些顫抖：「多謝，請！」

安十六瞅了青魂一眼，有些手癢地說：「在下也會去桃花谷，屆時希望能和你切磋一番。」

青魂覺得可以，點點頭說：「奉陪。」

安十六嘿嘿一笑，翻牆出了武威侯府，很快就不留痕跡地消失不見了。

青魂送走安十六，立刻回到書房，推開房門，便見蘇子斬依舊坐在榻上，看著面前擺放的那些藥盒，姿勢未曾變一下，眉目似乎帶了幾分霧色和恍惚。

這樣的公子，他很少見到。

從五年前他性情大變後，臉上從來都是冰寒的，一雙眸子也寒不見底。

如今，他終於在他面前露出了別的情緒，雖然依舊一身寒涼，但這寒涼如被霧氣包裹了一般，朦朦朧朧的，似不那麼冷了。

他激動地看了一眼那些錦盒，還是有些不敢置信和懷疑：「公子，這些藥……可否叫大夫來檢查一番，辨別真偽？」

十二種世間難尋的名貴寶藥，這麼一下子堆在這裡，他實在難以相信。

蘇子斬面上的霧氣散了些，神色恢復如常：「不必辨了，她送來的，不會是假的。」

青魂點點頭，想想也是，誰會開他家公子的玩笑？更何況那個人還是太子妃。

只是他難以想像，太子妃怎麼能夠一下子拿出這麼多好藥。就算是她贏走了順方賭坊的十年盈利，用那些銀錢也買不來，換不來這些的。

蘇子斬又看了這些藥一眼，站起身，吩咐：「備馬，帶上這些藥，命十三星魂跟著，即刻出城。」

青魂垂首：「是。」

蘇子斬離開京城，只帶走了那些名貴寶藥和十三星魂。

在他離開的第二日，京城流傳著太子妃有不育之症的傳言，幾乎是一日之間，傳遍了京城的大街小巷。

所有人都震驚了，也包括梅府的人。

梅老爺子隱約地聽聞了花顏去了趟武威侯府之事，但他也沒聽到任何風聲，況且當日便出了西南番邦已經動亂和安書離生死不明之事，對比起朝政之事就不值一提了，索性，他也就放下了。沒成想，過了幾日，便傳出了這等消息。

而這時，臨安花顏已經隨太子出京去西南番邦了。

梅老爺子立即派人去打探，很快就查到了，是從武威侯繼夫人身邊的人傳出的消息。

京城一時間因為這流言，被炸了一個震天響，頓時蓋過了太子出行前往西南番邦以及書離公子生死不明之事的喧鬧。

武威侯聽聞後，找到柳芙香，沉聲問：「是你放出去的消息？那一日我明明囑咐你，此消息暫不可外傳，容我思量再說。」

柳芙香搖頭：「妾身自然是聽侯爺的吩咐，也囑咐了身邊人，如今出這事兒，是有兩個死丫頭嘴不嚴，妾身也已先將她們關了起來。」

武威侯深深地看了她一眼，擺手：「罷了，既然如此，傳就傳吧！」話落，對她道，「你去找子斬一趟，與他說說趙宰輔有意結親的事兒，問問他的意見。」

柳芙香應了，來到了公子宅院外，對守門的人說要見子斬。

守門人看了一眼柳芙香，立刻派人去稟告牧禾。

牧禾迎出來，拱手：「繼夫人見諒，公子吩咐了，無論什麼事兒，什麼人，他都不想見。」

柳芙香頓時惱怒：「是為了他的婚事兒。」

牧禾搖頭：「公子說不見。」

柳芙香深吸一口氣：「我是奉了侯爺之命來的，詢問關於與趙府議親之事。這總歸是他的終身大事。」

牧禾心驚，但還是一口咬定：「公子說任何事，任何人都不見。」話落，怕柳芙香再糾纏，便道，「公子近來身體不好，剛發作過的寒症隱隱有再發作之勢，繼夫人還是別打擾公子靜養了。」

柳芙香面色一變，立即緊張地說：「距離他在湯泉山寒症發作才沒幾日，怎麼會又有要發作之勢？」

牧禾搖頭：「不知。」

柳芙香想了想，忽然怒道：「一定是那日他冒大雨回京，又傷了身體。」咬牙切齒，似有硬往裡闖的架勢，「我必須要見他，讓開。」

牧禾冷下臉，猛地一揮手，公子府的守衛齊齊拉弓搭箭，對準了柳芙香。他寒著臉說：「繼夫人還是不要強闖的好，公子吩咐過了，沒有他准許，任何強闖之人，殺無赦。」

柳芙香面色一白：「我不信他敢殺我。」

牧禾面上現出殺氣：「繼夫人最好相信。即便你死在這裡，侯爺問罪，也怪不得公子。畢竟是有人不聽話來惹公子。」

柳芙香看出牧禾不是在開玩笑，被他殺氣所震，不由得後退了兩步，看著牧禾與拉弓搭箭的府衛，似乎只要她真闖，他們真敢殺了她。

她咬了咬牙，怒道：「你告訴他，若是他不吱聲，不出來，侯爺就做主這門婚事兒了。」

牧禾冷聲道：「公子說了，他的婚事自己做主，若有人敢做主，即使是侯爺和繼夫人，公子也必殺之。奉勸侯爺和繼夫人千萬不要亂做主，討不得好處。」

柳芙香面色一白，見牧禾寒著臉面無表情，她再看著這處院落，五年了，她從沒有踏進去過，忽然覺得，以後這一輩子，也再踏不進去了。

她怒氣慢慢地散去，心裡彌漫上透骨的疼痛：「如今是我來，你們敢這樣對我，那若是侯爺找來呢？他難道要射殺親生父親不成？」

牧禾寒著臉說：「公子說不見就不見，卑職們雖然不敢射殺侯爺，但是只要公子不見，卑職們也不會讓侯爺踏進一步。」

「你們好得很。」柳芙香吐出這句話，轉身便走了。

武威侯見柳芙香無功而返，面色沉暗片刻，擺擺手：「既然如此，便不必再去打擾他了。」

柳芙香試探地問：「那趙宰輔那邊……侯爺打算怎麼回覆？」

武威侯道：「實話實說。」

柳芙香心下一緊：「侯爺，您這是不管了？自古以來，哪有越過父親自選婚事的道理？豈不是讓趙宰輔笑話？」

武威侯看了她一眼：「五年前我是他父親，五年後，這父親也不過是擔了個名字而已。滿京城誰不知道？若是笑話，早已經笑話夠了。」

柳芙香面色一變，頓時不再說話了。

又過了三日，陸之凌實在待得膩煩了，忍不住，又跑到了武威侯府公子的宅院，翻牆而入。

這回，沒見到青魂，他也沒覺得有什麼異常，便大踏步去了蘇子斬的房間。

來到門口，覺得房中靜悄悄的，似是沒人，他納悶：「不在？這個時辰，不是該用晚膳嗎？我就是來蹭飯的啊！」

牧禾從西間屋出來，對陸之凌見禮：「陸世子。」

陸之凌看到他，一笑：「蘇子斬呢？在書房？」

牧禾眨眨眼睛，搖頭：「不在。」

「嗯？」陸之凌看著他，問，「他難道不在府裡？去了哪裡？」

牧禾又眨了眨眼睛，沒說話。

陸之凌忽然福至心靈，脫口睜大眼睛問：「他難道出京去了西南番邦？」

牧禾聳聳肩，表示您猜對了。

陸之凌頓時怒火騰地上頭，咬牙切齒：「他竟敢騙我？那日我來問他，他說不去的。」話落，盯著牧禾，一副要氣得跳腳的模樣，「他什麼時候走的？」

牧禾覺得陸世子與他家公子算得上是無話不說，誠實地說：「四日前。」

陸之凌頓時跺了一下腳，大怒：「好個蘇子斬，四日前就離開了，竟然不派人知會我一聲？竟然不拉上我一起？這個混帳！」

他氣得把他老子成日裡掛在嘴邊罵他的話都氣得罵了出來。

牧禾看著陸之凌，想著陸世子真是氣壞了，可是公子當日走時，只告訴他，守好這院落，任何人都不准踏進來，任何事情都給他推了，若有人硬闖，能殺的人就殺了，不能殺的人就傷了，也別髒了他的地方。

壓根就沒提陸世子，估計給忘了。

他有些同情地看著氣瘋了的陸之凌，想著公子的確有點兒不夠意思。

陸之凌氣怒道：「等我追上他，就殺了他。」

牧禾暗想……

那也要您殺得了才行啊！

陸之凌伸手給了牧禾一個爆栗，扭頭就走。

牧禾捂住頭「嘶」地痛呼一聲，這時一個人突然冒了出來，攔住陸之凌，眼睛晶晶亮：「你要去西南番邦是不是？正好我也想去，作伴唄。」

陸之凌看了一眼梅舒毓，恨恨地道：「不怕去了沒命，你就跟著。」

梅舒毓笑顏逐開：「不怕，我在這府裡悶了七八日了也不敢出去，昨天才知道表哥不在府裡。正琢磨著怎麼出去玩又能躲避我祖父，如今你來了，簡直是救命的好事兒啊！」

陸之凌哼了一聲，沒好氣地翻牆出了蘇子斬的院落。

梅舒毓不敢落後，生怕被甩了，使出這些年混學的功夫，緊緊地跟著陸之凌。

陸之凌離京時還算沒氣糊塗，給他爹傳回去一句話，帶走了他的近身隱衛。

梅舒毓沒敢給梅老爺子傳話，只敢暗中低調地調了幾名自己的暗衛，便悄無聲息地跟著陸之凌出了京。

敬國公得到消息，吹鬍子瞪眼半晌，才道：「這個逆子，我就知道他閒不住總要去的。」

敬國公夫人擔憂：「西南番邦那麼危險的地方，凌兒就這麼去了，也沒多帶些人，萬一出了什麼事兒可怎麼辦？」

敬國公安慰她：「操心什麼？太子殿下早走了七日了，他如今是晚去的那個，不見得會有危險。」話落，板起臉說，「就算有危險，他要去也該讓他去，這是個磨練的機會。若非我一直覺得他混鬧不成器，那日便想舉薦他。太子殿下對他是肯定的，有安書離和太子殿下在前，他這也就是湊個熱鬧的事兒。」

敬國公夫人還是不放心：「話雖是這麼說，可咱們只他這一個兒子，他這一走，我這心啊，怕是日夜難安了。就想著萬一出點兒什麼事兒，我可怎麼辦才好？聽說安書離生死不明後，安陽王妃昏厥後醒來便病了。她那麼剛強爽快看得開的一個人，都受不住這個打擊，更何況我呢？」

敬國公無奈地歎了口氣：「你放寬心，他皮實得很，我雖然一直覺得他混帳，但這小子的本事可是不容小覷的。」說完，又戳他夫人致命之處，「操心太多，容易老得快。」

敬國公夫人頓時放鬆了緊繃的面色，摸摸臉：「好吧，既然你如此說，我就放下些心，反正兒子不是我一個的，還是你的，你們陸家的。」

敬國公無語地沒了話。

花顏不育的流言淹沒了京城，自然也傳到了宮裡皇帝和太后的耳朵裡。

皇帝聽罷後，臉色頓時沉了下來，對身邊的王公公問：「確有此事？」

王公公連忙點頭：「回皇上，確有此事，京城街頭巷尾都傳遍了。是武威侯府的孫大夫親口說的，也得到了太子妃的承認，說三年前神醫谷的人就給太子妃診過脈了。」

皇帝臉色難看：「太子可知道？」

王公公瞅了一眼皇帝的臉色，說：「據說是知曉的。」

皇帝面色又是一沉，吩咐：「去請武威侯入宮來見朕。」

王公公應是，立即去了。

不多時，武威侯進了宮。

武威侯早已料到皇帝宣他覲見是何意，他暗想，就算是柳芙香身邊的兩名丫頭嘴巴不嚴實，但流言也不會一日就傳遍大街小巷，可見是有人在背後操控。

他盤查過那兩個丫頭，卻始終未能查出這背後的藏鏡人，單純的似乎就是那二個丫頭嘴巴不嚴實而造成。可他並不這樣認為。這背後藏鏡人的高明之處就在於怎麼查，都查不出任何蛛絲馬跡，那兩個懵懵懂懂地丫頭也知曉自己闖了禍，也給嚇壞了，更找不出破綻。

他猜測，誰會是那操控流言之人？誰是那背後的藏鏡人？

當日，柳家的柳大和柳三在，花顏與柳芙香交惡，難保柳家聽聞此事不想讓她做這個太子妃。可是，會是柳家嗎？若是柳家，能沒有痕跡？

難道是臨安花顏自己？

那日她不惜言語軟硬兼施的想讓自己出手，之後便被雲遲拉出京了，若是離京後還能操控京城的流言，那麼她這個小女子，當真是極厲害的，不似表面這般孤零零地一個人進京入住東宮，背後定有人相助。

除去這兩人，還有誰知道？梅家？或者五皇子、十一皇子？

武威侯搖搖頭，不太可能。

皇帝一見到武威侯便詢問：「侯爺，你府內流出的關於太子妃不育的傳言可是真的？」

武威侯壓住心中猜疑，點了點頭：「確實如此，是臣府中的孫大夫診的脈。皇上是知道他的醫術的。」

皇帝當然知道，這孫大夫還是當年皇后在世時，武威侯為小小的蘇子斬重金請進府的，連他的家眷都在武威侯府。若不是真有本事，武威侯府不可能供養著他一家。

他臉色奇差地說：「診脈之時，你可在？」

武威侯搖搖頭：「微臣當時不在，但臣當日回府時，太子妃依舊在我府中，孫大夫當面告知臣此事時，太子妃也在。依臣看，沒有錯。」

皇帝聞言有些火大地說：「太子竟不曾與朕說過此事。」

武威侯不接話。

皇帝氣怒片刻，道：「朕想起來了，花顏還有一個哥哥，從出生起就體弱有疾，見不得光，常年纏綿病榻。朕也曾問過她，說是天下醫者見了她哥哥皆哀，說是無治，只能每日用好藥養著身子。難道他們兄妹都有怪病？」

武威侯似也聽過，道：「花家嫡系一脈的那位公子，的確是有怪病。」

皇帝怒道：「那日她竟不曾與朕說。」

武威侯道：「岳父似也是知曉此事，不妨叫他來問問？」

皇帝聞言一怔，隨即點頭，吩咐王公公去請梅老爺子。

梅老爺子也很快就進了宮，心中也清楚皇帝讓他進宮的意思，在皇帝的詢問下，他斟酌地將那日花顏在花家之事說了，省略了梅舒毓在中間的作用，他這個孫兒雖然不成器，但在皇上面前，該保還是要保的。只是重點說了太子殿下壓下了此事的態度。

皇帝聽梅老爺子說雲遲知道了，卻還死把著婚事不放，著實讓他氣惱的同時，想起雲遲對娶花顏堅定的心思，一時間倒是不知道該說什麼了。

梅老爺子歎了口氣，勸諫道：「皇上，太子殿下畢竟身繫江山社稷，將來子嗣之事更不能大意，尤其是太子妃的子嗣，更是關係嫡出，不能由著他這般任性。」

武威侯聽到任性二字，也覺得這兩個字放在誰身上都不新鮮，但放在雲遲身上，還真是新鮮得可以。畢竟這位太子殿下從小到大，雖只要他做的事情，不達目的不甘休，但都辨得可圈可點十分圓滑，誰也說不出半個字來。如今卻為了娶花顏，鬧騰至今，擔了個任性二字。

不過他也覺得，太子還真是鐵了心了。而那位臨安花顏，也是個不好相與的，那日她與他的那一番談話，言語之間的鋒芒逼迫軟硬兼施，讓他連拒絕的話都說不出。

皇帝聽聞梅老爺子所言，看向武威侯：「你怎麼說？」

武威侯尋思片刻，開口道：「按理說，這太子妃的確是不合格，亙古以來，便沒有這樣的太子妃選入皇室，的確如岳父所言，於江山社稷傳承不利。」

皇帝抿唇：「這麼說，朕該下旨，毀了這婚約了？」

梅老爺子和武威侯聞言，一時間都想到了雲遲一直以來的堅持，沒說話。

「朕若是下旨，你們怎麼說？」皇帝問。

梅老爺子點頭：「自然是該下旨，除了不育之症，沒有半絲賢良淑德的閨儀，做太子妃是大大的不合格。」

武威侯卻另有想法，道：「如今太子殿下帶著臨安花顏前往西南番邦了，若是此時皇上下旨，殿下自然阻止不及，即便知道也只能認了。但就怕他心裡生怨，影響西南番邦之事……」

皇帝聞言怒道：「若只因為兒女私情，而影響西南番邦的國之大事，他就不配做這個太子了。」

武威侯頷首：「皇上說的倒也是這個道理，但是若皇上下旨，殿下即便壓下此事，不受影響，但處理完西南番邦之事，回京秋後算帳的話，怕是屆時這天會翻覆了。」

皇帝頓時坐直了身子，他當作帝王自小培養的兒子，對他執掌這江山皇位有十足的信心，對於他的本事也有十足的信心，若是因為他的聖旨毀了他一直以來堅守的婚事，他也絲毫不懷疑他如今能為國事暫且壓下，但回京後必會找他秋後算帳。

那麼他這個君父，首先就要承受他的怒火。

雲遲的怒火，皇帝這些年沒領教過，但是以他的脾性，一旦他真有了怒火，那麼，定然是轟天震地的，他還真不敢想像，也不想領教雲遲的秋後算帳。

畢竟雲遲離京時，他有心將花顏留下幫他看著人，他卻都不放心，非要自己帶著人放在身邊。若他真一只聖旨毀了這婚事兒，的確是解決了眼前這臨安花顏不入皇家做太子妃再不會影響皇室子嗣的問題，但雲遲那邊，要承接他的怒火，與許比這件事情要大得多。

皇帝權衡著利弊，想了許久，終究是難以論斷，對梅老爺子和武威侯道：「容朕再好好想想。」

梅老爺子也不是個迂腐的，但還是覺得花顏不適合做太子妃，他又勸諫了一句：「皇上，這臨安花顏，有些聰明是不錯，容貌也配太子，但她所行所為太過出格，適合做這天下任何一家的媳婦兒，但獨獨不適合嫁入皇家做太子妃。」

皇帝揉揉眉心，想起了已故皇后，歎了口氣：「行為出格對比不育之症，倒是能讓人好接受些，但畢竟是太子妃，未來皇后，不是別的。」

梅老爺子忽然抓住了皇帝的話，立即開口建議：「正因為是太子妃，才更要慎重，若不是太子妃呢？不若皇上下旨，將她貶為側妃？或者太子良娣？只要不是太子妃，她就算行為出格，有不育之症，也尚可陪在太子殿下身邊，他要的無非是個人。」

皇帝一怔。

梅老爺子又道：「這樣，既解決了流言之事，又顧了太子殿下的意。」

武威侯看了梅老爺子一眼，頷首認同：「這倒是個兩全之法。」

皇帝聞言心裡琢磨了一圈，想起了那日雲遲與他說的臨安花家的話，又想起了他去東宮見花顏當日的情形，道：「臨安花顏連太子妃都不想做，又怎麼會甘心做側妃或者良娣？況且臨安花家的女兒，不可如此折辱。」

梅老爺子聞言一愣：「皇上？這話怎麼說？」

武威侯也訝異了，若說臨安花顏不想做太子妃，的確是有其意，否則不會如此鬧騰了，但臨安花家的女兒不可折辱的話，卻是令人有些不解，畢竟臨安花家不是如趙府那般的世家大族，世人皆知子孫沒出息。以花顏的出身，做太子妃是高攀了的，皇上這話讓人摸不著頭腦了。

皇帝心頭煩亂，也不想說破雲遲曾經對他說花家的那番話，擺手道：「兩位愛卿先退下吧，這事兒朕要好好地斟酌一番，再做定論，急不得。」

梅老爺子和武威侯齊齊頷首，告退出了御書房。

甯和宮裡，太后聽聞流言，臉色唰地變了，問身邊的周嬤嬤：「這事兒是真的？」

周嬤嬤點頭：「說是千真萬確，只不過當日便出了西南番邦動亂和安書離生死不明之事，這事兒便壓下了，如今才傳出來。」

太后氣得直哆嗦：「臨安花顏，哀家都已經忍了她的不像話了，竟然還有這事兒，如今真是忍不得了。」

周嬤嬤勸道：「太后息怒，皇上也知曉了，滿朝文武如今都在談論此事呢。」

太后怒道：「哀家這便下一道懿旨，取消了這婚事兒。」

周嬤嬤連忙說：「太后，太子殿下早就知曉此事，您若是下這懿旨，奴婢怕殿下聽聞後惱怒您，便對您生分了。」

太后面色一僵，恨聲道：「那怎麼辦？難道由得他娶一個無法無天還不能生養的？我皇家的太子妃，焉能要不育之人？」

周嬤嬤歎了口氣，覺得此事也的確是這個道理。

太后氣怒半晌，沉著臉問：「皇上怎麼說？」

周嬤嬤道：「奴婢向皇上身邊的王公公打探了，梅老爺子和武威侯都入了宮，與皇上商議了大半個時辰，皇上說容他想想。」

太后怒道：「還想什麼？這還有什麼可想的？都怪哀家，當初就該寧可毀了花名冊重新造冊，也不該讓臨安花顏在花名冊上。如今竟然出了這禍患。」

周嬤嬤只能說：「太后息怒。」

太后更怒了，咬牙說：「皇上猶豫不決，是因為這江山遲早是太子的，他怕他記恨上他。索性哀家已經一把年紀了，活不了長久，太子若是要記恨哀家，便讓他記恨吧！」

周嬤嬤又勸：「太后先息怒，你就算要下懿旨，再等幾日也不遲，殿下用不了多久也會得到京中傳得沸沸揚揚的消息，屆時，想必有對策。」

太后一拍案桌：「他有對策？我看他是被臨安花顏迷了心竅，明知道她不育，仍舊要娶，全然不將子嗣當回事兒。當年皇后身子骨即便孱弱如細柳，但依舊能為我皇室開枝散葉生下太子。可她呢？不能生養，再好也不能要，何況她本就不適合做這個太子妃。」

周嬤嬤沒了話。

太后道：「他是太子，是未來的帝王，焉能不顧嫡出子嗣？如今她還未娶進來，就得知這不育之症，還焉能再娶？豈不是讓我皇室被人笑話？讓天下百姓們怎麼看他這分任性？正因為他如今不在，哀家才要出手！」

周嬤嬤歎了口氣，太后聽聞這事兒後，已經氣火攻心，這意思是無論如何也要下懿旨了。她總覺得下了悔婚懿旨容易，但毀了太子殿下的堅持以後呢？

太后吩咐：「來人，哀家親筆擬旨，取消這門婚事兒。這懿旨賜婚，本就由哀家伊始，如今毀了這婚事兒，也由哀家收尾，最是恰當。」

有人應是，立即去取了筆墨紙硯。

太后憑著一腔怒火，揮筆而就，親筆寫了取消婚約的懿旨。

太后看著悔婚的懿旨，心裡不曾有半絲舒暢，因為她知道，她是為了南楚的江山和嫡出的子嗣，毀了他們的祖孫情，那個對他敬愛有加的孩子，怕是自此就恨著她了。

但是她寧願讓他恨，也不能讓她娶臨安花顏。

太后待懿旨晾乾墨汁，喊來得力親信，吩咐：「你親自帶著人，多帶些人，將這懿旨送去臨安花家。暫且不必知會禮部和司禮監，也不必對外聲張和宣傳。只待這懿旨到了臨安花家手中後，再對外言明。」

「是。」得力親信收好懿旨，半分不敢輕忽此事，「太后放心。」

太后做完此事，心裡卸下了一座大山，但又壓上了另一座大山，她渾身無力地擺手，「去吧，務必不能出差錯，最好防著東宮的人，雖說太子不在京城，但是他府中的那些臣卿和幕僚也不是吃乾飯的，一旦知曉，勢必要攔住此事，定不能有誤。」

「是。」得力親信心神一凜，打起了十二分精神。

太后待人拿著懿旨走後，頭腦昏沉地歇下了。

周嬤嬤見太后狀態十分不好，連忙吩咐人去請太醫。

太醫很快就來了，為太后診了脈，說是急火攻心加心思鬱結，傷了肝脾，必須要放寬心思靜養些時日。

方嬤嬤暗暗歎息，讓太醫開了藥方，連忙吩咐人煎了藥喂太后服下。

太后懿旨悔婚的消息下得隱秘，連皇帝那裡也未曾商酌知會，但皇帝還是很快就得到了太后下了悔婚懿旨，秘密派人前往臨安花家的消息。

皇帝驚異不已，沒想到他還在猶豫權衡不決時，太后竟然這般地決然乾脆，竟連祖孫情也不顧了，一意孤行地做了此事。

可見長久以來這事兒壓在她心坎，成了心病，如今出了這等事兒，就等於壓垮了最後一根稻草，讓她不做不行了。

他一直都知道，太后是個強勢的人，且是個十分有手段的人，更是個雷厲風行的人，否則也不會把持後宮這麼多年。

這麼多年，她對雲遲，是十分縱容的。

但是如今，花顏的不育之症傳遍了天下，沸沸揚揚，讓她真正忍無可忍了。

皇帝覺得既然太后為他的猶豫不決做了一個決斷，那麼，他便也不必猶豫了。

他雖然對臨安花家有著揣思，對花顏有著某種特例的欣賞，但對於她不育之事，還是十分在意的。所以，他吩咐王公公不准插手，當作不知道此事，默認了太后的主張。

東宮自然也得到了消息，只不過比雲遲在時得到的消息晚上一些。

東宮的幕僚們聽聞後大驚，因為此事極大，連忙地聚在一起商議。

太子殿下臨走時，召集他們，未囑咐川河口一帶的治水之事，也未囑咐京城安危之事，唯一囑咐了一件事，那就是無論發生什麼事兒，臨安花顏是他太子妃的身分，一定不能被人摘掉，無論是皇帝，還是太后，亦或者是朝臣，一旦事變，東宮所有人，必須全力以赴阻止。

所以，幕僚們商議的是如何出動人手，在悔婚懿旨送到臨安花家途中劫下懿旨。

幕僚們很快就商議妥當，制定了三個方案，當即執行，暗中調動了太子殿下留在京中的勢力。

半日後，趙宰輔、武威侯、敬國公、安陽王等人均得到了東宮出動大批人馬暗中攔截太后要送去臨安花家悔婚懿旨的消息，齊齊震驚。

沒想到，太后竟然果決地下了悔婚懿旨。

更沒想到，太子殿下不在京城的情況下，東宮的幕僚們竟然全力攔截太后的悔婚懿旨。

一時間，得到這個隱秘消息的人都心思各異。

武威侯覺得，太后著實果決，不愧是太后，皇上不必為難了。

趙宰輔覺得即便是悔婚懿旨順利地到達臨安花家，他的女兒也不可能嫁給太子殿下，驚異過後，當作不知便好了，決計不能去摻和上一腳。

敬國公的心情比較複雜，花顏喜歡他兒子，如今悔婚懿旨下達了，若是成功送到臨安花家，那麼，他可怎麼辦？是不是該擔心自己的兒子被她感動娶個不育的女子？

安陽王因為安書離生死不明之事，沒心情理會別的，得到消息後，也只不過驚異了一番，便繼續命人追查安書離下落。

安十六自從給蘇子斬送藥傳話後，一直沒離開京城。他來京城時，暗中帶了一批人，又遵從花顏之命，做了一系列地安排，只等著花顏所說的機會。

她要的機會就是皇帝和太后有一個人會受不了，下悔婚的聖旨或者懿旨。

她在市井混的太久，不同於雲遲在高處站得太久，所以，她仔細地思量過，她和雲遲都是擅長謀算之人，但有一點上，雲遲與她的想法定然是南轅北轍的。

那就是，他會覺得自己這個高位的人，與太后和皇上沒分別，無論什麼事情，都要前思後想再做決斷，這個權衡之後下決定的這段時間，足夠他得到消息處理阻止了。

但是花顏生活在市井太多年，見過太多小人物，可謂是嘗遍了眾生百態。當一個人，厭惡一個人或者一件事情，這就會成為心裡的結。身處高位的人，一旦有著不能承受之重，是會立即做出破釜沉舟之事的，不會給人留時間和餘地，這是一種勢必要達成的瘋狂。

皇帝雖然與她不曾交惡，但也不見得多喜歡她做他的兒媳，而太后，是實實在在地不喜她。雲遲在京城時，她受掣肘，不能如願為他悔婚，一旦有了機會，怕是會不惜一切代價，也要做成心裡最想做的事兒的。

而不育對於女子而說是大事兒，對於皇室要娶個太子妃來說，更是了不得的大事兒。

再加上民心所向，便會事半功倍。

花顏讓安十六等的就是這個機會。

第二十七章 天高任鳥飛

安十六很快就得到了消息，摩拳擦掌地說：「兄弟姐妹們，我們要大幹一場了，可不能讓少主失望。她既不喜嫁入東宮，不喜做這個太子妃，我們就要為她達成心願，義不容辭。」

一眾人齊齊點頭，都有些興奮，畢竟是要對上東宮的人，要先東宮的人拿到悔婚懿旨，因為他們明白，若沒有他們出手，這懿旨是不會送到臨安的，太后的人不見得是東宮的對手。

所以，安十六帶來的人，在得到消息的第一時間，早就準備萬全，連商議都不必，便出手了。

太后雖然派了最得力的親信帶著大批人護送，但還是在出京百里後，悔婚的懿旨便被人悄悄地奪了。

只不過，奪得很不動聲色，很沒有痕跡，而太后那位最得力的親信之人自己也不知，還以為一直揣著懿旨在他的衣袖裡，繼續趕路。

安十六沒想到太后手下的人這般廢物，他偷梁換柱做得如此順利，拿到懿旨後，大笑三聲，「枉費我得到少主命令時，籌劃了好幾日，制定了無數方案，半絲不敢懈怠，沒想到竟然這麼容易就得手了。還以為太后那個老太太有多厲害呢，原來不過如此，怪不得管不了自己的孫子。」

眾人也都覺得太容易了，一時間也覺得真是枉費前期準備那麼多了。

安十七這時冷靜地開口：「雖然我們先東宮一步，如此輕易地就拿到了悔婚懿旨，但是，咱們那替換的假悔婚懿旨，等東宮的人阻攔懿旨時，定然會很快就察覺，咱們還是不能掉以輕心，必須儘快將懿旨送去少主手裡。」

安十六止了大笑，點點頭：「你說得對。」話落，他大手一揮，將悔婚的懿旨給了安十七，「你拿著這懿旨，帶兩個人，立馬將這東西先送去公子手中，公子護少主，定會好好保管著懿旨的，如今少主跟著太子殿下，懿旨送給她的話，太危險，怕她保不准保不住被太子殿下再奪了去，那咱們就白折騰了。」

安十七接過懿旨：「說得是。」

安十六又摩拳擦掌：「你先走，我來斷後，若是東宮的人真追查到我們劫了懿旨，我必須跟著周旋一番，護著你引開東宮的視線。東宮的人不是白菜，沒有太后的人那麼廢物，興許還真如你所說有一場硬仗要打，咱們可不能打輸了。」

安十七點頭，點了兩個人跟隨，乾脆俐落地帶著懿旨先一步離開了。

安十六待安十七離開後，對眾人道：「少主這一年多來，折騰了無數事兒，都被太子殿下壓制掣肘的憋屈得很。咱們一定要爭氣，為她找回場子來，也讓太子殿下知道知道，咱們臨安花家的少主是不能被人欺負的。」

眾人齊齊應是，又鼓起勁兒興奮了起來，各個摩拳擦掌。

東宮的幕僚們派出的人在追了一百五十里之後，便對太后派去臨安的人動了手，雲遲雖然帶走了最得力的那一批人，但留在東宮的力量依舊不可小覷，對付太后的人依舊不太費力，很快就得手了悔婚懿旨。

幕一打開懿旨，一看大驚失色，這哪裡是悔婚懿旨？明明就是一幅胡亂塗鴉的山水畫，只不過是披了仿製的明黃卷軸外衣。

他又氣又駭，直接地拿著這懿旨正大光明地露面去找了那丟了太后懿旨的親信萬奇，將假懿旨扔給他，惱怒地說：「你追著我要回這東西，自己看看，這是太后的親筆懿旨嗎？」

萬奇失了懿旨後，自然對東宮的人窮追猛打，要奪回懿旨，完成太后的交代。可是當幕一真正露面，甩給他懿旨，待他打開看罷，頓時也驚了，不敢置信地說：「這不可能！」

幕一大怒：「我還誆騙你不成？真的懿旨呢？什麼人在我們之前，奪走了懿旨？」

萬奇仔仔細細打量幕一半晌，琢磨著這是不是他的計謀，明明奪了懿旨，卻拿出一個假的來質問他，他怒道：「哪裡有什麼人？除了東宮的人，還有誰稀罕這懿旨？」

幕一怒道：「那可不見得。立馬想想，什麼人在我們東宮的人動手之前對你動過手了？否則你以為我已經奪了懿旨到手了之後，會現身出來糊弄你？」

萬奇想想也對，臉色徹底地變了，他仔細地思索片刻，還是沒想起來這懿旨什麼時候被人換了？剛出行一百五十里地，他可是沒吃飯沒投宿呢，只在一百里地時路邊歇了一小會兒，從馬背上解了水囊，喝口水的功夫。

萬奇出京後，就帶著人一路飛馳，他覺得不可能是在騎馬趕路時被人換走了懿旨，那麼唯一的可能就是在一百里地歇腳時。

幕一聽罷，仔細詢問：「那歇腳之地是個什麼地形？你可見到過什麼人？與什麼人說過話？」

萬奇搖頭：「就在官道上，左右連個遮掩的樹木都沒有，我也未曾見過什麼人，更沒有與人說過話，就是歇歇腳，天氣太熱了，喝口水。」

他說的是實話。

幕一聽罷，當即拽了他：「走，折回去你歇腳的地方看看。」

萬奇不反對。

於是，太后的人與東宮的人合於一處，折回了距離京城一百里處的歇腳之地。

幕一四下看了一圈，的確如萬奇所說，遮蔽物都沒有，有人竟然能悄無聲息地換走懿旨，他一時間不得其解，問萬奇：「會不會不是這處？你弄錯了。」

「不可能。」萬奇斷然地搖了搖頭，「我跟在太后身邊多年，如今雖然莫名其妙地被人算計了，但也不可能廢物至此。」

幕一看著萬奇，倒也覺得萬奇不是這般廢物的人，不該輕易地能被人奪走懿旨才是。他琢磨半晌，忽然心神一凜：「立即查你的人！你出宮時帶了多少人？如今可都在？定有內鬼。」

萬奇打了個寒顫，他還真沒想過會有內鬼之事，因為他出京時所帶的都是十分親信之人。避開了與東宮有糾葛之人，可以說是千挑萬選了。若是這樣都有內鬼，那他真是沒法交代了。

當即與幕一一起排查所有人。

排查之後，發現，還真是少了一人。

萬奇震怒：「怎麼會是陌三？他從小就生長在宮廷，對我素來甚是孝順。」

幕一冷笑一聲：「從小生長在宮廷就不會被人收買了嗎？對你素來孝順就是他不會背叛你的理由嗎？你何時這麼愚蠢了？怪不得弄丟了懿旨。」

萬奇被噎得沒了話。

幕一也懶得再與他爭執，怒道：「還愣著做什麼？立馬追查人，懿旨旁落，無論是太后還是太子殿下，都不會讓我們好過的。」

萬奇也覺得這事兒大了，點頭，當即與幕一一起追查那人。

安十六得手的輕易，的確是因為萬奇身邊就有自己人，是自小就插入宮廷的，這個暗人多年來一直不動不用，為著就是萬一有朝一日用時，能起到大用處。

花顏對待自己人，從來只有一個準則，跟著她能吃香的喝辣的占盡天下所有願意占的便宜和好事兒，但是唯有一點，不論什麼時候，她的命令必須全力以赴，失敗了也不怕，只要盡了力，若事情未成，保命第一。

哪怕是做了捅破了天的事兒，犯了致命的大罪，哪怕行事敗露收尾要付出極大的代價，也要先保人。

所以，即便安十六知道只要太后的人和太子的人知道懿旨被換走，定會追查到陌三的頭上，他依舊沒讓陌三繼續留著，等同於直接就露了這麼大個窟窿。

雖然陌三的身分是自小生長在宮廷，但他敢小看太后的人，也不敢小看東宮的人。

於是，在安十七帶著陌三和另外一人離開後，他就又帶著人準備了一番，隨時迎接東宮的人找上門。

一日後，東宮的人果然找尋到了蛛絲馬跡，當即與太后的人一起，與安十六的人周旋了起來。

安十六雖然小小年紀，其貌不揚，但是鬼心眼子多，手段也不少。

無論是太后的人，還是東宮的人，從來都沒見過這樣的對手，一時間摸不清對方的路數。

但他們都有死盯著不放的優點，所以，安十六應對起來也著實不輕鬆。

三方人馬，從京城百里一路南下，真是鬥智鬥勇，精彩紛呈。

安十六做好了準備，但最終還是被逼得向臨安花家唯一稱得上公子的人發出了求救信號，詢問下一步該如何做？因為他已經顧不得聯絡花顏詢問請令了。

花家這一代的嫡出公子花灼，從出生起，便帶著疾症怪病，世人都知道，花家嫡系唯一的公子是見不得光的，常年不能出戶，但是沒有人知道，這位公子花灼經過七年的寒苦治療，已經在三年前痊癒了。

更沒有人知道，這位公子身在籠中被怪病折磨時，依舊學盡了所學。

他是花顏嫡親哥哥。

在臨安花家所有人的思想裡，在花家締造的天下裡，無人不認可公子花灼。

所以，安十六在被追得筋疲力盡不想繼續玩丟了命時，便對花灼發出了求救。

花灼早已經拿到了安十七送到他手裡的悔婚懿旨，輕飄飄的一卷卷軸，拿著極輕，他打開看罷後，笑了笑：「這便是妹妹折騰了一年多求到的東西了，真是難為她了，終究是做到了。」

安十七看著公子的笑，覺得真是無論男女見了，都讓人移不開眼，世人都知太子雲遲容傾天下，可是誰知道在臨安花家也有一位不輸於太子姿容之人。

他屏著氣笑著說：「少主為得這悔婚懿旨，費盡心思手段，若是得知達成了心願，定然會十分開懷。」

花灼勾唇一笑：「是該開懷，她借了人家一件披風不惜大費周折送回家裡，如今可以正大光明地收著了。」

安十七自是知道披風的事兒，但是沒見過那位子斬公子，那日安十六去武威侯府走一趟後，他私下好奇地問他子斬公子什麼模樣？安十六憋了半天，說了一句「凍死個人！」他就想，怪不得都入夏了，還披著披風讓少主得了機會借之不還了。

花灼收起懿旨，對安十七吩咐：「給十六傳話，讓他帶著人直接回花家來。」

安十七一怔，脫口說：「這不是明著告訴太后和太子殿下咱們花家在宮中有暗樁，而如今大費周折地奪懿旨，不惜一切代價悔婚嗎？這若是太后和東宮的人直接追十六來花家的話，可是表明我們跟皇室公然叫板了，會不會不太好？」

花灼莞爾一笑：「我就是要讓皇室的人知道，臨安花家雖然世代偏安一隅，但不是紙糊的，容不得人小看，妹妹的婚事兒她不同意，即便是貴為太子雲遲，也做不了這個主。」

安十七小聲說：「若是皇上和太后問罪的話……」

花灼失笑：「那便問就是了，能問出什麼來嗎？悔婚懿旨沒人把著太后的手逼著她寫，如今太后達成所願，不該高興嗎？皇上不是身子骨不好嗎？一年要大病一場，有力氣問罪嗎？更何況，有冠冕堂皇的理由嗎？而太子，更不必說了，怨不到花家，只能怨他有個好祖母。」

安十七聞言不再擔心：「我這便將消息傳給十六，他快被東宮的人逼瘋了。」

花灼微笑：「他這一趟京中之行辛苦，回頭讓他歇一陣子。」

安十七也不由得笑起來。

安十六很快便收到了花灼的消息，有了公子之命，他自然言聽計從，當即不再與太后和東宮的人馬周旋，立馬帶著人悉數地撤回了臨安花家。

他前腳剛進了臨安，後腳太后的人和東宮的人便追到了臨安。

幕一隱約也有所覺是花家的人出手了，他始終還抱有一絲希望，但……

眼看著安十六進了花府後，他那一絲希望終於破滅了。

萬奇看著花府的牌匾，驚愕地睜大了眼睛，沒想到偷梁換柱拿走懿旨的人，竟然是臨安花家的人，是太子妃家裡的人，這……早知如此，他就不折騰的追查了。

他這時還沒想到，他自己送來懿旨與被人奪走懿旨，能是那麼一回事兒嗎？

幕一咬了咬牙，還是叩響了花家的大門。

一個眉清目秀的小少年探出腦袋看著幕一和萬奇等人：「你們是什麼人？找誰？」

幕一看著這小少年也就十來歲，拱手：「煩勞小兄弟稟報一聲，在下東宮幕一，請見花家的主事人。」

那小少年聞言眨眨眼睛，點點頭，跑了進去。

不多時，那小少年又跑了回來，打開大門，隨手一指幕一和萬奇：「我家公子說了，只能進去兩個人，你們兩個人看起來像是頭頭，可以進去，公子不喜見太多客人，若是不遵循規矩，就不必要進去見了。」

幕一和萬奇驚異這少年好眼力，他們和手下們穿著上沒什麼不同，他小小年紀，竟然一眼就看出了他們是頭領。

二人對看一眼，心中雖然驚異，但也不覺得奇怪，畢竟折騰了他們這麼多天與他們周旋的那批人是臨安花家的，有那樣的手下，臨安花家一個小少年也不能小看。

於是，幕一點頭：「煩勞小兄弟引路。」

萬奇也沒意見。

小少年見二人答應，領著幕一和萬奇進了府內，沒往內院走去，而是從府門口不遠處直接拐道，又進了一處門中門，之後，徑直向一處幽靜的院落走去。

幕一和萬奇耳目極好，都隱隱約約地聽見遠處府內的歡笑人聲，似是極為熱鬧，不過與他們如今走進的這處門中門似乎是隔了一個天地，他們走的這個院落極為安靜，沿路看不到什麼人。

小少年領著二人走了兩盞茶，來到一處聽竹軒，有一名黑衣公子坐在軒亭內，背對著身子，似在自己與自己對弈。

幕一和萬奇立即盯緊這名黑衣公子，猜測著其身分。

聽竹軒極靜，只他一人。

小少年在軒亭外停住腳步，笑嘻嘻地說：「公子，這兩個傻大個來了。」

幕一和萬奇嘴角不約而同地抽搐了一下，這麼新鮮的詞，還是第一次有人用在他們身上。

花灼「嗯」了一聲，手下棋子照樣落子於棋盤，頭也不回地說：「兩位壯士請見花家主事人，所為何事兒？」

這聲音極好聽，如泉水落在玉盤上，叮咚作響。

幕一試探地放出內息，發現這年輕公子似平常人一般，感受不到有半絲武功，他所坐的方向隱約傳來藥香，應是他身上自帶的。明明知道他和萬奇上門，卻自顧自地下著棋，頭也不回，只給一個背影，可以算得上實打實地怠慢。

不過即便如此，他也不敢輕視或者惱怒，他隱約有一種感覺，這人十分深不可測，在他面前，如在太子面前一樣，容不得造次，否則後果會很嚴重。

於是，幕一拱手見禮：「在下東宮幕一，請問公子是花家何人？」

花灼淡淡一笑，漫不經心地回他：「臨安花灼。」

幕一驚異，盯著花灼的背影，一時間忘了說話。

萬奇脫口說：「原來是太子妃的兄長？」

花灼微微一笑，好聽的聲音如珠落盤：「太子妃？這位壯士說笑了，臨安花家自此以後再沒有太子妃了。」

萬奇頓驚，懿旨若是被花家得了，那自今日起，花家還真不會有太子妃了。他親自護送的任務雖然失敗了，但也算是達成了太后要的結果，於是拱手：「在下甯和宮萬奇，奉太后之命，前來送懿旨，不成想半途中懿旨有失，敢問公子……」

幕一接過話：「敢問公子，太后的懿旨可是被您的人拿了？」

花灼淡笑：「不錯。」

幕一見他半絲不推諉直接承認，一時間覺得這事兒怕是真的無法挽回了，但他還是要試試，於是，誠然地拱手，萬分真誠地說：「我等知曉太后下懿旨時已晚，太子殿下命在下等前來追回懿旨，還望公子還回。」

花灼落子，閒散地說：「不可能了，懿旨既然到了臨安花家，斷無再還回去的道理。請這位壯士傳話回去給太子殿下，就說我臨安花家的女兒，攀不上皇權最尊貴的太子殿下，多謝他一年多來對舍妹的包容。願他天高，願我妹妹海闊。」

幕一霎時白了臉。

花灼又對萬奇說：「萬壯士一路辛苦，送懿旨有功，太后明智，定會對你多加褒獎。」

萬奇也頓時白了臉。

花灼說了該說的，不欲再與二人糾纏，便對那小少年吩咐：「花離，送客。」

花離高興地做了個請姿：「兩位請！」

幕一和萬奇對看一眼，覺得事已至此，真是不可挽回了，尤其是幕一，幾乎猜想能不能對花家動手從其手中奪回懿旨，但是很快就否定了這個想法，覺得不可行。

花家是臨安的地頭蛇，累世居於臨安，若是在臨安對花家動手，無異於找死。尤其是這些天，他與花家奪懿旨的那批人周旋得筋疲力盡，實在是沒有把握能奪回懿旨。

所以，他乾脆地轉身，想著太子殿下如今應該已經得到了消息，他還是將此事逐一回稟殿下，聽殿下吩咐再做定奪吧！

於是，他對花灼拱手：「在下一定將公子之言一字不差地稟明我家殿下。」

花灼微笑：「如此甚好。」

幕一和萬奇不再逗留，由花離相送，原路返回，很快就離開了花家。

幕一出了花府後，覺得前所未有的挫敗，找來飛鷹，即刻向西南傳了一封信給雲遲，然後找了一處院落，將他帶來的所有人都暫且安置在這等候太子殿下的吩咐。

萬奇見幕一似乎沒有要離開臨安回京的打算，對他問：「怎麼？你不回去？還準備從花家搶懿旨？」

幕一道：「我留在這裡等候太子殿下消息，聽從吩咐，不能就這麼回去。」話落，惱怒地對萬奇說，「你倒是可以回去跟太后交差了。」

萬奇也沒甚可說，雖然他不如幕一這般無力惱火，但也絕對不好過。出京百里就被人悄無聲息換走了懿旨，出了內奸，他此回也算是受了有生以來第一次打擊。

尤其是到現在，他還沒找到陌三的人，他就如憑空消失了一般。

他不同於幕一和東宮的人，當即啟程，返回京城。

從流言傳遍天下這十餘日裡，雲遲與花顏跋山涉水，行出恰好兩千里。

前往西南番邦，從京城行出了一千里地後，盡是崎嶇的山路，雖然是寶馬趕路，但行程還是日漸地慢了下來。

花顏白日騎馬，雲遲也陪著她一起騎馬，晚上她睡在車裡，雲遲亦然。

二人相處的模式倒是如在東宮一般，不是誰將誰氣個半死，就是誰將誰恨得牙癢癢，但這般你來我往，倒也算和睦，至少沒人真正翻臉。

在走出一千里地後，雲遲便收到了京城傳來的消息，關於太子妃不育的傳言。他聽聞消息蔓延之快，一日遍傳京城的大街小巷時，臉色有些沉。

他看向花顏，直問：「你的手筆？」

花顏不明白地看著他，裝無辜地瞧著他：「你說什麼呢？我聽不懂。」

雲遲將飛鷹遞來的信函直接砸給花顏：「你自己看。」

花顏接過信函，看了一眼，頓時大樂，說了兩個字：「不錯。」

雲遲臉色布滿涼意，對她說：「我這便傳信回京，給父皇和皇祖母一人一封信函，只要他們不作為，任流言再多，也奈何不得。你休要做悔婚的夢。」

花顏聳聳肩，無所謂地說：「反正我這一年多以來，折騰不止一次了，此次不成，還有下次呢。」

雲遲伸手猛地大力地揉了揉她的腦袋，將她好好的頭髮揉亂，學著她的模樣，溫溫柔柔地說：「你做夢！多少次都沒用。」

花顏惱怒，劈手打開了他的手。

雲遲不再理她，提筆寫信，雖然有他離京時的交代和安排囑咐，但他還是不放心，必須要再傳回信函警告一番。

花顏看著雲遲，暗暗祈禱，希望他這信傳到時，為時已晚。她都將自己弄成不育了，再不能悔婚，她這輩子就交代給雲遲了。

她是萬萬不能嫁給這個混蛋的，若是真跟他過一輩子，她即便適應了京城的生活，怕也是個短命的，早早就會被氣死。

雲遲很快就寫了兩封信函，著雲影以最快的飛鷹送往京城。

飛鷹的確很快，信函也的確很快，在太后懿旨賜婚的第三日，便送進了皇宮，送到了帝正殿和甯和宮。

皇帝看了信函，歎息地搖頭，給雲遲回了兩個字：「晚了。」

太后看了信函，見雲遲字裡行間拿太子位來威脅她，忽然有些後悔，連回信的力氣都沒了，本就心裡不舒服，一下子就病了。

在南楚京城，花顏難展拳腳，處處受雲遲掣肘，那是因為她明白，花家的勢力和她的勢力，在京城十分薄弱，輕易不能動。

所以，她只靠自己，一步步謀策著，忍著再忍著。

當在知道雲遲親自前往西南番邦不放心地帶上她時，她便知道，她無須再忍了，機會來了。只要能出了京城，便是她的天下。

而雲遲第一站落腳用早膳的地點，偏偏有她的人在裡面，那她傳達的命令和安排，秋月便會神不知鬼不覺悄無聲息地傳達下去。

在離開那個小鎮時，雲遲一無所查，花顏便知道計策成功了一半。

隨著車馬一路向西南而行，行出千里之外後，花顏便找機會脫身。

雲遲盯得緊，白日騎馬，她落不下他，晚上睡在車裡，她稍有動靜，他便醒來問她是否要喝水，吃飯自然更不必說了，唯一的時候，便是上茅房了。

所以，花顏十分無奈地只能選擇趁著上茅房來擺脫雲遲。

上茅房的功夫不會太長，但是花顏必須要爭取時間，所以，她在前一日，就露出了身體不適的傾向，那一日連馬也不騎了，便乖乖地躺在馬車裡。

雲遲很快就察覺出不對來，詢問她：「怎麼了？可是身體不適？」

花顏哼哼唧唧：「這山路難走死了，走的人心煩。」

雲遲微笑：「忍忍吧！」

花顏臉色不好：「不忍能怎麼辦？你又不能將我送回去？」

雲遲搖頭：「自然是不能的，你說你常年混跡於市井，我以為你不怕這路程難走的。」

花顏揉揉肚子：「我以前是不怕，在東宮住了那麼些時日，被你養廢了唄。」

雲遲低笑：「這樣也好，將你養得嬌氣了，你便離不開我了。」

花顏翻白眼，不再理他，心中暗罵，做你的春秋大夢呢？！

過了一日，到傍晚時，花顏肚子便疼了起來，上了兩次茅房後，臉色發白。

雲遲喊來秋月：「你是大夫，給她看看。」

秋月立即給花顏把了把脈，對雲遲說：「太子殿下，小姐可能是吃壞了東西，不過無礙的，奴婢給她開一副藥，煎了喝下就會好了。」

雲遲微鬆了一口氣，對外吩咐：「在前面的小鎮停下落宿。」話落，對秋月說，「你現在就給她開藥方。」

秋月點點頭。

馬車來到小鎮，早有人安排好了落宿之地，是一處酒樓的後院，雲遲吩咐小忠子抓藥煎藥，安置人馬。

這是出京以來，第一次落宿，雲遲與花顏只要了一間房間，花顏下了馬車後，由秋月扶著，向茅房走去，聽聞雲遲的話，停住腳步，說：「我不跟你一個房間。」

雲遲對她擺擺手：「你就當與在馬車裡時一樣，車廂一人一半，床也一人一半就是了。」

花顏似乎十分難受，雖不滿，但因急著去茅房，也懶得再與他爭執了。

雲遲笑了笑，進了房間。

小忠子安排人去煎藥後，便來請示雲遲：「殿下，晚膳怎麼安排？」

雲遲想了想說：「單獨給她熬些清粥，做幾樣小菜吧！」

小忠子點點頭，又對雲遲說：「廚房早已經燒好了水，殿下您不如先沐浴，晚膳需要等一會兒，太子妃估計要喝了藥才能有力氣吃飯。」

雲遲點頭：「也好。」

小忠子立即吩咐人抬了一桶水進了屏風後。

雲遲沐浴很快，兩盞茶後，他出了屏風，沒見到花顏，蹙眉，對小忠子說：「找個女子去看看，怎麼太子妃還沒出來？」

小忠子也揉揉肚子：「殿下，您是不是太緊張太子妃了？這鬧肚子鬧得厲害時，是蹲在茅房不想出來的。」

雲遲對他擺手：「叫你去你去就是了。」

小忠子不敢再多話，立即讓掌櫃的喊來一個粗使丫鬟去茅房看情況。

那粗使丫頭手腳俐落，很快就到了茅房，然後又很快回來，對小忠子納悶地說：「你讓我去看什麼？茅房裡沒人啊！」

小忠子一愣：「怎麼會？我家女主子和她的婢女是進了茅房的。」

那粗使丫頭說：「你若是不信，自己去看好了，反正我看是沒有。」

小忠子也顧不得了，立即去了茅房，裡面確實空空如也，他面色一變，連忙去了廚房煎藥的地方，也沒見到人，他又在院子裡找了一圈，依舊沒有人影，頓時急了，大喊：「殿下，不好了，太子妃和秋月姑娘不見了。」

雲遲本來剛坐在桌前端起茶盞，聞言騰地站起了身，走出了房門。

小忠子跑到雲遲面前，臉色發白：「茅房裡沒有人，廚房也沒有人，院落各處奴才都找遍了，依舊沒見著人……」

雲遲當即覺得不妙，看了一眼已經黑了的天幕，喊：「雲影。」

「殿下。」雲影應聲而出。

雲遲盯著他：「你一直在這裡，沒有發現人不見了？」

雲影自然也知道發生了什麼事兒，在小忠子找人的第一時間，他也開始找人了，聞言垂首說：「回殿下，人確實不見了，因太子妃是要去茅房，所以，屬下刻意避開了盯著那裡。」

雲遲面色沉了下來：「查！」

雲影應是，立即去了。

雲遲站在門口，看著日漸黑沉下來的天幕，心中忽然明白起來，合著一日前，以她自己的身體，她就開始做局了，而目的就是要讓他落宿，恰恰已經天黑了，她利用落宿的機會，剛踏進院落，一切隨扈都在安置中，總有鬆懈這麼一時半刻的時候，她趁機與秋月離開了。

他靠在門框上想著，在京城時，他未派人跟著她的行蹤，她都沒有要逃離，如今在這裡在此時逃離，想必是她一直所求的事情達成了心願。

她若還頂著太子妃的名頭，她逃到哪裡去都沒用，除非，她已經不是了，才逃的無所顧忌。能讓她擺脱太子妃的身分，必定是因京城那裡因不育的流言出了事兒。

不是父皇的聖旨悔婚，就是皇祖母的懿旨悔婚了。

普天之下，唯這兩個人，他不在京城時，下了聖旨或者懿旨，讓他莫可奈何。

他忽然覺得這天地太黑太沉，他一直堅守的東西，如此的不堪一擊。

看來她是算準了，他一旦離京，這變數就是她的機會。

他閉上眼睛，任心裡一片黑暗。

從她入東宮，住進鳳凰西苑，每日與她用晚膳，出京後一路以來車馬行程日日相對，他心中柔軟的那一塊，如今黑暗襲來，將之淹沒了。

是該説他無能？還是該説她太有能耐？

不愧是臨安花家的女兒，也不愧是臨安花顏。

他早該知道，要折了她的翅膀圈於籠中，是沒那麼容易的，但他一直覺得，他應該能做到，讓她的人和心甘願地留在他身邊。

時間一久，她折騰夠了，便沒力氣了。

可是如今看來，她顯然是折騰出了一條路，將他束縛在她身上的荊棘都給劈斷了，便這樣乾乾脆脆地衝了出去，沒有留下隻言片語，離開得爽快俐落。

「殿下。」雲影看著雲遲，現身之後輕喊了一聲。

雲遲閉著眼睛不睜開，沉如水的聲音問：「如何？」

雲影的聲音也有些沉：「茅房棚頂處的茅草被人動過，顯然太子妃和秋月姑娘是從棚頂出去的，只不過那處有一株老槐樹，正巧擋住視線。」話落，他跪在地上，「請殿下責罰，是雲影失職。」

雲遲對他擺手：「起來吧！」

雲影慢慢地站起身，看著雲遲的面色，在夜裡，令他暗暗心驚，他試探地問：「兩個沒有武功的女子，想必走不了多遠，屬下這便帶著幾人去追查？」

雲遲不語。

雲影又道：「方圓百里，只這一個小鎮，興許太子妃和秋月姑娘如今就在這小鎮裡。」

雲遲終於睜開眼睛，對他說：「我給你一夜的時間，帶上所有的人，將人找回來，若是找不回來，明日一早，便啟程離開。」

雲影一驚：「殿下，所有人都帶走，那您的安危……」

雲遲沉聲道：「本宮便不信，今夜還有誰會來刺殺我不成？」

雲影聽出雲遲聲音裡帶著的絲絲殺氣，他不敢再多言，當即領命：「是。」

雲遲轉身進了房內。

雲影帶著所有的人出動，一半人搜查小鎮，一半人搜查方圓百里的山林山路。

小忠子眼見天已經黑透了，早已過了晚膳時辰，他小聲試探地說：「殿下，用晚膳吧。」

雲遲擺擺手：「不用。」

小忠子悄悄退了出去，暗想太子妃怎麼就是顆捂不熱的石頭呢？自從懿旨賜婚，殿下對太子妃何其好?幾乎包容了她一切的鬧騰，可是她卻怎麼也對殿下熱不起來，如今乾脆果斷地離開了，連他這個太監都覺得太子妃太過無情。

一夜的時間，雲影帶著人翻遍了這座小鎮以及方圓百里。天明時分，他無功而返，跪在雲遲面前再度請罪。

他怎麼也沒有料到，出動了太子殿下的所有隱衛，竟也沒能找到花顏和秋月的半個影子，她們就如憑空消失了一般。

他實在是不敢置信，出動東宮最頂尖的隱衛，找尋一夜，竟會出現找不到人的情況。

雲遲一夜未睡，眉目越發地冷靜溫涼，他對雲影擺手：「將人都撤回來吧，吩咐人啟程。」

雲影應是，慢慢起身，還是忍不住開口：「殿下，太子妃和秋月姑娘，會不會早在我們追查時，便離開了方圓百里?否則屬下幾乎將這座小鎮和方圓百里翻了過來，焉能找不到人?」

他只能想到一點，那就是那二人出了這裡之後，立即騎快馬離開了，可是他沒有聽到半絲馬蹄聲。

雲遲淡淡一笑：「她如今就在這座小鎮裡。」

雲影面色一變。

雲遲又說：「她已經不是本宮的太子妃了，若是不出意料，今日便能收到京城傳來的悔婚消息。」

雲影大驚。

雲遲擺手，吩咐：「啟程吧!」

雲影退了下去，不再多言。

車馬啟程，很快就離開了這座小鎮，繼續向西南而行。

的確如雲遲所料，花顏和秋月確實沒有離開這座小鎮，而是躲在一處荒廢已久的院落的地下暗室裡。

院落年久失修，院中雜草叢生，房舍棚頂的瓦片和橫梁早已經被風雪浸打破甚至坍塌。雲影的人是來過這裡，站著房頂的橫梁上四面而望，哪裡都不能藏人，且用內息查探，沒有半絲人的氣息，盤桓了片刻，便離開了。

殊不知，花顏與秋月，就在那房子的地下密室裡。

這間院落的主人，花顏認識，秋月也認識，是妙手鬼醫天不絕曾經住過的地方。自他失蹤後，多年不曾有人住，無人管理，自然也就隨著風霜雨水打成了這副破敗的樣子。

花顏選擇這個小城鎮離開，便是因為這裡能藏人，她自然得給自己和秋月想好藏身之處。她料定，雲遲的人再厲害，一時間也難以找到這處，而雲遲不會有太多時間找她，也不能因為她在這小鎮耽擱太久。

畢竟，他是要去西南番邦處理動亂的大事。

他是太子，容不得他拿國事開玩笑。

所花顏和秋月悄無聲息地出茅房後，便一路屏息來到了這裡，開啟機關，進了地下暗室。因長久無人居住，地下暗室裡什麼都沒有，沒有吃的，沒有喝的，黑洞洞一片。

秋月和花顏進了暗室後，適應了一會兒，秋月摸到了燈盞，小聲說：「小姐，用火摺子掌上燈吧。」

花顏低聲說：「別掌燈了，萬一這破地方因太久沒人居住，風化了漏縫，咱們就暴露了。」

秋月想想也有道理，只能作罷。

花顏又適應了一會兒，摸著黑坐在了一把椅子上，對秋月說：「頂多一夜，對雲遲來說也是極限了。明日一早，他找不到我們，便會離開此地，我們忍過這一夜就好了。」

秋月點點頭：「奴婢一夜好忍，只是小姐您白日就沒吃什麼東西，如今再餓這麼一晚上，奴婢怕您受不住。」

花顏笑著說：「有什麼受不住的？當年在川河口，我餓了八天都受住了，如今這一日夜算什麼？」

秋月小聲說：「您真的覺得您謀策的事情已經成了嗎？若是不成，咱們就這樣離開……」

花顏語氣輕鬆地說：「十有八九是能成的，只要十六按照我的吩咐行事，雲遲不在京城，他的父皇與許還會顧忌，但太后嘛，到底是一把年紀了，最受不住的就是不能抱重孫子，尤其是這不育之事還傳揚得天下皆知，她更是忍無可忍的，定會立即下懿旨，不給雲遲時間阻攔的。」

秋月聞言放寬了些心：「若真能事成，小姐您就是自由身了。」

花顏伸手捏了捏秋月臉頰，笑著說：「你也不用再跟在我身邊了，我可以把你給他了。」

秋月臉一紅，如火般燒起來，嘟起嘴說：「小姐就會取笑奴婢，奴婢沒想著嫁給公子，只要能在公子身邊侍候就心滿意足了。」

花顏撇嘴：「瞧你這點兒出息，你也算是系出名門，只不過這些年被我騙到身邊，委屈你做了個婢女。何必貶低自己？」

秋月搖頭：「不說出身，只說奴婢這個人，自認是配不上公子的。」

「你跟在我身邊多少年？是我一手培養的你，你會的東西可多著呢，別覺得配不上哥哥。」

秋月小聲說：「是小姐看得起奴婢，即便如此，奴婢也不敢求什麼。」

花顏無奈地歎氣，「你呀，叫我說你什麼好？」話落，她想了想，又笑了，「待我擺脫這破身分之後，就把你送給哥哥，如果哥哥對你有意，自然會留你，如果對你無意，你還回到我身邊來，咱們花家兄弟多的是，我再給你擇個人。」

秋月低聲說：「如果公子對我無意，我就一輩子不嫁了。」

花顏氣惱，伸手戳她腦門：「你傻啊！枉你跟在我身邊這麼久，怎麼這麼死心眼？我寧願聽你說他無意你就死皮賴臉讓他對你有意，實在不行，就放棄他再喜歡別人。怎麼偏偏說出一輩子不嫁的話來？你真是笨死了。」

秋月也笑了：「奴婢就是笨嘛，小姐時常說我笨的。」

花顏徹底無語，不再理她，找了個舒服的姿勢，很快就睡著了。

秋月想著公子，想了許久，既有些高興，又有些緊張，也很快就如花顏一樣睡著了。

主僕二人十多日前就開始悄悄準備，十分費心神，如今擺脫了雲遲和東宮的人，疲憊感很快就襲來，即便環境不好，依舊不影響她們入睡。

地下暗室太靜，靜得聽不見外面的風吹草動。

花顏這一夜睡得不好，迷迷糊糊地持續睡著，有幾次似乎看到了雲遲沉如水的臉出現在了她眼前，一雙溫涼的眸子死死地盯著她，她幾乎從椅子上跳起來，醒了幾次，又睡了幾次，才撐到了天亮。

果然如花顏猜測，天亮之後，這地下暗室也透進了些許光亮。

她揉揉痠疼的肩膀，想著幸好昨夜進來時未掌燈，說不定還真會被發現。

秋月也沒睡好，但是比花顏要強些，她醒來後揉著惺忪的睡眼瞧著花顏，將她臉上疲倦的神色瞧得清楚，小聲問：「小姐，天亮了？」

「嗯。」花顏點頭，站起身，揉胳膊揉腿折騰了一會，拍拍身上的灰說：「咱們可以走了。」

秋月立即站起身。

二人出了地下暗室。

外面天已經大亮，陽光明媚，暖融融的，破敗的院落和荒草似乎都帶著暖意。

花顏靠著破敗的門框，望著天心情很好地笑：「若是不出所料，今日我就能得到十六傳來的消息。」

秋月也心情輕鬆：「小姐，咱們去哪裡等十六的消息？」

花顏說：「先去萬德樓吃一頓好吃的，然後去牛二茶肆等著。」

秋月點點頭。

二人出了破敗的院落，途經雲遲昨日落腳的地方，果然人已經走了。於是，二人堂而皇之地進了小鎮主街的一處上好的酒樓，點了許多菜品，在大清早大吃大喝了一頓。

用過早膳，二人去了牛二茶肆。

牛二茶肆，顧名思義，以牛二這個人命名的茶肆，茶肆不大，除了牛二外，只有一個小夥計，見花顏來了，在櫃檯前扒拉算盤的牛二猛地睜大了眼睛。

花顏來到櫃檯前，懶洋洋地倚著櫃枱，笑吟吟地對他說：「掌櫃的，來一桶茶浴，姑娘我需要清洗風塵。」

牛二呆了呆，半晌才吐出一句：「跟小的來。」

第二十八章 桃花谷治病去

牛二領著花顏進了茶肆的後院，當真給她準備了一桶茶浴。

花顏舒舒服服地沐浴之後，滿身茶香，躺在小院房檐下的躺椅上曬太陽。

牛二立在她面前，欲言又止，半晌才憋出一句話：「少主，您怎麼來了？太子殿下不管您了？依舊讓您四處亂跑？」

花顏失笑：「他以後管不著我了。」

牛二不解。

花顏懶洋洋地說：「悔婚之後，他不再是我的誰，自然就管不著我了。」

牛二恍然大悟。

秋月從房中出來，瞧著牛二依舊瘦如猴子的模樣，笑著打趣：「虧你叫牛二這個名字，都三年不見了，依舊沒有壯如牛，反而更瘦得如猴子一樣了。」

牛二扁扁嘴：「成日裡喝茶，吃點兒飯食都被茶水清腸得一乾二淨，自然就胖不起來了。」

他對花顏說：「少主，我待夠這個地方了，茶肆也不想開了，您如今既然是自由身了，將小的帶在身邊怎樣？跑腿打雜，我都能幹的。」

花顏聞言，忽然想起京中的大牢裡還關著個曾經為她跑腿的鄭二虎，她竟然將他給忘了。她默了片刻說：「行啊，你先為我辦一件事兒，辦成了，我就准你以後跟著我。」

牛二眼睛一亮：「什麼事兒？少主請說。」

花顏笑咪咪地說：「京中府衙的大牢裡關著一個叫鄭二虎的人，是東宮管家親自送進去的，你進京一趟，去將他救出來。」

牛二琢磨了一下，不傻地問：「少主說怎麼救？」

花顏笑著道：「我不管你怎麼救，總之要神不知鬼不覺地將人救出來，不能驚動東宮，否則，別說救不出來人，就是你也得關進去。」話落，笑看著他，「如何？辦成了這件事兒，我就准你離開這地方。」

牛二一拍大腿：「成，我在這地方待了好幾年了，悶死個人，就聽少主的，去救那個人。」

花顏點點頭：「甚好。」

牛二好奇地問：「那個鄭二虎是什麼人？」

秋月接過話：「是一個傻大個，有個好賭的老子，每年都欠下巨額賭資，死不悔改。他這個當兒子的，為了滿足老子的那點兒小愛好，給老子還賭債，賣身給了少主。」

牛二又好奇地問：「他有何本事？」

秋月想了想說：「幫小姐搬梯子爬臨安花家的牆頭，算不算得上是本事？」

牛二愕然，看向花顏：「少主還用人搬梯子才能上牆頭？」

花顏無奈地說：「這三年是用的。」

牛二這才發現花顏有些不對勁，驚駭地問：「少主，您的武功呢？怎麼這般好像是沒了武功的模樣？」話落，她又看向秋月，「你也是，武功哪裡去了？」

花顏說：「封死了。」

秋月點頭：「我的也是。」

牛二驚異：「這普天之下，何人能封了少主和秋月姑娘的武功？」

花顏聳聳肩：「我哥哥。」

秋月誠然地歎氣：「是公子。」

牛二呆了呆，問：「為何？」

花顏哼道：「不讓我滿天下地亂跑唄，安心待在花家，我在家裡待著，他就能出去玩了。花家總要有人守著，除了我就是他，困住我，他就自由了。」

牛二沒想到是這個理由，一時間哭笑不得：「那如今少主來了這裡是……」

他話音未落，一隻翠鳥飛進了小院子裡，落在了花顏肩頭，牛二打住話，花顏伸手將翠鳥從肩頭抓到手裡，摸了摸它的小腦袋，解下了綁在鳥腿上的信箋。

信箋很短，只有一行字：「太后下了悔婚懿旨，東宮阻攔未成，我們得手，恭喜少主脫困。安十六拜上。」

花顏看著這行字，看了三遍，才拿著信箋大樂：「好樣的。」

秋月上前，接過信箋，看罷，也樂了：「小姐所料不錯，如今終是心願達成了。」

牛二湊過身，也看了清楚，嘖嘖兩聲：「我聽聞太子殿下是個極好的人。」

花顏收了笑，哼了一聲。

秋月也收了笑，歎了口氣，接過話說：「太子殿下的確是極好的，對小姐也十分妥帖寬容，奈何他身分使然，終是不能給小姐想要的，小姐這也是為了自己的一生著想。」

牛二撇撇嘴，點點頭，問：「少主打算在這裡住多久？」

花顏站起身，道：「我來你這裡，就是為了等這封信，如今信已經收到，自然就不必待了，你為我們備兩匹馬，這就啟程。」

牛二追問：「少主要去哪裡？」

花顏站起身，伸手猛拍了他腦門一下：「你肚子裝的不該都是茶水嗎？如今怎麼裝了這麼多問號？」才對著他說，「去桃花谷。」

牛二眨眨眼睛，乖覺地閉了嘴，不敢再好奇地問東問西了。

出了茶肆，花顏和秋月騎上牛二備的馬，出了小鎮，向桃花谷而去。

這個小鎮距離桃花谷並不近，有三百里路，不過花顏覺得，蘇子斬也不見得能趕在他們前面到桃花谷，畢竟他離京晚了三日，所以，她也不著急，與秋月縱馬悠悠而行。

路上，秋月問花顏：「小姐，您肯定子斬公子一定會來桃花谷嗎？」

花顏點頭：「一定會。」

秋月小聲說：「若是子斬公子的寒症沒法治，您怎麼辦？畢竟他寒症已經伴隨十九年了，不同於公子的天生怪病，治的時候年歲小，治了那麼多年，終於真給治好了。萬一子斬公子的寒症無治……」

花顏看著前方，慢悠悠地說：「有那麼多好藥，若是天不絕治不好人，就是庸醫。我就毀了他的桃花谷給蘇子斬陪葬。」

秋月嘴角抽了抽，同時心驚：「小姐，您不會是在開玩笑吧？」

花顏搖頭：「沒有。」

秋月打量花顏神色，見似乎真沒有，她暗暗地歎了口氣：「奴婢不太理解，您總共才沒見子斬公子幾面，怎麼就對他如此一往情深了？」

花顏攏著韁繩，目光幽幽：「有一種人，天生就是讓人心疼心動的，蘇子斬就屬於這一種人。」

秋月想起蘇子斬的模樣，有些能理解這話，又有些不理解，聰明地不再問了。

同一時間，雲遲也收到了東宮幕僚傳到他手裡的消息。

太后下了悔婚懿旨，沒與皇帝商議，也未經過禮部和司禮監，便命親信萬奇帶著人暗中送去臨安花家，他們得到消息立馬攔截，可是為時已晚，在距離京城百里時，懿旨便被人掉包換走了，偷梁換柱走懿旨的人，是萬奇的親信之人陌三，如今正在追查懿旨下落。

雲遲看罷信函，臉色漠然，在花顏離開時，他便已經料到，定然會有這個結果了。可是等真正收到消息，還是讓他從心底湧起一陣對太后的失望。

從小到大，他對太后十分敬重，雖然說很多事情不會按照她的要求來，但是這份敬重是從內心由衷的。如今，他是第一次，再也不想見她。

他反省地想著，也許是他錯了，他還是從心裡相信太后會念著他對花顏這份執著的心，明瞭他堅決的態度，會顧念與他的祖孫情分，不會如此輕易地替他做主悔婚的。可是，終究是他低估了太后對花顏的不喜，以及在她心裡不育大於天的概念。

太后是為他好，但這個好，她也明白不是他要的，但還是做了。

說到底，在她的心裡，南楚的江山社稷是他必須擔負的責任，比他的個人執著要大得多。他不能太過任性，不能有自己的主張，不能沾染兒女情長，不能有那微薄的心意。

帝王之路，便要無欲則剛，這是她在母后薨了之後，父皇多年來一年有大半年以藥養身，朝事兒幾乎不能擔當，一生有半生因思念母后鬱結纏綿病榻，讓他得出的教訓。

帝王，不能有情。所以，她不准許他再成為下一個父皇。

他明白，但是還是忍不住失望。

帝王之路，當真必須是孤寡之路嗎？便不能任性嗎？不能摻雜一絲一毫私情，才能成為千古一帝嗎？

他閉上眼睛，任心裡被濃濃的黑暗吞沒，手中的信箋在他手下寸寸化為灰燼。

花顏和秋月不急不緩地行路，三日後到了桃花谷。

桃花谷口有一人，穿著緋紅錦袍，披著同色的披風，牽著馬站在那裡，暖風拂過他衣袂髮絲，有幾縷俏皮地輕輕揚起，將他周身的清寒拂去，讓他的氣息沾染了暖風般的和煦色彩。

花顏來到之後，一眼便看到了蘇子斬。

秋月也有些驚異，想著子斬公子好快的腳程。

聽到身後的馬蹄聲，蘇子斬慢慢回身，便看到縱馬而來的花顏和秋月，花顏依舊是一身淺碧色綾羅，縱馬而來的身影纖細嬌軟，卻依舊坐得筆直，顯然是慣常騎馬。

她手臂挽著的碧綠絲條隨著縱馬捲起的疾風揚起，讓她平添了一種灑意。

這種灑意，是在京城裡沒見過的。

他涼寒的眸光不由得露出了些許笑意，清寒的聲音一如既往：「你說在這裡等我，自己卻遲遲不來，沒有你引路，可知道我進不去這桃花谷，只能在這裡乾等著。」

花顏莞爾一笑，翻身下馬，甩開馬韁，對他問：「等了多久了？」

蘇子斬說：「一日一夜。」

花顏點點頭，不客氣地道：「也還好嘛。」

蘇子斬盯著她，一字一句地說：「三日前，我收到了京中傳信，可是你動的手？」

花顏笑了笑，迎上他的視線，也一字一句地說：「沒錯，是我的人動的手。如今悔婚懿旨已經在臨安花家了，我已經不是準太子妃了。」

蘇子斬動了動嘴角：「恭喜。」

花顏揚眉：「便沒有別的話了？」

蘇子斬移開視線，轉身看向桃花谷，說：「有，我餓了。」

花顏失笑，拿出袖中的一支短笛，輕輕吹了幾個音節，便聽到谷口的桃樹沙沙作響了一陣，接著似乎有無數的鳥雀驚起，裡面傳出一個蒼老的聲音：「來了就滾進來，做什麼驚擾我的鳥雀？都嚇跑了你去給我抓嗎？」

花顏收了短笛，哼了一聲：「都給你驚跑了又怎樣？誰叫你明明知道人早就來了竟故意不放人進去，偏偏讓人等了一日又一夜呢，你敢讓我請的人等，我便給你好看。」

「臭丫頭，等一日一夜算什麼？他寒症入骨都快踏進墳墓的人了，你當老頭子我是大羅金仙嗎？救不好死了怎麼辦？這筆帳你要算在我頭上？」蒼老的聲音瞬間暴怒。

花顏冷了聲音：「算在你頭上又如何？哪怕你死了，也得給我把人給救了。」

「混帳東西！」聲音更暴怒了。

花顏不再理會，轉頭對蘇子斬說：「他是天不絕。」

蘇子斬眸光動了動，他點點頭，沒說話。

花顏抬步走進去，又說：「你跟著我的步子，有陣法。」
蘇子斬頷首：「陣法十分精妙，早先青魂闖了一次，沒闖進去，且還受了傷。」
花顏腳步一頓：「可嚴重？」
蘇子斬搖頭：「不算嚴重，他自己已經包紮了。」
花顏點頭，不再多言。
按照陣法中的生門，花顏引路，蘇子斬、秋月跟在她身後，暗中的十三星魂也悄無聲息地跟上。
過了陣法，進了桃花谷，一眼便看到大片的桃花林圍成的山谷裡，有幾排精緻的房舍，有一片湖水。
天不絕就站在入口處，穿著一身灰不溜秋的袍子，皺皺巴巴的，滿頭白髮，一雙眼睛十分有神，如今正對外冒著火。
見到花顏一行人進來，他跳著腳說：「怎麼進來這麼多人？後面的尾巴，都不准進來。」
花顏瞧著他，說：「你說了不算。」
天不絕氣噎，伸手指著她，花顏揚著眉毛看著他，他指了半晌，忽然轉了手指，對準秋月：「混帳東西，見了師父，還不下跪見禮？」
秋月當即跪在地上行大禮：「弟子秋月，拜見師父。」
天不絕看著秋月識相，面色頓時稍好了些：「這麼些年，你跟著她，將醫術都荒廢了，後不後悔？」
秋月垂著頭不敢抬起，小聲說：「不後悔。」
天不絕又氣得暴怒：「孺子不可教，我上輩子做了什麼缺德事兒，竟然遇到了你們倆！」

花顏「撲哧」一下子樂了。

天不絕轉向蘇子斬，將他從頭到腳仔仔細細地看了一遍，冷哼：「就是你這個毛頭小子，竟然讓她不遠千里來找我給你治病？真是看不出你哪裡好。」

蘇子斬拱手，清寒地說：「我是不好，前輩慧眼。」

天不絕又噎住，半晌，才說：「還算有自知之明。」說完，他指著秋月，「你給我跪著，三天不准吃飯。」

花顏頓時惱了：「秋月早就是我的人了，憑什麼？」

天不絕鬍子翹了翹，怒著臉說：「你們住在桃花谷這段時間，若是不想讓她繼續跟著我學醫術，她可以立馬滾起來，若是還想繼續跟我學，那就要受罰。」

花顏瞪著他：「她本就是你的弟子。」

天不絕道：「所以師父罰徒弟，天經地義。」話落，見花顏不捨，他掃了一眼蘇子斬說，「這小子的寒症已經入骨，我就算找到法子能保住他的命，以後他身邊也離不開大夫，普天之下那些庸醫，能如我天不絕的弟子好使兒？如今她這半罐子的醫術，豈能頂用？」

花顏頓時沒了話。

秋月立即說：「小姐，奴婢願意在這裡跪三天，多謝師父再度收留。」

天不絕哼了一聲，似乎總算消了氣，轉身就走。

花顏無奈，想著天不絕還願意收留秋月學醫，只跪三天已經算是輕罰了，她對秋月說：「他說三天，沒說三天三夜，所以，晚上自然是不必跪的，白天就忍忍吧！」

天不絕聽得清楚，剛走不遠的腳步忽然停住，消了的怒意又生起：「混帳東西，就是三天三夜，你少抓住老頭子話語上的漏洞讓她從中偷懶躲罰。」

花顏不客氣地板起臉：「沒有武功的人跪三天三夜，一雙腿會廢的，你想要一個雙腿廢了的弟子？」

天不絕怒意不減：「跪廢了腿，老頭子我再給她治好。」

花顏沉下臉，不再說話，只盯著天不絕。

天不絕似乎極受不了她這個盯法，與她對視片刻，氣怒地揮手轉身，丟下一句話：「就按你說的，三天就三天，不算三夜。」

花顏露出笑意，轉頭對蘇子斬說：「走吧。」

蘇子斬點點頭。

來到那幾排房舍前，天不絕已經不見了蹤影，有一對聾啞夫妻迎出來，這對夫妻四十多歲，見到花顏極為歡喜，用手與她高興地比劃著。

花顏笑吟吟地用手語與二人交流了片刻，那夫妻二人連連點頭，去了廚房。

花顏指著中間一排房舍，對蘇子斬說：「中間那一排屋子，你自己選一間住，其餘的房間，可以讓你帶來的隱衛住。」

蘇子斬點點頭。

花顏又說：「我與秋月住在最前面這排，我住在最左邊的房間，最後一排是老頭子的專屬地盤，他剛剛衣服皺巴巴，估計是搗鼓了很久的藥沒睡覺，這時候想必是去補眠了，他毛病很多，他不找你的時候，儘量不要去找他，有什麼事兒，找我就行。」

蘇子斬又點點頭。

花顏揚著臉看著他笑：「自從來了這桃花谷，你怎麼看起來這麼乖覺啊？有點兒不像我認識的子斬公子了。」

蘇子斬眸光深邃：「既然來了這裡，自然一切都要聽你的。」

花顏收了燦笑的模樣，轉而抿著嘴角笑，對他直白地問：「若是天不絕能治好你的寒症，以後這一輩子，你都聽我的怎麼樣？」

蘇子斬知道花顏從來就是一個大膽的人，但是沒料到她竟能如此公然大膽地問他這麼直白的話，他一時間身子僵硬，俊逸絕倫的臉從耳根子爬上紅暈。

花顏看著頃刻間化成木雕的人，欣賞著他一雙冰雪的容貌染上紅暈，她笑著等他消化了一陣自己的話，才再次問他：「怎樣？」

蘇子斬猛地扭開頭，背轉過身子，好聽的嗓音帶著幾分僵硬和顫意地說：「等他治好我再說吧！」

花顏低笑：「你便這般沒信心？不能提前先應我？」

蘇子斬面上的紅暈瞬間褪去，抿緊嘴角說：「我的信心從來就不多，怕如今應了你，便再也沒了。」

花顏暗暗地歎了口氣，明白他的複雜心思笑著說：「好，我如今先聽你的。」

蘇子斬聞言慢慢地轉過身，眸光凝定地看著花顏。

「這桃花谷裡，除了天不絕外，只有聾啞的阿叔和阿嬸，他們只負責做飯，其餘的都不負責的，所以要自立更生。幸好你帶來了隱衛，這桃花谷輕易進不來人，你的隱衛可以隨意走動，讓他們幫你打雜。」花顏笑著說。

蘇子靳點點頭。

花顏又笑著說：「阿叔阿嬸見我們來了很高興，會做一大桌子菜，估計你還要稍微多餓些時候。你可以先讓人去燒水給你抬到房中沐浴，然後再去飯廳吃飯。」話落，她伸手一指，「廚房邊上那間大屋子就是飯廳，每日辰時、午時、申時在那裡用飯。」

蘇子斬又點了點頭。

花顏瞧著他，又忍不住地笑開：「你這般乖覺的樣子，讓我真忍不住想逗弄你，奈何也只能忍著了。」便抬步朝自己的房間走去。

蘇子斬站在原地不動，看著花顏纖細的身影進了房間，直到她關上房門，他才收回視線，低下頭，看著地面。

桃花谷滿谷桃花香，暖風拂過，他覺得前所未有的暖意包裹著他的周身。

有多少年了，他除了京城四方之地，從沒來過這麼遠的地方，當年孤身一人剿平黑水寨，也只不過走出了京城五百里而已，如今卻是真真實實地站在了兩千里外。

以前，他從不敢想，自己會因為一個人，被她不告知緣由地引出京城，沒有任何顧忌，乾脆地離了京來赴她單方面決定的約。

這種感覺……

不問她如何擺脫了雲遲的看顧，也不問她他所不瞭解的她的一切，什麼都不問，便這樣聽從了她的安排。

他低著頭，心中久久不能平靜。

「公子。」青魂悄無聲息地現身，在昨日他得知這桃花谷裡住著的竟然是無數人遍尋不到的妙手鬼醫天不絕時，激動得比看到安十六送去給公子的那些世間難尋的名貴藥材還要激動。

有天不絕的醫治意味著什麼？跟隨在公子身邊的所有人都知道，是公子的命。

蘇子斬慢慢地抬起頭，看了青魂一眼：「她說的話你都聽到了？便按照她所說的辦吧！」

青魂應是：「公子放心，屬下等定悉聽姑娘的吩咐。」

蘇子斬點點頭，緩緩抬步向花顏指給他的那一排房舍走去，選了最左邊的一間房間，住了進去。

青魂依照花顏的吩咐，召集出十三星魂，吩咐了下去。

於是，一等一的不見光的隱衛，第一次見了光，皆光明正大地住在了那一排房舍，俐落地承擔起了收拾房間，端茶倒水打雜的活。

蘇子斬沐浴之後，去了飯廳。

花顏已經坐在飯廳裡喝茶了，她的頭髮濕漉漉的，還滴著水珠，顯然也是剛沐浴完，她似是有些熱，面頰微微紅，額頭有細微的薄汗，袖子挽著，露出一小截手臂，雪肌玉膚，手腕上的那只翠玉手鐲隨著她端著杯子的動作輕晃，碧綠的顏色剔透晶瑩得晃人眼睛。

蘇子斬腳步微頓，凝定了片刻，微微移開視線蹙眉：「怎麼未曾絞乾頭髮？」

花顏端著茶盞看著他微笑，吐出一個字「懶。」話落，指了指身邊的位置，「坐。」

蘇子斬緩步走到近前，坐下身，道：「仔細染了風寒。」

花顏晃動著杯中茶水，心情很好地說：「無礙的，反正天不絕一副藥就會好。」

蘇子斬挑眉：「你喜歡喝藥？」

「藥湯子苦死個人，誰愛喝啊？」花顏癟嘴，驀地想起了雲遲曾對她喂苦藥湯子的事兒來，著實刻骨銘心，身子頓僵，臉色一下子難看起來。

蘇子斬敏銳地注意到了，對她說：「我幫你運功烘乾吧！」

花顏放下茶盞，面上的神色略緩，沉默地點了點頭。

蘇子斬輕輕抬手，不碰觸花顏的頭髮絲，瞬間便將她一頭濕髮烘乾了。

他撤回手，看到她頭髮絲沾染了一層霜色，面色倏瞬一沉：「我竟忘了，我這武功卻是不能用來做此事的，你可覺得冷？」

花顏瞧著他神色，頓時笑了：「不曾覺得冷，我剛剛沐浴完覺得這天氣太熱了，如今正好。你不知道，每年一入夏，我便要受苦夏之苦，恨不得隨身帶著冰。如今有你在身邊，以後興許不怕苦夏了。」

蘇子斬神色略緩：「這樣說來，這雙手還是有些用處的，可以運功做些冰鎮之物。」

花顏笑著點頭：「自然是有用處的，用處大著呢，不止祛熱，還能做些冰冷的吃食，在苦夏的時候，最是涼快了。」

蘇子斬也笑了。

阿叔阿嬸沒讓花顏和蘇子斬等太久，便擺上了滿滿的一大桌子飯菜。

花顏招呼他們一起吃，二人卻又比劃了一陣，笑著出去了。

蘇子斬不懂手語，問：「他們說什麼？」

花顏笑著解惑：「他們說，他們去招呼你帶來的人，與那些人一起吃，都是客人，不能怠慢。」

話落，見蘇子斬微笑，她也笑道，「阿叔和阿嬸的廚藝極好，你每樣都吃些，喜歡哪樣告訴我，我讓阿叔和阿嬸以後給你多做來吃。」

蘇子斬頷首：「好。」

天不絕睡眼迷糊地掐著點兒邁進飯廳，便聽到了花顏這句話，忍不住冷哼：「死丫頭，你何時會這般關心人了？」

花顏瞅了他一眼：「今日才會的。」

天不絕看向蘇子斬，又將他從上到下打量了一遍說：「你小子好福氣啊！要知道這個死丫頭，長這麼大，最會的事兒就是整人，可從來不太會關心人的。」

蘇子斬似是不知該說什麼，沒接話。

天不絕大步走進來，坐在椅子上，揉揉眼睛，說：「本來老頭子我早已經立下規矩從此不再行醫為人治病，但十年前，她偏偏抓了我，死活讓我為一個小子診治，我老頭子用了七年的時間，日夜施救，將那小子給救活了命。本以為這餘生清靜不再受她叨擾了，卻沒想到，她又將你送了來。」

蘇子斬看向花顏，訝異：「十年前，她才六歲吧？就能抓了你嗎？」

天不絕用鼻孔哼哼：「這個死丫頭，她滿肚子的壞水和鬼心眼子，她雖然抓不了我，但是她身邊多的是得用的人，小小年紀就已經是禍害了。」

蘇子斬不再說話。

天不絕忽然發現了什麼，新鮮地看看花顏，又看看蘇子斬，問：「你這小子似乎對她不甚瞭解？」

蘇子斬點頭：「是不太瞭解。」

天不絕稀奇了，嘖嘖了兩聲，問：「那你瞭解她什麼？」

蘇子斬不答。

天不絕盯著蘇子斬看了片刻，忽然大笑了起來，對花顏說：「死丫頭，原來也有你拿不下的人。」

花顏專心地吃著飯菜，當沒聽見。

天不絕喝了兩口茶，拿起筷子說：「一會兒吃過飯後，我給你把脈。」

蘇子斬點頭：「有勞前輩了。」

天不絕不再說話，似乎餓了，風捲殘雲起來，花顏瞧著他，再瞧瞧蘇子斬，這個在谷外等了一天一夜的人，吃飯卻是極為斯文，落筷也極為優雅。

她想起梅舒毓說他曾經德修善養，是真正的世家公子，想必就是這樣，沒有冰寒，沒有風霜，靜謐如一幅畫的樣子吧？

她不由得露出了笑意。

用過晚飯，天不絕對蘇子斬說：「將你的手伸過來。」

蘇子斬將手依言伸了過去。

天不絕伸手給蘇子斬把脈，他把脈的時候，一改暴脾氣，十分的認真，待將兩隻手的脈都把完，便眉頭緊鎖，靜坐著沉思起來。

花顏不打擾他，等著他想完開口。

蘇子斬的面色十分平靜，似乎哪怕他說個不能治，也不會讓他失望崩潰。

天不絕尋思了很久，才看向花顏。

花顏瞧著他的神色，道：「有什麼話，能不能治？直說就是。」

天不絕道：「有一個辦法，興許可以一試，但就看你敢不敢付出代價了。」

花顏嗤笑：「你這話豈不是廢話？只要能救人，不惜一切代價。」

天不絕點頭：「你若是這樣說，那麼，就去奪南疆的王之蠱，也就是蠱王吧！」

花顏一怔。

蘇子斬也怔了。

天不絕道：「他的寒症是從娘胎裡帶出來的，又長這麼大，如今已經毒入了心脈，若不是一直有好藥吊著命，壓制著，早就變成一具枯骨了。如今你這是讓我從鬼門關口給你搶人。」

花顏沒說話，靜待下文。

天不絕又道：「落下寒症的根源，原是追蹤到母體曾經中過寒蟲蠱，這寒蟲蠱本就是南疆最霸道的三大蠱毒之一，想必當年他母親解蠱毒的時候，也借用了南疆的蠱王。這蠱王是南疆至寶，不能入南疆皇室以外的人體，否則就給吞噬了，再不復有。所以，解寒蟲蠱時，用的是外引出寒蟲蠱，才會落下寒症之體，由母傳到了子身上。」

花顏看向蘇子斬。

蘇子斬慢慢地點了點頭。

天不絕又道：「如今唯一的辦法，只能利用蠱王入體，將他體內的寒症一寸寸一絲絲地拔出來。除此之外，再無別的辦法。畢竟蠱王是萬蠱之王，寒蟲蠱也要向它臣服的。」

花顏抿唇：「有了蠱王，你有幾成把握？」

天不絕伸出手指頭：「九成。」

花顏又問：「需要多久？」

天不絕看著她：「也許一年，也許兩年，也許如你哥哥一般，七八年，說不準。」

花顏當即沉下臉：「老頭子，你知道糊弄我的後果。」

天不絕鼻孔朝天地哼哼：「死丫頭，你當從閻王爺定下的生死簿上搶人是那麼容易的嗎？他出生就帶著這寒症，如今十九年了，若是到了二十歲生辰，再不解，就必死無疑了。」話落，他看向蘇子斬，「距離你二十歲生辰，還有三個月吧？」

蘇子斬沉默地頷首。

花顏眉頭皺起，相信了他的話。

天不絕道：「所以，你考慮考慮，到底要不要去奪南疆的蠱王，要不要救他。畢竟他只有三個月可活了。沒有蠱王，有再好的稀世珍寶的名貴藥材都沒用。」

花顏冷聲問：「除了蠱王，還需要什麼？」

天不絕看著她沉靜的模樣，嘿嘿地笑：「其餘的自然還有，但憑你的本事，不會比這蠱王更棘手的。」

花顏喝了一口茶，放下茶盞，道：「行，我去奪南疆的蠱王，其餘的你現在就列張單子，我讓人弄。」

天不絕看了一眼蘇子斬，見他神色沉暗，又盯向花顏：「小丫頭，南疆的蠱王不好奪啊，你若是真奪到了，怕是自此後會受那幫南蠻人滿天下的追殺，傾你花家之力周旋也不見得能落得好，也許你一輩子都不會得個清靜，處處要防著殺手，為了這小子，你豁出去了？」

花顏瞥了他一眼：「廢話真多，列單子吧！」

天不絕見花顏似乎心意已決，又嘿嘿地笑：「我也想見識見識蠱王，既然你心意已決，老頭子我就給這小子治了。」話落，他拿過紙筆，大手一揮，足足寫了一盞茶的功夫，寫出了滿滿的一疊需求單子，遞給了花顏。

花顏接過單子，仔細地過目了一遍，也不給蘇子斬看，逕自地揣進了懷裡。

天不絕對蘇子斬說：「從明日開始，我便每一日早中晚為你行針一次，每三日藥浴一次，先提前疏導你身體經絡血脈，待她三個月內奪來了蠱王，我就開始用蠱王給你診治，你要有心理準備，辛苦得很，花灼那小子堅持了七年，但願你比他好治點。」

蘇子斬不語，沒說話。

天不絕轉身出了飯廳，打著哈欠繼續去補眠了。

花顏轉頭看向蘇子斬，見他又恢復冷如冰的神色，周身彌漫著濃郁的寒氣，快要將整個人都凍起來了。

她莞爾一笑，輕輕淺淺地說：「蠱王雖然難奪，但也不見得奪不來。」

蘇子斬轉頭對上她的眼睛，她眼中的眸光如清泉，照進他的影子，他抿了抿唇，道：「南疆的蠱王，是南疆王室的萬蠱之王，南疆王室靠蠱王立世，是世代傳承的至寶。你若是奪了南疆的蠱王，就是與整個南疆為敵。」

花顏不以為然：「為敵又如何？我還怕了他們不成？不就是滿天下的追殺嗎？你知道，我也不是個心慈手軟的，我的心腸硬得很，來多少，我殺多少，殺到無人敢殺我為止。」

蘇子斬沉默，面上依舊冰寒。

花顏看著他：「你這副神色，是擔心我奪不來蠱王，還是因為別的什麼，想放棄不治了？」

蘇子斬不語。

花顏瞇了瞇眼睛，忽然身子一歪，懶洋洋地趴在了桌子上，漫不經心地說：「有時候人活著的確是比較辛苦，沒有死了乾脆，進了鬼門關，走過奈何橋，看過彼岸花，喝了孟婆湯，很快就又投胎了。」

蘇子斬抬眼看著她。

花顏笑了笑：「我知你活得不快活，興許在你看來，死了比較好。但是……」她凝視著他，目光有一種穿透人心的力量，聲音輕輕淺淺，似從天邊飄來，「蘇子斬，我願意為你努力一下，你說呢？給不給我這個機會，明說了吧。」

蘇子斬似被她的眸光定住，好半晌，才勉強移開視線，低下頭沉默片刻，又抬起，清寒的聲音平靜地說：「南疆王室雖然政權早已經名存實亡，但是數代來依舊占據著西南番邦的中心地位，依靠的便是傳承的蠱王。無數人想要奪蠱王，但是沒有人得手，包括南楚皇室和西南番邦的各個小國都想要，奈何蠱王唯南疆王室嫡系能掌控操縱，這便是南疆王室至今不倒的原因了。」

花顏眨眨眼睛，沒說話。

蘇子斬繼續道：「如今西南番邦動亂，雖然牽扯了南疆王室，但也不會推倒毀了南疆王室的王權，番邦各小國要的就是政權統一，有哪個小國可以從諸多小國中勝出，挾南疆王室以令諸小國，將番邦政權收攏於一體，不再各自為政，讓西南番邦大片土地歸一，所以，不惜互相殘殺，血流成河。」

花顏點點頭：「嗯，所以，你要跟我說什麼呢？」

蘇子斬目光深深：「雲遲一直以來對西南番邦用的是制衡之術，就是維持西南番邦各自為政的狀況，可是如今維持不住了。他前往西南番邦，為的就是不讓任何小國在動亂中達到掌控南疆王室的目的，所以，他要掌控南疆王室，然後，再讓諸小國依舊各自為政地聽命。」

花顏頷首：「所以呢？」

蘇子斬深深地看著她：「他要掌控南疆王室，必須要掌控蠱王，如果你奪了蠱王，就會造成比如今更混亂的動亂，畢竟，蠱王不僅是南疆王室的傳承，還是南疆立世根本，也被西南番邦各小國奉若神明，是不容許有失的。蠱王有失，入外人之體，等同於毀了南疆王室傳承，毀了西南番邦的萬蠱之源，他雖然一直想徹底收服西南，但沒打算現在動手讓西南徹底亂起來。」

花顏聞言揚了揚眉：「也就是說，我所求和他所求，背道而馳了？」

蘇子斬又沉默下來。

花顏直起身子，對他微笑，淡聲道：「江山社稷是太子殿下該想的事兒，我心中只有兒女情長，以及任性妄為，憑自己心意舒舒服服地過一輩子。西南番邦亂不亂我不管，蠱王能救你一命，我便去奪了蠱王。」

蘇子斬心裡一緊。

花顏又道：「太子殿下心中裝著江山天下，本就與我不是一路人，他要是為了南楚江山不讓我奪蠱王的話，我就與他勢不兩立。」

蘇子斬抿唇。

花顏又笑看著他：「至於奪了蠱王之後，以太子殿下的能力，一定會掌控得住，你擔心什麼？至於引來滿天下追殺我的人，我剛剛已經說了，我不怕的。」

蘇子斬依舊沉默。

花顏又眯起眼睛，盯著他看了片刻，笑著說：「你這副神色是告訴我，寧願死，也不想因為活命而破壞雲遲的計畫，為南楚的社稷著想嗎？」

蘇子斬看著她，冷嗤一聲：「他身為太子，自當以江山社稷為重，我又不姓雲，憑什麼誓死為南楚江山捨身盡忠？」

花顏聞言面色終於緩和下來，笑吟吟地說：「既然如此，你便聽我的吧，明日依照老頭子所說，仔細調理身體，三個月內，等我帶蠱王回來。」

南疆的蠱王有世代專司看顧蠱王的一批暗人，要奪蠱王比登天還難。所以，花顏覺得，她不能冒然前去，一定要好好籌謀一番。

首先，西南番邦如今正是凶險之地，她必須要解除被她哥哥封了的武功。

她打定主意後，見天色已晚，便繃起臉催促蘇子斬前去休息，自己則提筆寫了一封信箋，讓翠鳥帶著信箋傳信去了臨安花家。

她的功力，非哥哥不能解，她懶得奔波回花家，只能請他來一趟桃花谷了。

除了讓他解除她被他封了的武功外，有他留在桃花谷，可以代替她去準備天不絕提出的那些要求，尤其是大批的用於藥浴的藥材，她要去奪蠱王，沒有心力，只能依靠他了。

秋月跪到了月上中天，揉著痠疼的腿起來，見花顏的房中亮著燈，推開門走了進去，喊了一聲：「小姐。」

花顏正拿著紙筆圖畫著什麼，見到她進來，笑著說：「我以為你死心眼地跪一夜呢，這裡有我讓阿叔阿嬸特意給你做的糕點，你墊補一下。」

秋月已經餓得前胸貼後背了，這些年跟著花顏在外，雖然常年在市井混，但也沒受過什麼苦，更被她教的沒那麼死板規矩，陽奉陰違的事兒沒少做，所以，當即淨了手吃了起來。

花顏繼續勾勾畫畫。

秋月幾塊糕點下肚，空空如也的肚子裡舒服了不少，才看著花顏問：「小姐，您在寫寫畫畫什麼？」

花顏頭也不抬地說：「在謀劃一番，看看怎樣去西南番邦奪了南疆的蠱王。」

秋月睜大眼睛，大驚：「為何要奪了蠱王？」

花顏三言兩語地將蘇子斬的寒症非蠱王不治的話說了一遍。

秋月咋舌，半晌才憋出話：「您要去南疆奪蠱王，那豈不是會遇上太子殿下？」

花顏哼了一聲：「他就是我的天敵。」

秋月覺得這話真沒錯，哀歎：「您若是遇上太子殿下，該怎麼辦啊？」

花顏輕嗤：「能怎麼辦？蠱王我是一定要的，我也不怕與他對上。」

秋月無言：「聽說蠱王十分難奪，看顧蠱王的人，是累世南疆傳承蠱王一脈的暗人，他們等同於活死人，是殺不死的，要想讓他們死，除非用火燒，將之化為灰燼。若是一不小心被他們近身，就會中蠱，輕者為蠱所控，重者也會如他們一樣，成為活死人的蠱人。」

花顏點點頭：「你瞭解得還挺多。」

秋月小聲說：「是在東宮的藏書閣看到關於這些記載的。」

花顏不再說話。

秋月又看了花顏幾眼，小口小口地繼續吃糕點，又忍不住開口：「小姐，您沒有武功，不能這樣去南疆的，太危險了。」

花顏點頭：「所以我傳信了，讓哥哥來，為我解了武功。」

秋月眼睛一亮：「公子……會同意您去嗎？」

花顏笑了笑：「會的。」

秋月小聲說：「讓公子將奴婢的武功也解了吧？」

花顏放下筆，對著畫出的圖看了片刻：「我不打算帶你去，你就留在這裡和天不絕好好地學醫術吧，順帶哥哥來了這裡，一時半會兒也會留在這兒不會離開，你趁此機會與他培養感情。」

秋月一驚，脫口說：「不行，您要去奪蠱王太危險了，奴婢必須跟著照應您。」

花顏抬起頭，瞅著她笑：「行啊，乖阿月，沒被哥哥吸走魂兒，還知道想著我，也不枉我疼你。」

秋月臉一紅。花顏對她搖頭：「我如今才認識到，醫術是何其重要，若是沒有天不絕的醫術，蘇子斬就沒救了，趁著他那把老骨頭還結實，你就留在這裡，將他的醫術都給我學盡了。我不想這老頭子死了，醫術無人傳承，以後我再想救誰，束手無策。」

秋月看著她：「那您……」

花顏道：「我會帶上臨安花家半數的隱衛去，在去之前做好萬全的準備。」

秋月點點頭：「好吧，奴婢聽小姐的。」

第二十九章　傳遍懿旨絕後患

第二日天亮，秋月又去原地跪著了，花顏也早早醒來，在河邊散步，見到立在一株桃花樹下的蘇子斬，她停住腳步，隔著些距離看著他。

緋紅的衣袍，清瘦俊秀挺拔的身子，桃花瓣隨風落下，落在他頭上肩上。

青山綠水桃花岸，公子紅衣美如畫。

蘇子斬似有所感，微微側過臉，便看到了花顏，對上她的目光，微微一怔，嘴角慢慢的微微的彎起一絲弧度，極淺。

花顏忽然伸手捂住眼睛，心裡又罵了一聲妖孽。

蘇子斬離開樹下，來到花顏面前，停住腳步，手指摸了摸玉扳指，對她說：「我暫不留在這裡行針藥浴，與你一起去南疆可好？」

花顏放下擋著眼睛的手，堅決果斷地說：「不好。」

蘇子斬皺眉，眉眼又浸滿寒意。

花顏解釋：「你放心，臨安花家不是如世人所想，窩窩囊囊地活在這世上。我花家傳承立世千年，傳承和保存的東西，讓我即便站在天下任何人面前，都可以趾高氣揚地抬著下巴看人。包括當今的皇帝，太后，也包括雲遲。所以，你安心在這裡待著，時間不多了，你必須儘快讓他幫你調理身體，屆時我拿到蠱王，才能立即使用。」

蘇子斬有些訝異聽到這番話，但又很快就明白了一直以來他隱約深想過的疑問。

花顏憑什麼能與雲遲鬥了一年多，反被她處處牽制。

花家定不如外界所想。但一直以來，花家是真真實實地讓人抓不住什麼？從懿旨賜婚，多少人查花家，可是查來查去就是一個排不上號的小世家而已，也正因此，所有人才覺得花顏配不上雲遲。

他太瞭解雲遲了，以他的謀算心計，若不是臨安花家不能動，他怕是會毫不客氣地以花家來威脅她，如今恐怕早已經大婚了。

花顏對他輕笑：「無論天下多少人查花家，都是登不得大雅之堂的一個小家族，那是因為花家人不管有什麼本事，過的真真正正就是平常尋常的小日子，有史以來，沒人張揚過。」

蘇子斬恍然：「原來是這樣，虛則實之，實則虛之。」

花顏點頭：「這是花家的立世根本，花家的老祖宗太過透澈，世上你爭我奪的事兒太多了，爭來搶去，頭破血流，到頭來，生不帶來死不帶去。所以，他立下規矩，花家人，不論朝代如何更替，守著臨安過小日子就好。花家的立世之道，就是不往明君跟前湊，昏君自有別人去收拾。只求子子孫孫平安康泰。」

蘇子斬輕歎：「怪不得，有這等立世之道，多少朝代更替，多少世家死了活了又死了，唯臨安花家，屹立千年不倒。」

花顏點頭：「每一代，都由嫡系子孫來守護花家所有人，身為嫡系子孫，出生就該擔負起責任。手裡握著連帝王都可平視的暗力，但也要受常人不能受的非常之苦。但凡嫡系子孫，不論男女，都是一樣。但我比先輩們命苦，哥哥出生起就有怪病，我這個嫡出的唯一妹妹，在他的病沒好之前，只能擔下全部的擔子。」

蘇子斬因為花顏的一番話，終於瞭解了花家這座隱世的大山。

天下諸多世家大族，站在明面上，世人眼裡受人推崇，風光無限。殊不知，依附皇權，同時也掣肘皇權，讓他們的日子過得飄搖。

臨安花家，是一個特殊的存在。

所謂，大隱隱於市，便是這個道理。更何況舉族大隱隱於市，便是一種境界。

蘇子斬感慨：「花家先祖，真非常人。」

花顏笑著點頭，她鮮少佩服什麼人，但是對於花家先祖，從出生後一直佩服至今，且還會一直佩服下去，每一年開祖祀瞻仰先輩畫像時，她都會多給那位燒三炷香。

蘇子斬看著她：「可是，我還是不放心你。」

花顏聞言抿著嘴笑：「讓你這冷得跟冰渣子一樣的人能說出這一句話來，我也算是圓滿了一半了。」話落，盈盈眸光瞧著他，將他瞧到臉紅轉過頭去，她才笑吟吟地繼續說，「我會準備萬全，你就將心放進肚子裡好了，你也少擔些心，免得天不絕手不留情多扎你幾針。」

蘇子斬揉揉眉心，忍不住失笑，問：「什麼時候動身？」

花顏「唔」了一聲，「等著我哥哥來。」

蘇子斬眉目微動，放下手，問：「臨安花灼？」

「嗯，就是他。」花顏笑嘻嘻地說，「他可是你的榜樣，等他來了，你多與他交流學習，他為了治病，日夜熬了七年，終於將病給去了。從出生起，他就被關在屋子裡，光不敢見風不敢吹，可是如今，堂而皇之地走在太陽下，還親自動手封了我的武功，聰明得讓人嫉妒。」

蘇子斬有了興趣：「好，定會與他好好討教一番。」話落，驚異，「你竟然不是沒有武功？

而是被他封了嗎？」

「是啊。」花顏點頭，笑著說，「你曾經還查過我的脈呢，被騙了吧！」

蘇子斬對她伸手：「將手給我，我再試試，什麼封功手法，竟然這般厲害！」

花顏將手給他。

蘇子斬按在了她脈搏處，半晌，脈象還是如普通人，他撤回手：「委實探不出來。」

花顏得意地笑：「他用的是臨安花家的不傳之秘，我也會的，可惜，我貪玩，沒他學得專心精通，自然不如他強，他把我的武功一封就是三年。著實可恨，導致我翻牆逃跑，還需要人搬梯子，且跑不了多久就會被他抓回去。」

蘇子斬聽得有趣：「所以，你如今等他來，給你解開封鎖的武功，再去南疆？」

花顏點頭：「嗯，我還是愛惜小命得緊，沒有武功，不敢去那動亂的地方。」

蘇子斬又收了笑意。

花顏瞪著他：「你這個人，說你討人喜歡吧，的確是討厭極了，說你無趣吧，也是有的。我都跟你說了這麼多了，你能不能不要想起蠱王來就寒著臉了？」

蘇子斬無奈地又揉眉心：「好，應你。」

花顏頓時笑顏逐開。

蘇子斬看著花顏，想著她真的是一個極好哄的女子，只要將她想要的擺在她面前，她便萬事都可放下，用滿臉的陽光明媚待人。

他的心跳了跳，有些不受控制。

花顏想著，雖然不是花前月下，但如今也算是桃花日下，談情說愛什麼的，極風和日麗的，奈何這個人，沒治好身體之前，定然是不容她再近一步的。

她扼腕地想著，辜負這好春光夏日山水桃花了。

用過早飯後，天不絕帶了蘇子斬去行針，花顏想跟著去看，被天不絕一個瞪眼，給瞪得停住了腳步。

天不絕給蘇子斬足足行針了一個時辰，行完針後，他被送回了房。

花顏終究是坐不住，跑去他房裡看他，便見他趴在床上，臉色蒼白，單薄的衣衫透出後背隱約的血漬，那血跡是紅褐色的，她走到門口，腳步一頓，還是邁進了門檻。

蘇子斬本來閉著眼睛，聽到動靜，微微轉過頭睜開眼睛，看著她。

花顏三兩步便來到床前，背著手攥了攥，對他輕聲問：「是不是很難受？」

蘇子斬搖搖頭：「還好，小事兒而已，不算什麼，我受得住。」

花顏是親眼看過天不絕給花灼治病行針的經過的，幾乎身上每一個穴道都被扎了針，更甚至，她曾經見過，密密麻麻的針布滿整個後背，數都數不過來。那時她還小，天不絕初初給他哥哥治的時候，她「哇」地一聲就哭了，被天不絕毫不客氣地趕了出去，從那之後，再不讓她看了。

她左右手互攥了半天，終究沒忍住，拿到面前來，攥住了蘇子斬搭著的手。

蘇子斬身子一顫，手幾乎反射性地就要往外抽，但看著花顏眼底的神色，便任她握住了，嗓音有些啞地取笑說：「你這副樣子，似乎快要哭出來了，這般沒出息？」

花顏緊緊地攥著他的手，就如那一日在道靜庵門口死拉著他叩門時一般，倔強地繃著臉說：「我就是沒出息，又怎樣？誰規定我必須時時刻刻有出息了？」

蘇子斬被她說得啞口無言：「說不過你。」

花顏心情好受了些，一屁股坐在地上，身子順勢趴在床邊，感受到他的手寒涼入骨，忍不住想傳遞給他溫暖，便不停地摩擦他的手骨。

蘇子斬終是受不住，撤回手，塞進被子裡，紅著臉說：「你坐在地上做什麼？地上涼快起來，女兒家怎麼能這般不愛惜自己？」

花顏聽著這話有訓斥意味，撇嘴嘀咕：「我真是絲毫不懷疑梅舒毓說你曾經是君子端方，德修善養了，這般說得好聽是令人喜歡，說得不好聽就是不懂情趣。」說完，便從地上爬起來，坐去了遠處的桌子前。

蘇子斬似是想起了什麼，臉上的紅暈漸漸地褪去，沒說話。

花顏倒了一盞茶，問他：「喝水嗎？」

蘇子斬搖頭。

花顏逕自喝著茶，與他說閒話：「你興許要在桃花谷住很久，京城武威侯府那……」

蘇子斬打斷他的話，冷著聲音說：「我即便是死了，與武威侯府也沒什麼關係，不用管。」

花顏聽他這樣說，便也意會地明白他是不打算告知了，點頭：「的確是越少人知道桃花谷這個地方越好，畢竟若是知道的人太多，難保沒有人來窺探究竟，不利於給你治病。這樣安靜的地方，適合治病，也適合養病。」

蘇子斬點點頭：「這樣的地方極好。」

陪著蘇子斬坐了一會兒，青魂帶著人抬進來一桶水，花顏知道他定是要清洗血汙的，便放下茶盞，識趣地走了出去。

秋月被太陽晒得頭皮發麻，跪著的身子顫顫巍巍，卻咬牙忍著。

花顏來到秋月面前，一屁股坐在青草地上，對她說：「要不要我給你撐傘？」

秋月抬眼瞅著花顏，癟癟嘴，有些委屈地說：「奴婢這些年都是被小姐給嬌慣的，連這一點兒苦都受不了。若是讓您給我撐傘，師父更會罵我了。」

花顏好笑地看著她：「那句『吃得口中苦，方為人上人』的話，我卻不怎麼為然的。可以不吃苦的時候，憑什麼非要自虐地找苦吃？你嬌氣就嬌氣唄，也不犯罪。」話落，她拍拍屁股站起身，「你等著，我去給你找傘。」

秋月點點頭。

花顏很快就找來了一把傘，不費力氣地撐開，給秋月擋著太陽，陪著她說話。

秋月忽然覺得這樣跪著，一點兒也不難受了。

天不絕從藥房出來，便看到了那二人，臉色鐵青地哼了又哼，嘟囔道：「怪不得秋月那死丫頭非要跟著花顏那死丫頭走，當年說什麼也留不住，這般個對人好法，誰還能離得開她？」

蘇子斬沐浴之後休息了一會兒，從房中出來，便也看到了那二人，一個跪著，臉上全是笑，一個撐著傘，懶洋洋地說著話，臉上也帶著笑，他眸光微凝，便倚著門框看著。

從來沒有主子會為奴婢打傘，世家大族裡從來沒有不說，小些的富貴人家也沒有誰會這麼做。很多主子都擺著高高在上的姿態，奴婢在主子面前要卑躬屈膝。

而在花顏的眼裡，秋月雖然稱著奴婢，但卻是與她平等的。

秋月眼角餘光看到了遠處門口站著往這邊看的蘇子斬，小聲說：「小姐，子斬公子在看著您呢？」

花顏慢慢地回頭，頓時笑了，又扭回頭，對秋月眨眨眼睛，悄聲說：「他這彆扭的性子，真是折磨死個人，我如今沒了婚約束縛了，他卻依舊不應我，我卻也捨不得對他用手段，哎！」
秋月大樂，也悄聲說：「小姐，當年遊方道士為您算命，說您情路波折，原來是應在這裡呀！」
花顏也笑了起來：「也許還真是，那臭道士的破嘴，若是有朝一日再見，我非要撕爛了他的嘴。」

桃花谷如世外桃源般的寧靜，外面的天下卻熱鬧喧天。
萬奇快馬加鞭回到京城，對病中的太后稟告了前往臨安花家送懿旨的經過，說完之後，跪在地上跟太后請罪。
太后聽完萬奇所言，臉色青白紅紫許久，怒著聲音問：「你是說你身邊出了奸細？而你竟絲毫不知？被人換走了懿旨？追蹤下去之後，發現懿旨是被臨安花家的人奪了？」
萬奇慚愧地點頭。
太后很難消化這個消息：「連哀家的隱衛，都被臨安花家收買了嗎？還是臨安花家早就埋在宮裡的暗人？只不過是哀家一直不知道罷了。」
萬奇也不知是哪種，垂首道：「卑職不知，未曾追查到陌三。」
太后沉著臉說：「總之，懿旨已經到臨安花家了？東宮的人沒得手？」
萬奇應是。
太后心裡一時說不出是什麼滋味，本來事情如她所願，毀了這樁她一直不滿的婚事，她該高興的，可如今聽著這經過，讓她舒服不起來，尤其是想到雲遲，更是憋在心口堵得難受。

她閉了閉眼，似乎一下子老了幾歲，說：「你說見到的人是臨安花家的公子花灼？就是花顏那個自小生有怪病的哥哥？他什麼樣？」

萬奇想起花灼，雖然沒看到他的容貌，只一個背影，但那周身不容許人觸犯的氣息，讓他和幕一都沒敢造次，便如實地說：「卑職和幕一只看到他的背影，深不可測，未敢對他的話置喙，不是一個好相與的人。」

太后猛地咳嗽起來。

萬奇聽著太后咳得揪心，想著太后這是心病，怕是難好了。

周嬤嬤連忙給太后撫背，端茶，侍候了好一陣，太后才止了咳，對萬奇道：「臨安花家，看來是哀家小看了他們，怪不得先帝臨終前，與哀家說那樣一句話，不要惹花家人，哀家當時沒放在心上，如今總算體會了，藏得可真深，竟讓東宮的人都奈何不得。」

萬奇大驚，先帝臨終竟有這樣的交代嗎？太后一直未說，無人得知。

太后擺擺手：「罷了，你下去吧！不必領罰了。皇上若是派人傳你，你便如實告知。」

萬奇沒想到太后輕易便放過了他，試探地問：「那陌三叛變……」

太后依舊擺手：「不必追查了，便當沒這個人吧！」

萬奇應是，悄悄地退了出去。

太后閉上眼睛，對周嬤嬤說：「興許是哀家錯了，該聽你勸，不該草率決定。」

周嬤嬤心疼地說：「您也是為了殿下好，不育之症，擱在皇家，是不容許的。您只是做了您該做的，雖然太子殿下可能會對您生怨，但殿下也會理解您的。」

太后深深地歎了口氣：「是啊，哀家是太后，任誰坐在這個位置上，都會如哀家一般做的。他理解歸理解，怨還是會怨的。但做了就是做了，哀家也不後悔。」

周嬤嬤點點頭：「您要仔細身子。」

太后不再多言。

皇帝知道萬奇回宮後，果然如太后所料，命人將他傳到了帝正殿。有了太后的吩咐，萬奇自然不敢隱瞞，將經過詳盡地說了一遍。

皇帝聽罷，久久不語。

這普天之下，能有多少世家與東宮的人作對穩贏不輸的？

這一局，表面上是東宮輸了，但實則是天家輸了。

太后下悔婚懿旨，他未插手，如今這個結果，還是出乎了他的意料。

臨安花家，果然深不可測，怪不得養出花顏那樣不畏皇權的女兒。

皇帝擺擺手，一言未發地讓萬奇退了下去。

皇帝揉著眉心想著雲遲也該得到消息了吧？他會如何做呢？

花顏不育的流言依舊在天下間傳著，傳了幾日後又有了新的流言。那就是太后下了悔婚懿旨，臨安花顏與太子殿下取消婚事，花顏再不是太子妃。

流言先從京城傳起，起初不起眼，後來就如星星之火，燎原開來，傳得廣了。

臨安花家也臨摹出了上萬份悔婚懿旨，幾日的時間，如告示一般，貼滿了各州郡縣。

花家將太后親筆所寫的悔婚懿旨，版印公示給了天下人，讓人觀仰。

此舉真是前無古人，後無來者，出自花灼的手筆。

花灼傳達這個命令時，安十七不敢置信地說：「公子，您這是要……」

花灼好聽的聲音有些冷：「臨安花家，有立世的規矩，子弟不娶高門世家女，女子不嫁高門世家子，更不攀附皇權。太子雲遲一心抓著妹妹不放，我不信他是對妹妹深情似海。他這帝王路走得穩，心中裝著江山天下的人，怎麼會有兒女情長？她要妹妹，怕是不止為她這個人。」

安十七點點頭：「公子說得是。」

花灼道：「妹妹如今沒看到悔婚遺旨，沒法出手將懿旨公示天下，我便替她把這事兒做了，斷了太子雲遲再謀算的想法。她既喜歡蘇子斬，而蘇子斬也能為她一句話前往桃花谷，可見有心，將來脫離武威侯府，也不是不可能，若是他們締結，便是極好。」

安十七聞言更是對蘇子斬好奇了：「公子，您還沒見過那子斬公子，便有這般想法，是不是過早了？」

花灼笑了笑，「他能讓妹妹看重，必有過人之處。」

安十七想想也是。

各州郡縣因為悔婚懿旨，討論得甚是喧囂熱鬧。

花家將悔婚懿旨貼滿了各地，唯獨沒貼到京城，有意給落下了。

京城的人得到消息，有好事者命人騎快馬出京從最近的州縣城鎮拿回了一張懿旨，無數人伸長了脖子去看，早先對花顏羨慕的人都轉為了同情，無數人連連歎息。想著花顏不育，被太后親筆悔婚，以後何人敢娶？

京城各府邸都得到了這告示貼滿天下的消息，皇宮自然也得到了。

太后氣怒地說：「這花家可真是夠狠，是要絕了太子這個後患。」

周嬤嬤勸慰：「太后息怒，悔婚懿旨既然已下，太子殿下也回天乏術了，如今這樣一來，興許也是好事兒，殿下也能再擇選太子妃，免得世人不清不楚地亂嚼舌頭。」

太后深吸了一口氣：「皇上怎麼說？」

周嬤嬤道：「皇上什麼也沒說。」

太后道：「他該謝我，我做了他猶豫不決的事兒，不會毀了他們的父子情。他這些年，不像個皇帝，太子不能讓人給毀了，他比哀家更清楚。」

周嬤嬤點頭：「您的苦心奴婢懂，您這些日子都未曾睡安穩覺，這樣下去身子骨怎麼吃得消？」

太后點點頭，不再多言。

趙府，趙宰輔看著被府中人拿回來的告示，遞給趙清溪：「溪兒，你怎麼看？」

趙清溪看著告示，問：「爹，臨安花家真的將悔婚懿旨張貼得天下皆知？各州郡縣都有？」

趙宰輔頷首：「此事不假。」

趙清溪聞言說：「這樣說來，臨安花家做出此舉，真是讓人佩服。太后以花顏不育不懂閨儀不守禮數等十幾條指責之罪親筆下懿旨悔婚，按理說花家顏面盡失。但是偏偏將這樣的懿旨傳遍天下，也就是說，悔婚之事，花家是欣然同意的。」

趙宰輔點頭：「此事看來是可以這樣理解。沒想到，花家這般不可小視。」

趙清溪聰明，隱約也猜測出些什麼，說：「左右不關我們趙府的事兒。」

趙宰輔捋著鬍子頷首：「你說得對。」話落，轉了話題，「武威侯對我說，蘇子斬的婚事兒，他做不了主。如今蘇子斬身體不適，閉門不出，你對此事，可有想法？」

趙清溪搖頭：「女兒沒有想法，京中有諸多公子，未必非太子殿下和子斬公子，父親的眼界該放開些才是。」

趙宰輔點頭：「你說得對，是我老了，那此事便罷了。」

悔婚的懿旨被花家人所劫，且花家將太后悔婚的懿旨臨摹萬張貼遍各州郡縣，這則消息在沒多久後，便傳到了雲遲的手中。

幕一信箋的末尾，請示該如何行事。

此時，雲遲已經到了西南番邦的邊界之處，他勒住韁繩，看完信箋，駐足在原地，足足立了半個時辰，才碾碎了手中的信箋，一言不發地繼續前行。

未給幕一回信傳令。

此時京城已經入夏，但越往西南走，氣溫越是有些涼冷，西南境地花草樹木剛剛發芽，路上的行人都穿著厚厚的衣衫。

自從花顏離開後，雲遲一路來甚少說話。

雲影和東宮的暗衛們越發地謹慎小心，太子出京的消息不是秘密，越靠近目的地，越不能出絲毫差錯。尤其是即將到安書離出事兒的臥龍峽，所有隱衛們打起十二分精神。

雲影見雲遲自顧自往前走，似乎沒發現前方便是險地，靠近他低聲稟告：「殿下，前方十里處就是臥龍峽了，便是書離公子遭遇截殺之地。」

雲遲「嗯」了一聲，聲音有些低沉乾啞，「知道了。」

雲影聽到雲遲的聲音猛地一驚，問：「殿下，您可有不適？」

雲遲搖頭。

雲影仔細打量雲遲，心中還是敲起了警鐘，勸道：「殿下，您不眠不休地行路，恐怕到地方身體已經吃不消了，不遠處有一戶獵戶農家，歇一宿可好？」

雲遲道：「不必。」

雲影心下暗急：「殿下，身體為重。」

東宮府衛也齊刷刷地跪在地上：「殿下，身體為重。」

雲遲看著跪了一地的人，面色終於緩了下來：「便聽你們的吧！」

雲影鬆了一口氣。

獵戶人家裡只有一個老婆婆和一個年輕姑娘，老婆婆耳朵聾，眼神也不太好使，滿頭白髮，雲遲等人來的時候，她正弓著身子在籬笆圍的院子裡餵豬。

年輕的姑娘長得嬌俏，穿著一身粗布的勁裝，一手拿著一柄大弓，一手拎著一頭百來斤的死鹿，正對老婆婆說著她今日上山打獵的收穫，得意洋洋眉飛色舞，也不管老婆婆聽不聽得見。

小忠子先一步下馬，隔著籬笆牆的門向院子裡瞅了一眼，壓著嗓子詢問：「敢問姑娘，我家公子趕路累了，可否騰出個空屋子容歇息一晚？」

那年輕姑娘一愣，猛地回頭，看到牆外的人影，愣了愣，扔了手中拎著的死鹿，來到門口，沒立即開門，而是隔著門扉對外面的小忠子問：「你的意思是，要投宿？」

小忠子拱手見禮：「正是。」

那年輕姑娘搖頭，拒絕說：「我阿爺死的時候交代了，不准留陌生男人落宿。」

小忠子聞言向身後看了一眼：「這……不能通融？我等不是壞人。」

那年輕姑娘搖頭：「不是壞人也不行，只要是男人，就不行。」

小忠子看著這年輕嬌俏的姑娘，他一時沒了話。

「走吧。」雲遲的聲音從後方遠處響起，溫涼的，淡淡的。

小忠子只能轉身，以他家殿下的身分，還沒有到因為露宿而破壞人家規矩求人的地步。

那年輕姑娘聽到了一個極好聽的男聲，一時不受控制地好奇地打開了門扉，當看到遠處的雲遲，頓時癡了，口比大腦快地吶吶地問：「便是這位公子嗎？」

小忠子一聽有戲，連忙停住腳步：「敢問姑娘，可能通融？」

那年輕姑娘看著雲遲，臉不由得紅了，點點頭：「可……可以的……」

小忠子一喜，連忙看向雲遲：「主子？」

雲遲沉下臉：「走。」

小忠子心頭一跳，再不敢多言，連忙跑回去，翻身上馬。

雲遲縱馬在前離開，小忠子與府衛們齊刷刷地跟在了身後。

那年輕姑娘呆呆地看著人走遠，回不過神來。

老婆婆瞧見年輕姑娘站在門口，不知在看什麼，說：「丫頭，你在瞅什麼吶？」

年輕姑娘小聲說：「阿婆，那公子長得好俊啊，我從來沒見過那麼俊美的人，像是天上的人。」

老婆婆自然聽不見她說什麼。

縱馬行出一段路後，小忠子想著太子妃在時，殿下白日裡騎馬，晚上睡車裡，不會累倒的。

可是太子妃走了之後，殿下就不再進車裡了，整日的騎馬趕路，這樣下去，怎麼受得了？

他又想起，已經沒有太子妃了，那將來誰會是殿下的太子妃呢？

他私心裡覺得那位準太子妃，人其實真的是挺好的，哪怕跟殿下相處，雖然總是發惱，與殿下鬥智鬥勇，時常氣著殿下，但爭執的時候，從不會鬧得太難看，而殿下的臉上時常都是帶著笑的，似樂在其中。

可是如今，沒了準太子妃，殿下也沒了笑容了。

來到了臥龍峽，四下十分的安靜，連飛鳥都不見。

這一處峽谷是天險之地，僅容兩輛馬車錯身而行。兩旁的山上多是灌木荊棘，樹木高大濃密，十分適合藏人。

雲遲縱馬立在峽谷的入口處看了片刻，便縱馬進了臥龍峽。

雲影握住腰間的佩劍，緊跟在雲遲身邊保護。

臥龍峽的峽谷長約兩里地，在路程行出一半時，峽谷兩旁濃密的灌木叢中竄出大批的黑衣人，足有三四百，每個人的劍鋒閃著黑芒，顯然是抹了劇毒。

雲影大喝一聲：「保護殿下！」

他剛喊完，雲遲的劍已經出鞘，端坐在馬上的人凌空而起，眾人只覺眼前光影一閃，眼前已經倒下了十多名黑衣人。

這劍快得連雲影都沒看清，他心下大駭，多久不曾見殿下親自出劍了，顧不得多想，與十二雲衛齊齊出手，對上大批的黑衣人。

雲遲一招之後，並未收手，劍過之處，死屍一地。

這風雲變化不僅駭住了十二雲衛，也駭住了埋伏在這裡截殺的黑衣人。他手中的劍揮出，便如死神降臨一般，眼前必有數具伏屍。

夜，靜得黑沉。

一個時辰後，三四百名黑衣人盡數折損在臥龍峽，空氣中彌漫著濃郁的血腥味。

雲遲的劍連血都未沾，他端坐回馬上，還劍入鞘，眉目平靜。

雲影本想留一個活口，但看著最後一人被殿下刺死於劍下，他終是未言語一句。

雲遲溫涼的聲音沒有一絲情緒，吩咐：「化屍粉，全部都化了。」

雲影應是。不多時，數百死士在化屍粉下消失得無影無蹤。

雲遲繼續縱馬前行。

雲影與十二雲衛、東宮的護衛緊緊相隨。

小忠子跟在後面，血腥半點兒沒濺到他身上，他臉色發白地想著，這些不長眼睛該死來截殺殿下的黑衣死士，能讓殿下發洩一番，也算是有功一件了。

殿下從來沒有過這般的情況，可見取消婚事兒對殿下影響極大。

他是那麼想要抓住一個人，不惜身邊所有人都知道他執拗、強硬、任性，不該在太子身上出現的態度，他都悉數為之了，可是還是沒能如願，他心裡想必是血淋漓的。

小忠子看著縱馬走在前面的人，青袍未染血，但在夜色中凜凜生寒。

他終是受不住，雙腿一夾馬腹，縱馬上前，顫著聲音開口：「殿下，您何苦自己折磨自己？您喜歡太子妃，再將她搶回來就是了。」

雲遲聽見小忠子的話，猛地勒住了韁繩。

小忠子見這話奏效，當即又說：「懿旨悔婚，不是殿下的意思，是太后的自作主張，難道殿下就這樣認了嗎？想當初，太后下懿旨，花家不接懿旨，前往臨安花家傳旨的公公被打發回來，殿下拿著懿旨親自去了臨安花家，這事兒多新鮮，不合規矩，但殿下做了，誰又能不接受？」

雲遲不語。

小忠子繼續說：「如今太后懿旨悔婚，哪怕全天下人都知道了又如何？殿下不認，便不作數，待殿下回去再請皇上下一道聖旨賜婚，屆時，太子妃還是太子妃，誰又能說什麼？」

雲遲依舊不語。

小忠子見雲遲沒有發怒，大著膽子說：「殿下，奴才知道您喜歡太子妃，太子妃本就不是尋常女子，不能以常人來論她，哪怕懿旨和聖旨壓不住她，但那又怕什麼？殿下不妨再琢磨些別的辦法，比如，便用您自己死命地拴住她，雖死皮賴臉了些，只要殿下做的功夫多了，太子妃即便是石頭做的人，也會被捂化的。」

雲遲眉目終於動了動。

小忠子自小跟著雲遲，見將他開解得有了轉機，心下暗暗地大鬆了一口氣，又繼續說：「殿下，您是否想過，以前您對太子妃用的法子，其實都是用錯了的。您針對的不是太子妃這個人，而是她做出的事兒，總是太過被動了，不停地化解她弄出的麻煩，真正與太子妃相處，沒幾日而已。她對您不動心，就是她始終覺得因著您這身分隔閡得太天高地遠了，若是您日日與太子妃相處呢？所謂謀人謀心，殿下怎生糊塗了？」

雲遲忽然閉上了眼睛。

小忠子咬了咬牙，又下猛藥：「奴才聽民間的話本子，有那等生米煮成熟飯的說法，殿下若是……」

雲遲忽然低喝：「閉嘴。」

小忠子身子一哆嗦，頓時不敢再言聲了。

雲遲慢慢地睜開眼睛，斥責地說：「越說越不像話了。」

小忠子縮了縮脖子，縱馬後退了一步，低下了頭。

雲遲駐馬停頓片刻，深吸一口氣，什麼也不說地道：「走吧，繼續趕路。」

雲影瞧了小忠子一眼，難得第一次覺得這個小奴才雖然沒幾兩三腳貓的功夫，卻激靈的很，懂得開解人，怪不得殿下出門都帶著他。

出了臥龍峽，在出口處，黑壓壓的兵馬等在那裡。

雲影面色大變，一眼便認出這兵馬正是南疆王掌控下隸屬直編營的軍隊。也就是數日前傳回消息，書離公子先遇到了大批殺手，接著又遇到了這軍隊，然後，拼殺之下受了重傷，跌落懸崖，生死不明。

如今，他們的出口左側，可不就是萬丈懸崖？

這大批的兵馬，怕是比上萬還多。這麼多人，自然不能如對付那些黑衣人一般，悉數殺光。任誰也不會想到，書離公子遭的難，又重來了一次。

雲影握緊手中的劍，冷木的臉上滿是肅殺。

雲遲卻面無表情地勒住韁繩，看著對面上萬軍隊，足有數千人一字排開，手持弓箭，對準這出口，只要領軍者一聲令下，無數箭雨齊發，任你有再高絕的武功，不死也是重傷，唯墜下懸崖，才不會被射成箭靶子。

為首那人是個魁梧大漢，約三十多歲，膀大腰圓，留著絡腮鬍子，手裡同樣拿了一柄大弓，比尋常士兵的弓箭大一倍，見到雲遲從臥龍峽出來，立即盯緊了他。

雲遲對上那領軍的大漢，緩緩伸手入懷，亮出明晃晃的令牌，聲音涼薄平靜地說：「荊吉安，你這是做什麼？想讓本宮死在你的箭下嗎？」

那為首之人正是荊吉安，是直編營的副將，見雲遲直說出他的名字，一愣，舉著弓箭對準雲遲，哈哈大笑：「太子殿下，難為您貴眼，竟然識得出小人這個小人物。」

雲遲目光涼薄地看著他：「以前你在南疆王旗下是個不顯眼的小人物，這兩年卻不是了，不過我能識得你，也不奇怪。四年前，父皇壽誕，時值我監國攝政，四海來賀，南疆的使者團中，你也跟著的。」

荊吉安大駭：「當年西南番邦使者團數千人，殿下竟然能識得小人？」

雲遲平靜地看著他，淡聲說：「你如今舉著的是大弓，但當日你可是耍了一口大刀，想不讓本宮記住都難。」

荊吉安更是驚駭。

雲遲道：「你夜闖東宮窺探，本宮饒你一命，本是秉持愛才之心。」頓了頓，他眉目微挑，涼聲說，「今日你等在這裡截殺本宮，可是忘了當日我曾饒你一命之恩？」

荊吉安臉色唰地一白，咬牙看著雲遲涼薄的臉色，心中滋滋地冒著涼氣，半晌他仍舊鼓起勇氣：「西南番邦受制於南楚朝廷，臣服於南楚百年了，如今，我西南番邦有無數大好男兒，群起而反抗，未必脫離不了南楚自立。」話落，他弓箭穩穩地指向雲遲眉心，強硬地說，「太子殿下，念你昔日饒我一命之恩，只要你折返回去，不再理西南番邦諸事，我就不殺你了。」

雲遲冷冷地看著他：「你確定你能殺我？」

荊吉安咬牙說：「殿下若不信，不妨試試。」

雲遲冷眼看著他：「好，那我就試試。」

荊吉安瞅著雲遲，他神色不驚不慌，身後只跟著五十人，他真想不出面對他這般的陣仗，雲遲憑什麼能如此鎮定。他就不信他一萬多人對付不了這幾個人。

於是，他撐滿弓弦，身後的士兵也如他一般，只待他的箭發出去，其餘士兵的箭也就隨即射出去。

千鈞一髮之際，前方忽然傳來大地震動的聲音，似有數萬鐵騎而來，顯然是駿馬都釘了鐵掌，踩得地面轟轟作響。

荊吉安面色大變，猛地回頭，驚喝：「哪裡來的兵馬？」

他身邊的士兵也驚異，連忙騁馳前往後方察看。

雲遲涼聲說：「你在這裡埋伏等候我，可知道螳螂捕蟬黃雀在後的道理？」

荊吉安咬牙又轉過頭，驚道：「臥龍峽是南楚和西南番邦的交界，入口在南楚境地，出口在西南境地，難道太子殿下人還沒到，竟然能調動我西南境地的兵馬來助你？我倒要看看，是什麼人賣西南番邦而求南楚之榮光。」

雲遲未語。

不多時，大批兵馬來到後方，黑壓壓，足有五萬之數，且是清一色的騎兵。

為首一人，一襲白色錦袍，容貌端雅秀華，帶著五萬鐵騎縱馬而來，如閒庭信步，在他頭頂上，大大地打著南楚的旗幟。

荊吉安見到帶兵之人，猛地睜大了眼睛，不敢置信地大呼：「安書離？」

來人正是安書離，他聽到荊吉安大喊他的名字，微微一笑：「難為荊副將還識得我，沒有死在你的弓箭下，如今讓你見了我，是不是心裡大呼可惜失手了？抱歉了！」

他這般一說，荊吉安只覺得渾身冰涼，手中的大弓幾乎拿不穩：「你……你明明重傷墜下了懸崖，怎麼沒死？」

安書離微笑：「我命大。」

荊吉安斷言道：「不……不可能！這懸崖高達萬丈，怎麼可能還活著？」

安書離見他駭然的模樣，端著世家子弟清和有禮的笑容說：「荊副將若想知道原因，我也不是不能告訴你，只不過得待你死了我才能解惑，讓你死後瞑目如何？」

荊吉安聽著安書離的話，一時間駭然不已。

他做夢都沒想到安書離竟然沒死，竟然還帶著五萬鐵騎悄無聲息地包圍在了他身後。

他心中直冒冷汗，暗想著怪不得太子雲遲只帶了這麼幾個護衛前來，原來安書離帶著兵馬早已經入了西南境地等在這裡接應他。

他此時再不聰明也猜出是中計了，全天下人都中了雲遲和安書離的計了。

他明明親手給了安書離一箭，直射他心口，親眼看著他落下山崖的，怎麼會出錯？

他咬牙看著安書離，心中駭然的同時腦子裡翻江倒海地想著原因。

安書離盯著荊吉安的神色看了片刻，恍然一笑：「看來荊副將還不想死，我告訴你原因也成。但是荊副將拿什麼來換？依我看，你這一萬五千人馬不錯。」

荊吉安大叫：「不可能！」

「這樣說來，你是不答應，想死？那我倒是不介意，我想太子殿下也是不會介意的。一人是殺，三五人是殺，一萬五千人雖是多了點兒，但殺了……以警天下。」安書離揚眉。

荊吉安臉色一瞬間慘白。

安書離笑著拱手在後方請示雲遲：「太子殿下，此人謀亂犯上，可殺？」

雲遲目光溫涼：「殺！」

荊吉安當即重新拉弓搭箭，對著雲遲一箭射出。

雲遲端坐未動，他身邊的雲影揚手出劍揮開了那只箭，那箭羽的力道極大，震得雲影的手麻了麻，箭羽倏地偏離，射到了遠處的山石上，竟然將山石洞穿。

荊吉安一箭未得手，大喝：「放箭！」

他話音剛出口，本在後方的安書離身影一閃，如一抹白煙，掠過無數士兵，轉眼便端坐在了他馬後，一柄劍架在了他脖子上。

安書離聲音含笑：「荊副將，你這箭法極好，當年殿下愛才惜才，你闖入東宮窺探，依舊放了你，數日前，我也因你這一手好箭法留了你一命。事有再一再二沒有再三的道理。我只問你一句話，降還是不降？」

荊吉安頓時血脈僵硬如木雕，一動也不敢動了。

一萬五千將士見如今首領被擒，都慌了不敢輕舉妄動，等候荊吉安的命令。

安書離又說：「你不是孤身一人，上有一個耳聾眼花的祖母，下有一個胞妹。你若是死了，我吩咐人把你的人頭送去給她們，不知她們認不認得出你。」

荊吉安徹底駭然了，渾身發顫：「你……」

安書離將劍往前推了一寸，荊吉安脖頸頓時鮮血直流，他嗓音清清淡淡，如春風一般：「給個答覆。」

荊吉安咬著牙，看著前方的雲遲，掙扎著。

雲遲面無表情。

帝業王權，素來就是鮮血白骨鑄就。

荊吉安看出了雲遲眼中的殺意，心中突突地想著，他自己死不要緊，只是對不住阿婆和妹妹，但……這一萬五千人都是他手下的兄弟，若就這麼被坑殺了，他造的孽就大了。

荊吉安這個大漢，終於露出了軟弱的肋骨：「我有一個條件，若是太子殿下答應，我就與弟兄們降服你。」

雲遲溫涼的目光盯著他：「說。」

荊吉安咬牙道：「前來攔阻殿下，是我一人主張，兄弟們也是被我調配，不關王上的事兒，太子殿下不要怪罪王上。」

「南疆王？」雲遲瞇了一下眼睛。

荊吉安道：「正是，我帶著這些人，隸屬南疆王直編營。」

雲遲頷首：「這個要求倒也不過分，本宮與南疆王素來交好，也是他向南楚朝廷發了八百里加急，本宮如今是來救南疆，來救西南番邦，你放心好了。」

荊吉安道：「既然如此，我降順你。」

安書離撤了劍，輕飄飄地下了荊吉安的馬，笑道：「如此甚好。」

荊吉安回頭看了安書離一眼，咬著牙下馬，跪在地上，對雲遲大聲道：「副將荊吉安，拜見太子殿下。」

「拜見太子殿下。」一萬五千人齊齊跪倒在地。

雲遲擺擺手，嗓音寡淡：「起吧。」

荊吉安起身，將大弓放在馬上，抹了一把脖子上的血，轉頭對安書離說：「我想知道，你是如何活著的？是用替身？」

安書離淡笑，為他解惑：「不是，那一日我穿著天蠶絲甲，又佩戴了護心鏡，同時我有內功，你那一箭才沒能將我如何。而你所謂的埋伏等我，不過是我早就提前在懸崖半壁處布置了繩網，等我重傷墜崖，你帶人走後，再將繩網拉起，這一切，都是讓你們以為我死了。」

荊吉安聞言臉色很難看，說：「南楚之人，最善計謀，領教了。」

安書離微笑：「兵不厭詐，你是副將，領著南疆王的直屬兵馬，自然也是熟讀兵書的，應該知道，打仗不一定是靠你這般，只拿著一把大弓的。」

荊吉安冷哼一聲：「你調查我阿婆和阿妹？你將她們抓起來了？」

安書離搖頭：「一個老婆婆，一個姑娘，在距離臥龍峽十里處的獵戶院落裡生活得好好的，我對老弱婦孺下不了手。」

荊吉安面色稍霽，盯著安書離說：「南楚四大公子的書離公子，你雖心機狡詐，但只此一點，也還算得上是個君子。」

安書離淡笑：「過獎了。」

荊吉安看向雲遲：「敢問太子殿下，你來西南番邦，打算怎麼做？」

雲遲涼薄地說：「帶我去見南疆王。」

荊吉安見雲遲不欲與他多言，也不再多問，翻身上馬：「末將這就帶太子殿下前往，但殿下要做好心理準備，王上因內亂之事心力交瘁，近來身體不大好，諸多事情有心無力。」

雲遲「嗯」了一聲。

安書離也翻身上馬，對雲遲請示：「殿下，可要帶上這五萬兵馬？」

雲遲頷首：「帶上。」

安書離一揮手，五萬南楚鐵騎堂而皇之地跟在雲遲身後，踏進了西南境地。

行出一段路後，荊吉安這個大漢耐不住好奇，問雲遲：「太子殿下，聽聞你的太子妃甚是有意思？如今與你解除了婚事兒了？」

雲遲面容一沉，沒說話。

安書離眸光動了動。

小忠子惱恨，他好不容易將殿下勸好了些，頓時怒斥：「你渾說什麼？解除婚約是太后的意思，不是我家殿下的意思，待西南番邦事了，太子殿下還是會娶太子妃的。」

他這話一出，荊吉安不解了：「合著你們南楚的太后懿旨是玩笑？不作數？」

小忠子一噎，狠狠地說：「閉上你的嘴。」

荊吉安這時也覺出雲遲臉色難看，他摸摸鼻子，嘿嘿一笑：「女人嘛，就如衣服，沒了這件，再換那件就是了。」話落，他看著雲遲，「太子殿下來的路上，在十里外，可見過我阿妹了？她可是個水靈人兒……」

雲遲的臉頓時黑了。

小忠子怒道：「再多說話，割了你的舌頭。」

荊吉安哈哈大笑，指著小忠子，「你一個小太監，能割得了我的舌頭？開什麼玩笑？我一根手指頭就能把你揪起來。」

小忠子氣得瞪眼。

荊吉安又對雲遲說：「殿下尊貴，身邊怎麼能沒有女人呢？你若是看不上我妹妹，我們公主葉香茗，可是這片土地上公認的美人，風姿妖嬈，任何男人見了，都移不開眼睛。」

雲遲偏頭涼涼地瞅著他：「你說夠了沒有？」

荊吉安頓時識相地閉上了嘴，不言聲了。

安書離看眼雲遲，沒想到折騰了一年多，臨安花顏竟然真讓太后下了悔婚的懿旨，將婚給退了，而臨安花家，更將太后悔婚的懿旨臨摹版印萬張，傳遍天下，這是打著永絕後患的主意。看太子殿下這模樣，怕是不會善罷甘休。

他想起只見了一面的花顏，那女子明媚、大膽、聰穎、狡詐……

他離開京城時，一路上還在想著，她是怎麼憑空生出兩支大凶姻緣籤的。

他只想出了一種可能，那就是德遠或者住持中有一人在暗中幫她。畢竟，那籤筒，他們二人都碰過。

誰說出家人不打誑語？都是皈依佛門多年的高僧，竟然幫著她做這等事情。

他不得不佩服她的算計。

他人雖然來了西南番邦，但是京城的消息一波一波地傳來，幸好他來了西南，躲過了她的算計，否則如陸之凌一般被他拉下水，著實可憐。

從臥龍峽前往南疆屬地，要行千里路，大隊人馬不如少數人輕裝簡行，所以行程慢了下來。

第三十章　前往南疆奪蠱王

花灼收到了花顏的翠鳥傳信，捏著信箋看了許久，揉揉眉心說：「怎麼這般倒楣，從小到大，好不容易有了株桃花，卻是一朵不得不摘掉的鳳凰花，如今婚約解除，可以紅鸞星動了，偏偏看中的人寒症要命需要南疆的蠱王入體施救。果然是情路坎坷。」

安十七聽花灼嘀咕，小聲問：「公子，少主可是又出什麼事兒了？」

花灼歎息：「蘇子斬只有三個月的命了，天不絕說救他的唯一方法，就是三個月內奪了南疆蠱王給他用。所以，她讓我前往桃花谷一趟，為她解除封鎖的武功，她要前往南疆奪蠱王。」

安十七大驚：「那南疆蠱王輕易奪不到啊！」

花灼搓了搓信箋，說：「是啊，可是奪不到，蘇子斬就要死了。」

安十七頓時沒了聲音。

花灼長身而起：「妹妹難得看中一個人，我總得要幫幫她。」話落，吩咐安十七，「你去知會安十六，讓他別歇著了，現在就隨我啟程，帶花家一半隱衛，秘密前往桃花谷。」

安十七立即應是，剛走兩步，忽然想起什麼，問：「公子，東宮那些眼睛怎麼辦？」

花灼蹙眉：「那個幕一還沒離開臨安？」

安十七搖頭說：「沒有。」

花灼想了想說：「那你們就晚走半日，支開他們，再去桃花谷。」

安十七點頭，立即去了。

幕一在臨安待了數日，都沒得到太子殿下傳來的消息，而他盯了幾日，臨安花家實在是太普通平常，花府中的人，都過著和和樂樂的小日子，根本就不像是有勢力的模樣。

他正不知如何是好時，京中傳來消息，說最近東宮人手空虛，有不少人竟夜探東宮，他心下一凜，咬了咬牙，當即決定帶著人先返回東宮。

花灼悄無聲息地離開了花家。

半日後，幕一帶著人離開回了京城，安十六、安十七帶著花家半數隱衛前往桃花谷。

花顏在桃花谷等了五日，等到了花灼。

這五日裡，她每日在蘇子斬行完針後，會陪著他說說話，蘇子斬自從那日後，是無論如何也不讓她碰他的手了，更不讓她近身。花顏無奈，還真沒瞧出在他冰冷的外表下，是如此彆扭和端方君子模樣……

她又氣又笑的同時又覺得真是撿到寶了，不像雲遲那混蛋，有便宜就占，一點兒也不君子。想到去西南番邦還會再碰上雲遲，她估計八輩子前他們就是仇人，怎麼就扯不開這冤孽呢。

花灼來的這一日，天下著小雨，他一身黑衣，緩步進了桃花谷，俊秀挺拔，花容雪傾，一下子讓秋月看癡了眼。

秋月捧著藥籃子，剛從山上採藥回來，一身泥濘，呆呆地忘了動作，便那樣站著淋雨。

花灼看到秋月，也是一怔，須臾，他嘴角微勾，緩步走到她面前，甚是愉悅地看著她說：「笨阿月，這般模樣，可是見到我太高興了？」

秋月回過神，臉騰地紅了，看著花灼，嘴角抖了半天才吐出一句完整的話：「公……公子，您來啦？」

花灼低笑：「我問你，見到我，你可是太高興了？」

秋月心砰砰地跳，臉紅如火，好半晌才點頭，細若蚊蠅地說：「奴婢好久沒見到公子了，自然是高興的。」

花灼嗓音微微壓低：「是嗎？」

秋月覺得心都要跳出胸口了，點頭，結巴地說：「是……是啊！」

花灼笑著接過她手中的藥籃子：「走吧！帶我去看看妹妹的心上人。」

秋月愣了一下，點點頭，挪動僵硬的腳步，跟著花灼走了幾步，才想起來她手中的籃子被公子接了過去，她又開始心跳如鼓了起來。

花顏自然是在蘇子斬的房間，天不絕剛給他行完針，他渾身血汗躺在床上，有氣無力的。她看著心疼，便陪著他說從小到大生活在市井中的笑話，用這種方法來緩解他的難受。

秋月帶著花灼來到房門口，花灼停住腳步，靜聽了一會兒，神情似有些懷念。

花顏說完一個笑話，看向門外，笑著說：「哥哥，那些年這些笑話你反復地聽，還沒聽夠嗎？如今竟然還偷聽。」

秋月抿著嘴笑，推開了房門：「剛剛我看公子的神情，懷念得緊，想必是聽不夠的。」

花灼偏頭看了秋月一眼，笑著說：「你這時倒是不緊張結巴了。」

秋月臉又紅了，忍不住跺腳：「公子取笑我。」

花灼好笑，將藥籃子遞給她，抖了抖衣袖上的雨水，緩步進了屋。

蘇子斬躺在床上偏過頭，一眼便看到了緩步走進屋子的男子，他以為天地失色的容貌普天之下只有雲遲，沒想到這裡還有一個，他慢慢地坐起身，下了床，對花灼拱手，報出名姓：「蘇子斬。」

花灼亦揚了揚眉，上上下下地將蘇子斬打量了一遍，雖然通身血汙，但不失風骨清貴的氣度，他微微一笑，也對他拱手：「花灼。」

二人本是第一次見面，但是花灼在收到送回來的披風後，便派人打探了蘇子斬一番，對他有了些瞭解。而蘇子斬，這幾日總是聽花顏說他欺負花灼的事兒，尤其是被她烤了的那籠中鳥，惹得花灼大怒之事。所以，雙方雖是初次見面，倒都不覺陌生。

二人相互見禮後，蘇子斬又坐回了床上，花灼坐在了椅子上。

花顏本來坐在床邊與蘇子斬說話，此時走到桌前，看著花灼身上半濕的衣服，給他倒了一盞熱茶，說：「哥哥，喝完這盞茶，先去換衣服，你的身體怎麼禁得住淋雨？」

花灼看了她一眼，又瞧了一眼蘇子斬，笑著說：「無礙。」

花顏嗔他：「有什麼話稍後再說。」話落，見花灼不動，輕哼，「別告訴我你想染了風寒讓秋月貼身侍候你，如今她日夜學醫術，你剛剛沒看她眼圈都是青影嗎？」

花灼失笑，端起茶盞喝了，站起身：「好，聽你的。」

花灼前去換衣服，花顏也起身走了出去，讓蘇子斬清洗身上的血汙。

半個時辰後，蘇子斬沐浴完，聽到遠處傳來刀劍聲響，穿戴妥當走出房門，一眼便看到花顏在微雨下練劍的身影。

濛濛細雨，劍光罩成了光圈，將她周身護成了一個光影，她在光影裡紛飛。微雨從天空中落下，卻在她上方自動地屏蔽開，風吹來，捲起桃花瓣紛飛，被她周身的氣流斬碎成桃花雨。

人動，風靜、雨靜、天地靜。

這是極致的劍法！

他從沒看過有人可以將劍使得這麼漂亮，像是一曲劍舞，令人移不開眼睛。

原來，解除了武功的她，拿起劍來，是這樣的。

他倚著門框，透過濛濛細雨，靜靜地不錯眼睛地看著她。

忽然想起，在道靜庵那一晚，他問她討三十里夜行山路的背負之情，她說會銘記五內，以後山轉水轉，如今還不起，無以為報，有朝一日，總能有些東西是他看得上眼而她也能回報的。

彼時，她婚約在身，他性命朝不保夕，她無以為報，他也不過說說而已。

可是如今，她婚約解除，給了他想都不敢想的東西，如此山高海重的情分，怕是該換他覺得這一生，給什麼都是輕的，重不過她的這份心了。

忽然，花顏停住身形，向蘇子斬這邊望了一眼，然後對他招手：「過來。」

蘇子斬回過神，緩步走了過去。

微雨打在他的身上，他不覺得冷，反而覺得心裡似有一團火在燒。

花顏催促他：「快點兒，你怎麼磨磨蹭蹭，一會兒就淋濕了。」

蘇子斬加快腳步來到她近前，儘量讓自己的嗓音與尋常無二，微微揚眉笑看著她，「做什麼？讓我過來，是要與我比試一番嗎？我倒也想試試你的武功。」

花顏對他抿著嘴笑：「今日你剛行完針，我就不與你比試了，明日一早，你早起一個時辰，我與你比試，如何？我也想試試你的武功。」

蘇子斬低笑：「好。」

花顏對他說：「你伸出手來。」

蘇子斬目光微微輕抬，凝著她，沒動。

花顏歎了口氣：「你就這麼怕我碰觸你？你放心，就是借你的手一用而已。」
蘇子斬慢慢地伸出一隻手。
花顏搖頭：「要兩隻手平伸。」
蘇子斬又伸出另一隻手。
花顏對他滿意一笑，還劍入鞘，忽然足尖輕點，落在了他雙手的手心，舞了起來。
蘇子斬一怔，手猛地一顫，只覺得心中的那一團火，似乎熊熊地燃燒了起來，燃燒得他的心似乎要跳出胸膛。
衣袂紛飛，身姿輕盈，一身淺碧色衣裙，隨著舞動，凌空而起再落下，層層蔓開，就如碧荷緩緩綻開。
微雨、桃花、那掌上起舞的人兒，似天地間最亮麗的一道風景。
舞盡了風雨和桃花。
這一刻，明亮了蘇子斬的一生。
一舞終了，花顏輕輕落在蘇子斬的面前，她足尖落地，他還依舊保持著雙手平伸的動作，目光似癡似傻似呆。
花顏歪著頭瞅了他一會兒，笑出聲，伸手在他眼前晃了晃：「喂，回魂了。」
蘇子斬驚醒，看著花顏的笑顏，面色慢慢地爬上紅暈，收回手，負在身後攥住，一時無話。
花顏看著他的模樣，忍不住戳了戳他的心口：「我這一舞，可是住進你的心裡了？」
蘇子斬俊逸絕倫的容顏頃刻間紅透了，似是承受不住她這一戳，猛地後退了一步，見她神色揶揄取笑，他臉色更紅了，眸光有些羞惱，想說是難以啟齒，想搖頭又抵不過心裡真實的想法，一時間如將自己放在烈火上烤。

「好了，好了，你不答也沒人強迫你，走，我們去與哥哥說話。」

她說完，腳步輕盈地向花灼的房間走去。

花顏笑著伸手叩了叩房門。

花灼換了衣服正坐在房裡休息，知道外面那二人來了，說：「進來吧。」

花顏推開門，走了進去。

蘇子斬面上恢復如常，跟著邁進了門檻。

花灼給花顏解除封鎖的功力費了一番力氣，臉色比來時要差些，倚靠在床上，隨意地指使花顏：「正巧你來了，給我倒杯茶。」

花顏走到桌前，給花灼倒了一杯茶，來到床前端給他說：「我就說不用這麼急，你歇息一晚明日再解也是一樣的，反正我都被你鎖三年了，如今把自己給累著了吧？」

花灼接過茶盞，似笑非笑地看了一眼蘇子斬說：「我若是不給你解開封鎖的武功，你如何能在人家的掌心裡舞醉春風？」

蘇子斬的臉頓時又紅了。

花顏厚臉皮地笑說，「是是是，哥哥最是聰慧明察了，我心裡想什麼，都瞞不過你。」

花灼喝了兩口茶，笑著說：「若是聽你的，明日一早給你解除武功後，你就要立即出發，哪還有如今這等閒情逸致？」

花顏低笑：「好哥哥，咱們倆不愧是一個娘肚子裡爬出來的，你果然疼我。」

花灼揶揄地看著她：「我聽聞那日在春紅倌，你可是對著一個人，一口一個好弟弟的喊著親近。」

「哎！那我這妹妹和秋月妹妹，哪個更親啊？哥哥知道不知道？」

花灼失笑，伸手彈花顏腦門，笑罵：「臭丫頭！」

花顏轉回頭，對蘇子斬說：「我心裡可沒把你當哥哥。」

蘇子斬的臉又紅了，揉揉眉心，但這次難得臉皮厚地點了點頭：「曉得了。」

花顏新鮮地瞅著他，這是終於捨得開竅了？難得啊！

花灼喝完一盞茶，將空杯子遞給花顏，說正事地道：「十六和十七帶著人今晚會到，明日一早你們離開後，你是否已經想出辦法，準備怎麼做了？」

花顏收了笑，點頭：「我制定了幾個方案，待到了地方，再見機行事，哥哥放心吧！」

花灼頷首，對她說：「剛剛我給你解除功力，發現了一件事兒，興許這一次我給你封鎖功力，你因禍得福了也說不定。」

「嗯？什麼意思？」花顏瞧著他，「還有什麼好事兒我不知道不成？」

花灼正色說：「你的內功，在三年前不是遇到了瓶頸期再不能提升嗎？方才為你解除封鎖時發現，你體內的氣流甚是流暢，甚至逆行也無阻礙，正反皆宜，陰陽互補，竟似乎精純提高了些許。」

花顏一怔：「有這事兒？」

花灼點頭：「我剛剛想了想，你剛恢復武功，便忍不住跑出去練劍，興許你自己還沒注意。待你晚上好好運功一周天，琢磨琢磨，也許會有極大的收穫也說不準。」

花顏眨眨眼睛，點頭：「好，我晚上試試。」

蘇子斬這時詢問：「剛剛你的劍法，十分精妙絕倫，竟然可以令桃花瓣碎落成雨，且化雨為劍，似萬千針劍，這樣的劍法，明明是一柄劍，卻是可以幻化為千柄劍傷人。這是什麼武功路數和劍法？我竟從未見過。」

花顏笑了笑，對他說：「紛花逐影，數千年前，由雲族術法演變而來，南楚皇室遺留傳承了一息，臨安花家也留了一息。」

數千年前的雲族，蘇子斬自然知道，只不過沒想到花家竟有雲族術法演變的武功傳承，怪不得他覺得那身法和劍法實在是太過玄妙，似是包羅天地集於一人。

他壓下心中的驚詫，抿了抿唇問：「你可看過雲遲出劍？」

花顏搖頭：「不曾，但我知道他的劍術極好。」

蘇子斬目光湧上一抹複雜，說：「南楚皇室，的確傳於雲族的單支，他的武功和劍術，也是由雲族術法演變傳承而來。但他的劍術卻是大開大合之感，也快到了極致，出手必見血，輕易不露劍，卻絲毫看不出與你的紛花逐影是一個路數。」

「哦？」花顏挑眉，轉向花灼，見他也在認真地聽，「花家是有兩本傳承的秘笈，男女各一，哥哥的武功與我的武功便是不太相同。」

蘇子斬聞言看向花灼。

花灼笑著說：「數千年來，雲族分支能保存一息一脈下來不易，南楚皇室如今穩坐江山，也是踏著無數鮮血白骨登上去的，更是不易。雲族的術法本就千變萬幻，分支極多，花家先祖能擁有一二，算是幸事，南楚皇室有傳承，我們花家先祖也早就知曉的。」

花顏笑問蘇子斬：「你與雲遲可交過手？誰的武功更勝一籌？」

蘇子斬道：「他的武功勝我一籌，能殺了我，但自己也討不到好處就是了。」

花顏點點頭：「明日我好好試試你的武功。」

蘇子斬明白她的意思，她此去南疆，十有八九是要與雲遲交手的，她的武功若是壓制不了雲遲，那麼此行便是千難萬難。他點了點頭，心頭又湧上沉重。

花顏對他微笑：「你別擔心，人但有所求，就會有軟肋，他為了南楚，要掌控西南番邦，所謀之大，定會千小心萬謹慎，所謂家大業大，受的拖累也大。而我不同，我只要蠱王，只謀那隻小蟲子，這東西雖貴重，但是體重卻輕便好拿。所以，籌備萬全的話，不見得會吃虧。」

蘇子斬只能點頭。

當日傍晚，安十六、安十七帶著大批人來到了桃花谷。

桃花谷內頓時人滿為患。

天不絕看到安十六和安十七，哼了又哼：「可惜了一幫好好少年，偏偏糟蹋給那死丫頭驅使。」

安十六跳上前，伸手揪了天不絕一根鬍子，對他笑嘻嘻地說：「有什麼保命的好藥，快多給我點兒。」

天不絕鬍子抖了抖：「你若是再扯我鬍子，我就灑一把毒粉毒死你，也免得讓你死在南疆，那看守蠱王的暗人手裡。」

安十六大喜：「多給我點兒毒藥也行，最好是那種極強的化屍粉，多給我點兒，那些活死人輕易殺不死，據說除非用火燒。但是，化屍粉應該也可以將他們化沒了吧？否則放出來以後，咱們豈不是會被他們追著跑死？小爺還想多享樂幾年呢，可不想陪著一幫活死人玩死。」

天不絕斜眼瞅著他：「是那死丫頭和你們被他追殺，別算上我。」

安十六威脅他：「你以為你躲在這桃花谷不出去就沒事兒了？若是讓他們知道這奪蠱王救人

命的想法是你想出來的，且拿著給人用的，你以為你能跑得了？這桃花谷的陣法早晚被他們踢爛了闖進來。」

天不絕沒了話，哼了又哼。

安十六趁機上前一把拽住他胳膊：「走走走，把你的救命藥害人藥都拿來。」

天不絕被安十六鉗制著反抗不得，一路去了。

當晚，桃花谷十分熱鬧，安十六和安十七一夥人都是活潑得鬧死人的性子，不同於蘇子斬隱衛規矩得近乎冷木，此次一見後，安十六和安十七總要找他們纏著切磋一番，到處上演著打打殺殺刀光劍影。

用過晚膳，蘇子斬對花顏說：「你不讓我跟隨，把十三星魂帶著吧！」

花顏搖頭。

蘇子斬從與花顏見面以來，第一次對他沉了臉：「你是為我去奪蠱王，我這身體……你不讓我去也就罷了，但我的隱衛，你帶去總能是個助力。」

花顏見他動怒，笑著說：「我知你擔心我，恨不得做些什麼，但是我真不需要。西南番邦也有花家的人，我此次去南疆，除了對上那些暗人，還有雲遲和他的人，想必雲遲對你的人十分瞭解，若被他察覺，便會麻煩，興許破壞我的計畫，所以，我還是喜歡隱藏在暗處，你的人不帶為好，我這些人，足夠了。」

蘇子斬聽了她的解釋，面色稍霽，這些年，他的人與雲遲的人，的確是太熟悉了，不得不承認她說得對。

他歎了口氣，伸手捂住了臉。

花顏能清晰地感受到蘇子斬的無奈和無力，這一刻的他，似乎有些承受不住料峭的春寒，她能體會和理解他對她的給予如今有著不能承受的重量，壓得他似乎喘不過氣來。

他顯然被傷得太久了，一個人孤單的太久了，每日都在等著生命毫無預兆地走到盡頭，所以，不敢期許，不敢奢望，不敢設想關於他的明天和未來，什麼都不敢。

如今，突然有人給了他生命的希望，他一下子就沉重得無以復加了。

她這些年，雖然看過形形色色的人，算是見慣了人生百態，但對於情之一字，她還沒嘗過，她不知道這樣對蘇子斬，算不算得上是用情至深。

但她覺得，她是喜歡他的，是心動是心疼的，也就夠了。

她伸手握住他的手，見他眼睛微紅，看著他的眸子，輕聲說：「你知道的，我求的是兩情相悅，若是你不能坦然地接受我對你的好，那麼，便談不上兩情相悅，便是我的一廂情願了。」

蘇子斬看著她，一動不動。

花顏又道：「我若是奪回了蠱王，老頭子說有九成把握能治好你。但不敢說要多久時間，也許一二年，也許七八年，我私心裡覺得，無論多久，都是太久了。我想確定你的心意，不想等那麼久受折磨。所以，待我拿了蠱王回來，你便應承了我，以後這一輩子，都聽我的怎麼樣？」

蘇子斬的身子微顫。

花顏盯著他，咬了咬唇，說：「難道，你還放不下柳芙香？」

蘇子斬當即寒了眸光：「胡說什麼？關她什麼事兒？」

花顏頓時笑了：「不關她的事兒最好，我也不想你的心裡還有關她的事兒。」話落，她忽然想起了什麼，笑著對他問，「你當真……不能人道？」

蘇子斬沒料到她會這麼問，臉忽白忽紅，撇開臉，硬邦邦地羞憤地說：「不是。」

花顏好笑：「我也不是不育，只不過是因為我修習的內功，十八歲之前，都會是這個脈象。所以，你放心好了。」

蘇子斬臉紅如火燒，猛地轉過身，似有落荒而逃的衝動，但還是生生忍住了。

花顏大樂，想著這一生，若是得這個人陪著，每日逗弄他，也不會太無趣。

第二日，花顏比每日早起來一個時辰，運功一周天後，發現誠如哥哥所說，她的內息像是被洗禮了一般，更精純了。

她想著這三年來，但凡有武功高手一靠近她，她都能第一時間察覺來人，就像蘇子斬拎著酒罈到東宮找她。再比如，哪怕沒有武功，也能靠感知躲避殺氣，就如在春紅倌救冬知。

原來，她修息的這內功靠天地自然滋養，也可以鍛煉洗禮得更精純精進。

這可真得感謝哥哥，誤打誤撞，竟然真突破了再也不能精進的瓶頸。

花顏剛踏出房門，便看到了蘇子斬已經在桃花樹下等著她，於是，一言不發地飛身而起，對他一劍刺去。蘇子斬本來低著頭，感受到劍氣，瞬間側身避過，從腰間抽出一柄軟劍，擋住了花顏的劍鋒。

頓時刀光劍影，花雨紛飛，二人打在一處。

蘇子斬的劍術，有一股剛正的浩然之氣。

花顏的劍術，繁而亂，如亂紅細雨，讓人應接不暇。

若非蘇子斬昨日見過花顏的劍術，今日他定然會被她晃花眼，接不過她百招。他這些年，動劍的時候多，能親力親為的事兒，連隱衛也不想假手，多數時候，心裡求的無非是一個死罷了。所以，落了一個心狠手辣的名聲。

但他自小學的武功和劍術，卻是當世最正統的流派，南陽山最正宗的劍法，雖然性情大變後，讓他的心境變了，但自幼學成的劍術，養就於骨子裡的，卻是改不了的正流，不會刁鑽、偷襲、虛晃、狡詐等。

而花顏不同，她自小混跡於市井，素來不拘束自己，江湖上的三教九流都經過招，試過手。雖然自幼學的是花家傳承的紛花逐影的劍術，但卻夾雜地學了許多歪門邪派劍走偏鋒的招數。

所以，蘇子斬百招之內尚且輕鬆，百招之後，被她紛雜的劍術幾乎迷了眼，應付得吃力起來，算是真正地見識到了花顏劍術的五花八門，哪還能看出昨日紛花逐影那清流不摻雜質的劍術？

兩百招時，蘇子斬手腕一抖，吃不住花顏突然彈出的氣流，手中的劍脫手落在了地上。

花顏劍指他脖子，飄身落穩腳跟，笑吟吟地看著他：「怎樣？公子不是我對手，可應否？」

蘇子斬定了定心神，看了一眼落在地上的劍，緩緩抬起頭，眉目染了一絲少年的意氣和張狂，眸光瀲灩，微笑著說：「姑娘好身手，敢問武功出自何門何派？」

花顏揚眉，故作嬌俏刁蠻地說：「我出自何門何派，與你應我有何干係？」

蘇子斬負手而立，一派清貴清正地說：「我武功系出名門正統，不與邪魔歪道同流合汙。」

花顏杏眼圓瞪，手中的劍尖挑起他的下巴，嬌蠻地說：「本姑娘就是邪魔歪道了，偏要讓你應我，你待又如何？」

蘇子斬抬手，拂開她的劍尖，低笑著說：「你若完好地回來，我便應你。」

花顏心中歡喜，收劍入鞘，歪著頭瞧著他：「當真？」

蘇子斬點頭：「當真，所以，你要毫髮無傷地回來。」

花顏抿著嘴笑，彎身撿起地上的劍，遞給他：「怪不得你以一己之力剿平黑水寨，重傷得奄奄一息。武功雖好，但內功和劍術著實學得太清流正統了，遇到君子，自然是不落下風，但是遇到我這種可以稱得上小人的女子，你自然賺不到便宜。南陽山的老道真是害人不淺，這麼君子的武功和劍術，偏給你學了。」

蘇子斬接過劍，還劍入鞘，說：「當年，是我父親親自上南陽山，請了師傅下山，教我七年。說南陽山的武功有利於我壓制寒症。」

花顏恍然：「看來武威侯對你還算不錯，只是我不明白，他後來怎麼會……」

蘇子斬面上的笑意消失的乾乾淨淨，聲音也冷了：「他也是迫不得已。」

花顏見又戳到他傷心處了，立即打住話：「走吧，用過早膳，我就啟程了。今日雖不能陪你講笑話，但你可以問哥哥，他那些年把我那些笑話都聽爛了，耳熟能詳，秋月學醫術，沒空理他，你們可以說話。」

蘇子斬笑了笑，點了點頭。

用過早膳，花顏帶著安十六、安十七以及臨安花家的一半隱衛出了桃花谷。

有人給她牽來馬韁繩，她不接，轉頭看著隨她出來的蘇子斬，目光盈盈。

蘇子斬被她看得臉紅，眼前又有這麼多人，張了張嘴，終是小聲說：「小心些，我等你平安回來。」

花顏抿著嘴笑：「再沒有別的可說了？」

蘇子斬紅著臉撇開頭。

花顏無語地瞅了他片刻，這人實在是君子得不可言說，索性放棄，轉過身，去接馬韁繩。她剛伸手，蘇子斬忽然扣住了她的手。

花顏一怔，又轉頭瞅著他。

蘇子斬薄唇抿成一線，盯著她看了片刻，忽然用力，將她拽進了懷裡抱住。

花顏的臉貼在他心口處，可以清晰地感受到他的心跳，愕然了一瞬，隨即蔓開笑容，想著這些日子的苦功夫沒有白費，總算讓這個人伸出手了。

蘇子斬只抱了花顏片刻，便紅著臉放開了她，說：「走吧。」

花顏離開他的懷抱，有些不捨，還有些悵然若失，說：「要不然，你再抱我一會兒吧！」

蘇子斬本來微紅的臉騰地紅了，立馬放開了她的手。

不遠處傳來幾聲大笑，是來自安十六、安十七等人的。

花顏臉皮厚，看著蘇子斬，見他脖子都紅了，依舊沒再動，好笑地放棄，轉身接過馬韁繩，翻身上馬，對安十六說：「千里賽馬，贏了我，你們所有人娶媳婦兒的聘禮我都包了，輸給我，我將來的嫁妝你們包了。」

安十六聞言，一拍馬屁股，身下坐騎如箭一般衝出，他大聲說：「既然如此，少主您慢慢談情說愛，我們先走一步了。」

說著話，轉眼間便沒了影。

安十七等人不甘落後，無數匹馬衝了出去。

花顏騎在馬背上沒動，扭頭笑看著蘇子斬，磨磨蹭蹭地問：「還有什麼話沒有？」

蘇子斬對她又氣又笑地搖頭：「有什麼話，等你回來再說。」話落，看著遠處沒影了的人馬，笑道，「還不走?你真想輸？」

花顏攏著馬韁繩說：「他們贏不了我。」說完，雙腿一夾馬腹，身下的坐騎疾馳而去，同樣轉眼就沒了影。

蘇子斬站在桃花谷外，目送著花顏離開，直到那人馬沒了蹤影，他依舊久久收不回視線。她此去西南番邦奪蠱王，勢必會遇到雲遲，他比誰都瞭解雲遲，即便沒了懿旨賜婚，他也不是個輕易放手的人。

偏偏，她是為了他前去，而他，只能留在桃花谷醫治，等著蠱王，無能為力。

他站了足足一個時辰，直到天不絕等得不耐煩將他叫了回去，他才回了桃花谷內。

行完針後，他躺在床上，面前沒有人給他講笑話，沒有人陪著他說笑，他靜靜地躺著，心似乎也跟著飛出去了。

花灼推開房門進了屋，看到蘇子斬臉色蒼白，不動地躺在床上，靜靜的不知道在想些什麼，周身彌漫著說不出的寂寥，他挑了挑眉，笑問：「人剛走，你便受不住了?」

蘇子斬收起神色，抿了抿唇，沒說話。

「妹妹心志堅定，你放心好了。」花灼坐下身。

蘇子斬看著他，依舊沉默。

花灼倒了一盞茶，對他笑道：「你大約不瞭解妹妹，她從小便是個心志堅定的人。無論做什麼事情，哪怕方法不入流，也會不達目的不甘休。我自小是個見不得陽光的人，整日困在一間屋子裡，從記事起，等待的便是一個死。若是沒有她，我活不過十歲。是她帶著人抓了天不絕，也是她陪著我拽著我，讓我鼓起了生的勇氣，如今才會治好了病，如正常人一般地活著。」

蘇子斬這幾日總聽花顏說她欺負花灼的事兒，自然是知道花灼能有今日，是因為他有個好妹妹，哪怕他曾經幾乎要放棄自己，但她依舊不放棄他。

「所以，當她死活說不嫁入東宮時，我從不懷疑她能夠悔了那樁婚事。哪怕賠進去自己的名聲，無所不用其極，她也是不怕的。她這般心志堅定，所以你該放心。」

蘇子斬扭過頭，閉上了眼睛：「我相信她定能奪得蠱王，只是……」他頓了片刻，聲音有些低，「你給我講些她的事兒吧，天不絕果然如她所說，今日多扎了我許多針，難受得緊。」

花灼大笑：「你送妹妹送了一個時辰在谷外站著不回來，讓他乾等了一個時辰，那老頭小氣記仇得很，定會讓你難受許多天的。」說完，他伸手入懷，扔給他一卷書冊，「這是我那些年記下來的她的事蹟，有聽她說的，有兄弟們講給我聽的，這樣的書卷，一百多冊，你每日看一冊，足夠看三個月了。」

安十六、安十七等人卯足了勁兒要贏過花顏，連乾糧都是在馬背上吃的，幾乎日夜不休。這一段最難走的路，他們零零散散地分開，最快的只走了三天三夜。

第四日後，來到了臥龍峽十里處。

安十六計算著已經跑了一千多里了，這一路上他一直往前，不曾見過花顏追來的身影，他的後面緊跟著的是安十七，其餘人陸陸續續，都在他後面，所以，他覺得自己贏定了。眼前是一處獵戶人家，琢磨著就在這裡等著花顏和後面的人好了，待他吃飽喝足，他們估計就追上來了。

於是，他牽著馬來到那處獵戶人家的門扉前，從牆外探頭往裡面瞅了一眼，見裡面是一個小院子，養著一頭豬，幾隻雞鴨鵝。

他對裡面喊：「有人嗎？」他喊了兩聲，裡屋的門終於推開，一個身穿淺碧色衣裙的女子走了出來，她似是被安十六喊醒的，帶著幾分睏意，走出房門後，對著籬笆門扉瞧來。

她這一瞧，頓時樂了。

安十六看見她，本就黑不溜秋的臉更黑了。

這到底是怎麼回事兒？

花顏倚著門框，好笑地看著安十六的黑臉，懶洋洋地說：「十六，你輸了，等我大婚時，別忘了送幾箱子嫁妝做添妝。」

安十六啞口無言半晌，一跺腳，恨恨地問：「你長了一雙翅膀嗎？」

花顏得意地笑看著他：「想知道我是怎麼跑你面前來的？」

安十六哼了一聲，不服氣地說：「你明明就在我後面，我日夜不停地趕路，你不可能趕到我前面來，真是見鬼了。」

花顏大樂，對他說：「從桃花谷來到這裡，你們以為只有一條路可走，其實，還有另一條路。從桃花谷到雁蕩山，有一條能少走一百里的近路，自然也就跑你們前面來了。」

安十六聞言一拍腦門，悔恨不已：「早知道，我還這般累死累活跑什麼啊！少走一百里，夠睡一覺了。」

花顏誠然地點頭：「對啊！所以，我睡了一覺。」

安十六心下又忿忿，苦著臉，有氣無力地說：「餓死了，我要吃燉雞。」

花顏走到大門口，將籬笆門從裡面打開，放了他進來，說：「小金雖然說她阿爺臨終前交代不准收留陌生男子，但以她與我的交情，應該不會趕你出去的。」

安十六扔了馬韁繩，一步三晃地進了院子，重複說：「我要吃燉雞。」

花顏好笑地點點頭：「行，你先進屋歇著，我給你殺雞。」

安十六滿意了，進了花顏出來的那間屋子，看到大炕，比看見誰都親，倒頭便睡。

他剛躺下，安十七等人也陸陸續續地找了來，一個個見到花顏，都垂頭喪氣。

幸好這裡的天氣不算涼，大炕上占滿了人後，院中也陸續地躺了睡覺的人。

阿婆從另一間屋子出來時，看到滿院子躺著的人，嚇了一跳，對正在殺雞的花顏說：「小顏啊，怎麼來了這麼多人？」

花顏拎著雞湊到她耳邊大聲說：「阿婆，是我的兄弟們，我常年領著他們在外走馬行討生活，以前跟您說過的。」

阿婆聽清楚了，笑咪咪地點點頭：「兄弟多了好，看這一個個的小夥子，跟在你身邊，你走南闖北才能不受人欺負。」

花顏點頭：「是啊！沒人欺負得了我。」

花顏給那隻雞拔了毛，一個身穿勁裝的俊俏姑娘從外面拎了一隻野豬走了回來，野豬很大，她臉不紅氣不喘地拎著，花顏見了野豬，眼睛一亮，看來不用她再殺雞了，這小不點兒不夠一群餓死鬼填牙縫的。

她當即扔了雞，走了過去，眉眼全是笑意：「野豬好，你這狩獵的本事真是令人刮目相看，我只睡了一覺的功夫，你竟然弄了隻野豬回來。」

小金姓荊，是荊吉安的親妹子，叫荊金兒，花顏隨著她阿婆管她叫小金。

花顏以前來西南番邦時，恰逢阿婆生病，秋月懂醫術，救回了阿婆的命，小金與花顏和秋月投脾性，於是在阿婆病好後，強留著二人在這裡住了一個月。

交情是幾年前就結下了的。

小金扔了野豬，剛要說話，也看到了滿院子裡躺的大批男人，她頓時驚了：「怎麼這麼多人？」

花顏好笑：「屋子裡也有，大炕上都睡滿了。」

小金驚駭：「你怎麼有這麼多兄弟？」

花顏笑著說：「我這走南闖北的，自然要多些兄弟，否則生意怎麼做？」

小金張口結舌半晌，才苦惱地說：「這一頭野豬，夠不夠吃？難道我再去獵一頭回來？」

花顏琢磨了一會兒說：「應該夠吧！他們應該也沒那麼能吃，不夠的話，等他們睡醒了，自己去獵！」

小金點點頭，爽快地說：「那咱們倆把這野豬收拾乾淨，剁了架大鍋燉？」

花顏頷首：「好。」於是，兩個姑娘開始一通忙活，阿婆蹲在灶膛前給二人燒火，一邊往裡面放乾柴，一邊笑呵呵地說，「這兩個姑娘，都是能幹的人兒，誰娶了誰有福氣。」

花顏抿著嘴笑。

阿婆看著花顏說：「小顏，你家裡是大戶人家吧？能有這麼多兄弟，定是個富裕之家，你家裡可給你定了親？」

花顏點點頭，不隱瞞地說：「定了，我不滿意，想法子給退了。」

阿婆一怔，笑呵呵地說：「你這孩子最是實誠，你說不滿意，那人定然不好。」

花顏手頓了頓，搖頭：「不，阿婆，他很好，只是我覺得太好的人，沒法嫁，一個整日裡泥裡打滾自在慣了的人，是受不了拘束的，有的人生來就是站在雲端上，太高了，這天上地下，怎麼扭到一塊啊？不給自己遭那個罪。」

阿婆是過來人，懂得多，聞言笑呵呵地點頭：「你這孩子，小小年紀看得透澈。當年你阿婆我就是看不開，後來躲在這片山林裡等著終老，一日一日才看開了。可是看開了又管什麼，一輩子也糟蹋了。」

花顏笑吟吟地說：「阿婆睿智，這山林沒什麼不好，比金馬玉堂舒適。」

「正是正是。」阿婆笑咪咪地問，「那個叫秋月的小丫頭呢？怎麼沒跟著你了？」

花顏笑著說：「我準備將她嫁給我親哥哥，便不能總帶著她四處跑了，總要讓他和我哥哥多相處，感情不就是慢慢培養出來的嗎？」

阿婆笑呵呵地點頭：「這倒是。」

小金好奇地問：「我聽說在南楚，女子被退了親就不好找婆家了，你以後怎麼辦？」

「我嘛，自然不用愁的。退婚後立馬抓了一個，這一趟生意順利的話，回去我就嫁給他。」

小金睜大眼睛：「抓的那個是你喜歡的人？」

花顏點頭：「看他第一眼時，倒也沒覺得什麼，後來他身體不好，卻甘願背著我走了三十里的山路，那山路滿是荊棘灌木，十分難行，但他一聲沒吭。我就覺得，這一輩子若是有他，再難走的路，我都甘之如飴了。」

小金想了想：「那照你這樣，我也有個喜歡的人。幾日前，有一人長得好俊，我看到他就移不開眼睛，想跟著他走，直到他走沒影，我的心還一直砰砰地跳呢。」

花顏大樂：「你這不叫喜歡吧？叫被勾了魂。」

小金瞪著花顏，細想了一下，覺得還真跟被勾了魂一樣，頓時沒了話。

花顏好笑地看著她：「長得好看的人，未必心腸好。你若是過分地看重皮囊，就會忽視內裡，這天下有多少人金玉其外敗絮其內，當心被騙。」

小金眨眨眼睛，懂了地說：「就像你一樣嗎？你雖然長得好看，是我見過最好看的女子，但其實十分的壞心腸。」

花顏無語地瞅著她……

估計以前對她的捉弄讓這姑娘記憶深刻，她笑著點頭：「嗯，你說得也沒錯，我從來沒覺得自己是什麼好人。」

小金認真地想了想，說：「那人不像壞人，長得那麼好看，就跟天上的人一般。可惜，就是神色太深沉了，我都答應留宿了，他卻說走就走了。」

花顏忽然想到了什麼，問：「是不是一個穿著天青色錦袍的年輕男子，容色比你見過的任何人都好看。騎的馬是紅鬃馬，身邊跟著幾十個清一色的護衛，還有一個小不點的公鴨嗓子？」

小金睜大眼睛，立即點頭：「對，就是你說的那樣，你認識那個人？」

花顏想著果然是雲遲，她默了片刻，說：「他也許就是那個我想方設法退了的未婚夫。」

「啊？」小金手中的鏟子「吧嗒」掉在了地上，顯然是給驚住了，不敢置信。

花顏瞅著她，伸手摸摸她的頭：「乖姑娘，你若是再見到那人，一定要有多遠躲多遠，他可是個不能喜歡的人。誰跟了他，這一輩子就倒楣吧。」

小金呆了好半天，才連忙撿起鏟子，用清水洗了洗說：「我看著他那麼好，你……你怎麼說他不好呢？」

花顏無奈的說：「我沒說他不好啊，無論什麼時候，我都說他是極好的。但這好，可不是我能享受的。我這一輩子，嫁誰都可以，就是不能是他。」

小金有些神傷地說：「他走了之後，我還想著，那樣的人，什麼女子能嫁給他呢。」話落，她哀怨地看了一眼花顏，「你雖然壞心腸，但長得真的是與他很般配的。那樣的人，你怎麼捨得退親呢？若是我，一定捨不得。」

花顏好笑：「人在這世上活著，每走一個岔路口，眼前都會有一層迷障，有的迷障，若是過不去，就走了歪路，興許那條路是懸崖，摔個粉身碎骨也說不定。有的路是正路，但你要看清迷障走出去，那麼，就是康莊大道，一路平坦了。」

小金誠實地說：「你說的我聽不懂。」

花顏頗有些曲高和寡地說：「你聽不懂就算了，總之你要記得，不想死，就不能喜歡不能喜歡的人。」

小金用力地攪拌著大鍋裡的燉肉，點點頭：「嗯，阿婆也常說，不求我嫁個富貴人，只求嫁個和我一樣的獵戶，可惜，這方圓幾十里，就我們一家，連個別的獵戶的影子都看不到。」

花顏忽然福至心靈地說：「我今兒帶來了這麼多兄弟，要不然一會兒他們睡醒，你從中選一個嫁了？」

小金頓時搖頭：「不成不成，哥哥還沒成家，我不能嫁人的。」

花顏想起來，她還有一個哥哥，似是在南疆王麾下任職，她目光閃了閃，說：「你哥哥叫什麼來著？」

小金驕傲地說：「哥哥叫荊吉安，在南疆王隸屬直編營做副將，半年回來一次。今年還差兩個月，就會回來看我和阿婆了。」

花顏笑著說：「我正是要去南疆，興許能遇上你哥哥，你有什麼東西要帶給他嗎？或者是帶句話？」

小金一聽，歡喜起來：「我給哥哥做了幾件衣服和鞋子，要不然你走時給他帶上？」話落，擔心地說，「但你若是遇不上他怎麼辦」

花顏笑著說：「南疆就那麼大點兒地方，遇不上我直接找他一趟好了。」

小金連連點頭：「好，那就交給你帶去。」

大鍋肉的香味飄出廚房，熏醒了那群睡著的人，一群人接二連三地爬起來。做好了燉肉，花顏和小金一起又做了一鍋饅頭，總算是管飽了一群人。

安十六吃飽喝足，蹭到花顏身邊，小聲說：「少主，這姑娘真能幹，您說這頭野豬是她獵的？她定親沒？」

花顏「撲哧」一下子樂了，「你想娶了小金？」

安十六撓撓頭，問：「您看有戲嗎？」

花顏想了想說：「她前幾天看見了雲遲，覺得甚是動心，你覺得你有戲嗎？」

安十六頓時蔫了：「沒戲了。」

花顏笑著說：「不過呢，也不見得，畢竟這姑娘雖傻，但是個實心眼的。一直守著阿婆過日子，你容貌雖然不及雲遲，但很多地方都是他不及的，尤其若是能招贅為婿，興許有戲的。」

「這招贅為婿不行吧？」安十六撓撓頭。

花顏道：「也不見得不行，阿婆年歲大了，還能有幾年？過幾年，你帶著媳婦孩子回去也是一樣，反正咱們花家不要門楣，不看出身，只要是個尋常人就能娶能嫁。」

安十六又撓撓頭：「這我得想想。」

花顏自然不再管他，任他想去了。

半日後，花顏覺得歇息夠了，可以啟程了，於是，謝絕了阿婆和小金的挽留，只說這一趟生意急，不能耽擱，阿婆和小金只能不捨地送她到門口。

安十六臨走時，對小金說：「小金姑娘，你看我這樣的，貌不出眾，也是會打獵的人，你看得上眼嗎？能嫁不？」

花顏抽著嘴角想著這也太直接了。

小金卻認真地歪著頭瞅了安十六半晌，伸手一指他旁邊說：「你沒有他長得好看。」

安十六轉過頭去。

安十七呆了呆又愣了愣，然後趕緊後退，擺手說：「我還不想娶妻。」

安十六又轉過頭看著小金，說：「他沒我有本事，長得好管什麼？另外我是他上頭的哥哥，他得聽我的。我不娶妻，他娶不了。」

小金皺著眉說：「你叫什麼？」

安十六立即報上名姓：「在下安十六。」

小金又指安十七，問：「那他呢？」

安十六說：「他叫安十七。」

小金驚道：「你上面是不是還有十五個哥哥？他們都娶妻了嗎？」

安十六點頭：「對，我上面有十五個哥哥，下面有三個弟弟。有十個哥哥娶妻了。」

小金點點頭，認真地考慮了一下說：「我也不是非要以貌取人，但是，你實在是長得太黑了些，你能有辦法把自己變白一點兒嗎？」

安十六苦了臉，想著這娘胎裡生下來就黑，怎麼變白呢？他苦惱地想了半天，想起了一個答覆：「我家裡有個老頭兒，醫術不錯，我回去問問他，藥浴能不能將我泡白了。你先別嫁人，等等我可行？」

小金又考慮了一會兒說：「我想嫁人也沒人可嫁，行，就等等你吧。」

安十六高興了，如意地上了馬走了。

來到了臥龍峽，花顏勒住馬韁繩，解了外衣，對安十七說：「將你的衣服給我一套，我得易容，否則這副樣子，剛踏入西南番邦，估計就會被人盯上。」

安十七從馬鞍旁拿過包裹，掏出一件乾淨嶄新的衣服，遞給了花顏。

花顏三下五除二便套在了身上，安十七雖然看著瘦，比他小一歲，與她身高差不多，偏偏將他的衣服穿在身上，穿戴起來還是有些鬆垮。

她想著果然是男人和女人的區別。

安十七又掏出一面鏡子，遞給花顏。

花顏一邊對著鏡子梳男子的髮髻，一邊說：「你個大男人，怎麼還隨身帶著鏡子？」

安十七瞅了安十六一眼說：「我怕與十六哥待長了，便長得與他一般黑了，時常拿出來看看。」

安十六氣急，一腳對著他踹了過去。

安十七靈巧地避開。

花顏大樂，梳好髮髻，又對著臉上一陣塗抹，給自己易容得與安十七有五分相像，然後將鏡子遞給他說：「這一路上我就叫安十六了，你喊我十六哥。」

安十六在一旁驚道：「少主，您奪我名字用?那我叫什麼?」

花顏不客氣地說：「你已經有看中的媳婦兒了，再不要勾三搭四了，還用得著報名字給誰嗎?」

安十六噎住，沒了話。

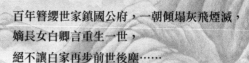

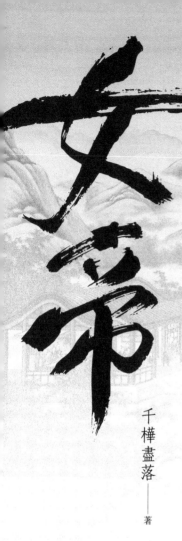

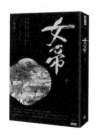

STORY 094

花顏策 卷二

作者 西子情
主編 汪婷婷
編輯協力 謝翠鈺
企劃 鄭家謙
美術設計 卷里工作室 季曉彤

董事長 趙政岷
出版者 時報文化出版企業股份有限公司
108019台北市和平西路三段二四〇號七樓
發行專線——（〇二）二三〇六六八四二
讀者服務專線——〇八〇〇二三一七〇五
（〇二）二三〇四七一〇三
讀者服務傳真——（〇二）二三〇四六八五八
郵撥——一九三四四七二四時報文化出版公司
信箱——一〇八九九 台北華江橋郵局第九九信箱
時報悅讀網 http://www.readingtimes.com.tw
法律顧問 理律法律事務所 陳長文律師、李念祖律師
印刷 勁達印刷有限公司
一版一刷 二〇二四年九月二十七日
定價 新台幣三六〇元
缺頁或破損的書，請寄回更換

時報文化出版公司成立於一九七五年，
並於一九九九年股票上櫃公開發行，於二〇〇八年脫離中時集團非屬旺中，
以「尊重智慧與創意的文化事業」為信念。

花顏策 / 西子情作. -- 一版. -- 臺北市：時報文化出版企業股份有限公司, 2024.09-
冊； 14.8×21 公分. -- (Story ; 94-)
ISBN 978-626-396-777-9 (卷 2：平裝).--

857.7　　113013266

Printed in Taiwan